Falko Hennig
1969 in Berlin geboren.
Schriftsetzerlehre beim
Ministerium für Nationale Verteidigung,
Abitur an der Abendschule.
Nach der Wende verschiedenste Jobs:
unter anderem als Pförtner, Redakteur, Aktmodell.
Jetzt Journalist, Schriftsteller.
Seit 1997 Kolumne »Berliner Zimmer« in der *taz*.
Mitbegründer der Charles-Bukowski-Gesellschaft,
deren Jahrbuch er herausgibt.

Falko Hennig
Alles nur geklaut
Roman

MaroVerlag

Umschlag: Detlef Beck

Die Deutsche Bibliothek – CIP-Einheitsaufnahme

Hennig, Falko:
Alles nur geklaut : Roman / Falko Hennig. – Augsburg :
MaroVerl., 1999
ISBN 3-87512-246-1

© 1999 MaroVerlag, Augsburg
Alle Rechte vorbehalten

Originalausgabe
3. Auflage 2001

Gesamtherstellung: MaroDruck

Den Opfern

Ich habe nichts hinzugefügt, habe aber von den vielen Systemen, die ich hätte finden können, eins überbetont. Geschah das darum, weil man unwillkürlich nach einem Leitmotiv, einer führenden Achse, einer Lebenskonsequenz sucht? Um nicht einmal sich selbst einzugestehen, daß man so viele eingeschlagene Richtungen verworfen, unwiederbringlich verloren, vergeudet hat? Oder einfach nur deshalb, weil wir wollen, daß das, was ist, ebenso wie das, was war, stets einen ordentlichen und ausdrücklichen Sinn hat, obwohl es gar nicht so sein muß?

– Stanisław Lem

Eins

1 Bei mir begann es im Kindergarten. Dort hatten sie so kleine Eisenbahnen. Eine Lokomotive und mehrere kleine Wägelchen, mit einem Faden verbunden. Ich war vielleicht drei, vier Jahre, und ich klaute die Eisenbahn. Ich steckte sie mir in die Hosentasche, und als mich meine Mutter abholte, wurde ich nicht kontrolliert. Es war in Ludwigsfelde, und der Kindergarten hieß nach Clara Zetkin. Die Lokomotive und die Wägelchen waren je so groß, wie eine halbe Streichholzschachtel. Ich hatte jetzt ein Problem: Ich konnte nicht mit dieser Eisenbahn spielen ohne vernünftige Erklärung, woher ich sie hätte.

Ich war ein Anfänger, ein Dilettant. Wir waren am Abend im Haus meiner Oma, und ich fragte, ob ich dieses eine Feuerzeug, das in einem Papierkorb lag, haben dürfte. Meine Mutter nahm es, probierte es aus und ließ die winzige Flamme einige Sekunden brennen, bis das restliche Gas alle war. Jetzt durfte ich es haben, und das war gut, es gehörte alles zu meinem Plan. Es wurde früh dunkel, es muss Herbst oder Winter gewesen sein. Ich saß bei meinem Vater auf dem Fahrradsitz, und er fuhr nach Hause. Wir fuhren den Weg an der Kirche vorbei, hier musste es passieren.

»Halt!« schrie ich, mein Vater stoppte. »Da ist was!« sagte ich, stieg ab und rannte ein Stück. Mein Vater blieb mit dem Fahrrad stehen. Ich ließ das Feuerzeug blitzen, tat so, als suchte ich etwas dort, wo es dunkel war. Ich zerrte die Eisenbahn aus meiner Hosentasche, es schien mir ewig zu dauern. »Hier, schau was ich gefunden habe!« Wir fuhren weiter nach Hause. Ich war ein Dilettant, aber mein Vater nahm es mir ab. »Augen wie ein Adler«, sagte meine Mutter zu Hause. Ich war ein blutiger Anfänger, aber ich kam damit durch.

2   Irgendwann später stahl ich, auch wieder aus dem Kindergarten, ein kleines Spielzeugauto.
»Das habe ich gefunden, auf dem Weg vom Kindergarten«, sagte ich meiner Mutter.
»Stimmt das auch?« fragte sie.
»Ja.«
»Hast du es auch nicht aus dem Kindergarten?«
»Nein.«
»Ich kann im Kindergarten fragen. Schau mir mal in die Augen!« Ich schaute ihr in die Augen.
»Na gut«, sagte sie. Es hatte wieder geklappt.

3   Jedes Wochenende waren wir in Rangsdorf, wo wir ein Pachtgrundstück hatten. Mein bester Freund war Martin Frühling, ein Junge vom Grundstück nebenan, der zwei Jahre jünger war als ich. Im Kinderzimmer hatten er und seine zwei Geschwister ein echtes Skelett, und sein Vater hatte ein Gehirn aus Plastik auf dem Schreibtisch liegen. Bei einer Weihnachtsfeier fing der Weihnachtsbaum Feuer, wir Kinder standen auf der Straße und besprachen, wer wo wohnen könnte, wenn das Haus abbrannte. Aber die Väter löschten den Baum, und die Feier ging weiter.
Einmal riss ich Martin in irgendeinem Streit ein Büschel Haare vom Kopf. Er schrie, es gab einen riesigen Auflauf all der Eltern aus der Nachbarschaft. Den erschrockenen Erwach-

senen wurde der Beweis, ein Büschel Haare in einer Tasse, herumgereicht. Alle machten besorgte Gesichter und dachten nach über das Böse und die Zukunft. Ich musste als Wiedergutmachung mein Lieblingsspielzeugauto an Martin verschenken.

Wir vertrugen uns wieder, wir streiften durch die Wälder. Ich hatte Nägel und Schrauben aus dem Werkzeugkasten meiner Eltern geklaut, die legten wir auf die Gleise der Bahn und warteten, bis ein Zug drüberratterte. Dann waren sie plattgefahren, und wir konnten sie aufsammeln. Schrauben sahen aus wie Sägen für Puppenstuben, die Nägel wie Keile. Auch Geldstücke legten wir hin und Steine. Die Steine wurden zu Staub zermahlen, das Aluminiumgeld dagegen in unförmige Scheiben verwandelt. Nur die 20-Pfennig-Stücke aus Messing verzauberten sich in kleine Platten, die glatt und wie poliert waren, und auf denen man noch die Beschriftung erkennen konnte.

Wir klauten Streichhölzer und Benzin, wir wussten immer, wo sie versteckt waren. Ohne sie anzuzünden warfen wir die Streichhölzer in das Benzin und dachten, dass irgendwas passieren würde, aber es passierte nichts.

4 Zu Hause in Rangsdorf, im Sommer, da experimentierten wir viel mit Tieren, mein bester Freund Martin und ich. Es gab die normalen Schnecken und die Weinbergschnecken, die wir »Oma-Schnecken« nannten, weil ihre helle runzlige Haut und ihre weißen Häuser sie uns sehr alt erscheinen ließen. Wir holten eimerweise Oma-Schnecken von einem Bahndamm, um im Sandkasten einen Schneckenzoo zu bauen. Natürlich flohen die Schnecken über Nacht aus ihren aus Sand und Hölzern gebauten Gehegen und vernichteten die Erdbeerernte. Wir holten Käfer, Raupen, Kellerasseln und Würmer unter Steinen hervor, um sie in Gläsern und Schachteln zu halten oder im Sandkasten kleine Burgen zu bauen, die sie bevölkern mussten.

Einmal hatten wir einen ganzen Eimer Schnecken gesammelt, meist veranstalteten wir Schneckenrennen. Doch dieses Mal wollten wir etwas anderes machen, etwas Spannenderes. Ich holte eine Kneifzange aus dem Werkzeugkasten und versuchte, einer Schnecke den Kopf abzukneifen. Sie schaute irgendwie überrascht und blieb in der Bewegung stecken, wie eingefroren. Ihre Fühler blieben halb eingezogen. Aber so sehr ich auch presste, ich bekam den Schneckenkopf einfach nicht abgeknipst. Der Kopf verfärbte sich, wurde blass, dann irgendwie bläulich. Als ich die Zange endlich öffnete, verschwand die Schnecke schnell in ihrem Häuschen.

Wir versuchten es noch bei den anderen, aber so sehr wir auch die Zange pressten, wir bekamen keinen Kopf ab, die Natur war uns irgendwie überlegen.

5 Wir wollten einen Frosch fangen, mein Freund Martin und ich. Es war Sommer, wir waren mit Fahrrädern unterwegs und durch den brüchigen Zaun eines alten Gutsgartens gekrochen, in einem kleinen Dorf zwischen Ludwigsfelde und Rangsdorf.

Das erste Mal sah ich Frösche, die diese kleinen weißen Blasen am Kopf hatten, aus denen sie die Luft für ihr Quaken pressten. Aber sie waren zu schnell. Grüne Entengrütze bedeckte den Schlamm, und die Frösche waren weg, bevor wir in ihre Nähe kommen konnten. Wir holten uns lange, dünne Äste und schlugen zu. Ein Frosch begann im Kreis zu kriechen wie ein Spielzeugauto, dem die Räder auf der einen Seite fehlten. Aber das war kein Spielzeugauto, es war ein Tier, auch kein Insekt, sondern ein ziemlich hochentwickeltes Tier, das spürte Schmerz.

»Wir müssen ihn totmachen, er quält sich.« sagte ich. Wir schlugen auf den Frosch ein, der im Modder verschwand. Wir schauten nicht nach, ob er tot war oder nicht. Wir setzten uns auf unsere Fahrräder, fuhren los und redeten kaum auf dem Heimweg.

6 Sommers an der Ostsee, die ganze Familie und noch andere, befreundete Familien dazu. Es gab viele Mücken und Fliegen.

Die Mücken erschlug man, und die Fliegen waren eklig, weil sie sich auf die Kackhaufen setzten, die überall im Wald verteilt lagen. Fliegen fand ich nicht so spannend, sie waren erst einmal schwer zu fangen, dann flogen sie gleich wieder davon, wenn man doch mal eine lebendig erwischt hatte. Die Mücken waren eine echte Qual, abends kamen sie aus dem Wald bis auf den Zeltplatz am Strand.

Sie stachen und saugten Blut. Ich beobachtete eine auf meinem Arm, wie ihr Leib auf Tropfengröße anschwoll, während sie saugte. Dann erschlug ich sie, und es gab einen Blutfleck. Ich fand, dass die Mücken viel zu gut davonkamen, dafür, dass sie einem richtig weh taten und auch noch Blut stahlen. Mükken waren böse. Ich fing eine lebendig und versuchte, ihr den Saugrüssel abzureißen. Leider gelang es nicht, es riss der ganze Kopf mit ab. Bei einer anderen ging es dann doch, und ich sah der Mücke zu, wie sie davonflog. Ich war hochbefriedigt. Ich hatte die Mücke zu einem schrecklichen Hungertod verurteilt, wo sie doch jetzt nicht mehr Blut saugen konnte. Ich hatte auch andere Ideen: Was war, wenn man einer Mücke alle

Beine ausriss? Dann konnte sie doch nirgends mehr landen und musste irgendwann vor Erschöpfung vom vielen Fliegen zu Boden fallen. Aber das machte ich nie.

Die schönsten Fliegen dagegen waren zweifellos die metallisch grünen. Ich hatte eine gefangen, ich weiß nicht mehr, warum ich es machte. Ob ich sie bestrafen wollte, weil sie sich auf so eklige Sachen wie Scheiße setzte? Oder vielleicht tat ich es auch nur aus reiner Neugier. Ich riss der Fliege beide Flügel aus. Jetzt krabbelte sie im Ostseesand herum wie ein kleiner Käfer.

»Kuck mal, Mutti!« rief ich, »Was ich für einen komischen Käfer gefunden habe.« Meine Mutter kam aus dem Zelt.

»Ist ja ein Ding!« murmelte sie, »So einen Käfer habe ich ja noch nie gesehen.« Ich konnte nicht mehr an mich halten vor stolz auf mein Werk und sagte:

»Das ist ja gar kein Käfer. Das ist eine Fliege, der ich die Flügel ausgerissen habe.« Meine Mutter machte ein angewidertes Gesicht, als hätte ich etwas sehr Schlimmes gesagt.

7 Sommerurlaub an der Ostsee, Prerow, der einzige Zeltplatz direkt am Meer. In den Dünen der Halbinsel Darß lag das größte FKK-Gebiet der Welt. Vielleicht gab es doch noch ein größeres, aber die Welt war damals kleiner. Zu den Parkplätzen führte ein Weg aus Betonplatten, auf denen immer nur ein Auto fahren konnte. Begegneten sich zwei, dann musste ein Fahrer von beiden seinen Wagen zurück auf einen dieser Ausweichplätze fahren.

Wir fuhren in dem Trabbi Kombi auf diesem Plattenweg, da kamen uns zwei olivgrüne NVA-Kleinbusse entgegen. Unser Trabbi und der erste »Barkas« standen sich gegenüber. Die kleine Armeekolonne hatte es nicht so weit zum nächsten

Ausweichplatz. Meine Mutter am Steuer des Trabbi blieb einfach stehen. Ein Soldat kam heraus und bat meine Mutter, zurückzufahren. Doch sie fühlte sich im Recht: Die Armeefahrzeuge müssten zurück ausweichen, nicht sie. So standen wir, die Soldaten im Barkas besprachen sich und wollten keine Schwäche zeigen. Die Minuten verstrichen seltsam träge und zäh, die Sonne brannte herunter auf den Darß, es war Sommer, und es gab keine Klimaanlagen.

Jetzt kamen zwei Soldaten aus dem Armee-Barkas und versuchten nochmals, meine Mutter zu überreden. Doch sie fühlte sich mehr im Recht denn je und gab nicht nach. Ein Trabant Kombi und zwei Armee-Barkas standen sich unter der sommerlichen Sonne gegenüber: scheinbar mehr eine Geduldsprobe als ein Kräftemessen. Schließlich fuhren die Armeefahrzeuge seitlich vorbei. Dafür mussten sie vom Plattenweg runter, immerhin eine hohe Kante. Sie rumpelten über den sandigen Boden voller Dellen und Furchen. Die Gesichter der fahrenden Soldaten waren ernst und angespannt. Nicht ein einziges Mal schauten sie zu uns hinüber. Ihre Fahrzeuge wakkelten bedenklich, dann fuhren sie wieder auf den höheren Plattenweg.

Wir hatten gewonnen.

Eine Stunde später saßen wir vor unserem Zelt, als die Durchsage über die Strandlautsprecher kam: »Die Fahrerin des PKW Trabant mit dem amtlichen Kennzeichen PA 90-72 sofort bei der Zeltplatzleitung melden!« Das war unser Trabbi. Meine Mutter trank noch ihren Kaffee aus, als die nächste Durchsage kam: »Margot Hennig, Frau Margot Hennig bei der Zeltplatzleitung melden!«

»Ach«, sagte sie, »jetzt haben sie schon den Namen raus.« Sie ging los, nahm als Zeugin ihre Freundin mit, die auch mit im Auto gesessen hatte, und ich sah sie noch den Weg gehen.

Gulag, Sibirien, Arbeitslager. Es hätte ein Abschied für immer sein können, aber er war es nicht.

Später erfuhren wir, was passiert war. In dem einen Armee-Barkas war Heinz Hoffmann gewesen, der Armeegeneral der DDR, früher sagte man Kriegsminister. Es ging alles noch glimpflich ab, weil sie meiner Mutter glaubten, die versicherte, dass sie natürlich zurückgefahren wäre und dem Barkas Platz gemacht hätte. Aber die Soldaten hatten nicht gesagt, dass Heinz Hoffmann ihr Passagier war. Nur eine Ahnung, hätte sie nur eine Ahnung von Heinz Hoffmann da drin gehabt! Ihr wurde geglaubt. Außerdem kannte sie einer der Verhörer, immerhin war meine Mutter Spielerin in der Nationalmannschaft gewesen, Feldhandball.

8 Im Sommer waren wir an der Ostsee, im Winter machten wir Wintersport, meist im tschechischen Riesengebirge. So sahen unsere Urlaube aus. Uns ging es gut, keine Frage: Wohnung, Grundstück, Auto, zweimal im Jahr weite Urlaubsreisen. Kurz hatte mein Vater sogar den Saporosch seines Vaters, Sapo genannt. Man erkannte Autos dieser Marke schon von weitem an ihrem Pfeifen. Doch mein Vater und technische Sachen, das war noch eine Geschichte für sich.

Dort in den tschechischen Bergen hatten wir immer Quartier bei Rübezahl in der Kleinstadt Swoboda. Swoboda bedeutet tschechisch »Freiheit«, und so hatte das Städtchen auch früher geheißen, als es noch deutsch war. Rübezahl lebte mit seiner Frau in einem 200jährigen, schiefen Haus mit mächtigen alten Balken, und eigentlich hieß das Ehepaar Umlauf mit Nachnamen. Aber Rübezahl war schon der echte Rübezahl, man konnte an jedem Kiosk und in jedem Schreibwarenladen Ansichtskarten mit Fotos von ihm kaufen, und auf der Rückseite stand als Erklärung in tschechisch, russisch, englisch und deutsch: »Rübezahl, Berggeist im Riesengebirge«.

Er hatte einen großen weißen Bart, schippte morgens laut Kohlen in den Ofen direkt vor der Tür unseres Zimmers und ächzte dabei. Alles an seiner Frau war rund, ihre Arme, ihre Beine, selbst die Nickelbrille, die auf ihrer runden Nase saß, und sie schnaufte beim Treppen Steigen.

Für mich war die Tschechoslowakei hauptsächlich das Land der Gummitiere. Es gab sie in allen unglaublichen Arten in den Spielzeug- und Schreibwarenläden. Es gab Schlangen und Affen, mit und ohne Baströckchen, es gab Käfer und Eidechsen, Würmer, Spinnen und Monster aller Art aus weichem, stark riechendem Gummi. Ich gab mein ganzes Geld dafür aus und bettelte um mehr, um mir auch noch die letzten und neuesten Tiere zu kaufen. Die Tschechoslowakei war der DDR in Bezug auf Gummitiere um mindestens 100 Jahre voraus.

Wenn es richtig kalt wurde, hatten die Ostautos Schwierigkeiten. Entweder die Batterien hatten sich entladen oder irgendwelche Bowdenzüge waren festgefroren. Meine Eltern nahmen unsere Autobatterie mit ins Zimmer. Wenn sie morgens wieder eingebaut wurde, sah ich, wie andere Motorisierte Feuer anzündeten unter ihren Trabants, Skodas oder Saporoschs.

Wir fuhren los in dem eiskalten Trabant, die Skier waren auf dem Dach, nach Pez. Kaum war es in dem Auto wärmer und erträglich geworden, waren wir auch schon da. In Pez gab es massenhaft Abfahrtshänge mit Skilifts. Mittags aßen wir in einer Baude, und danach fuhren wir weiter Ski und abends wieder nach Hause zu Rübezahls Haus.

Manchmal, wenn mir die Füße in den Schuhen vor Kälte taub geworden waren, wärmten mein Vater und ich uns zusätzlich irgendwo auf, wo wir auf meine Schwester und meine Mutter warteten. Auf dem Weg zur »Grill-Bar«, die wir wegen der erstaunlichen, blubbernden Lavalampen bevorzugten, kamen wir an einem Mercedes vorbei, hinter dessen Windschutzscheibe eine phantastische Auswahl an Gummitieren versammelt war: Frösche auf Skiern, Frösche mit Brillen, Frösche, die in einem kleinen Bett übereinander lagen. Ich starrte auf die Gummitiere, dann auf meinen Vater, der von meiner Begeisterung für die elastischen Geschöpfe wusste.

»Man könnte«, sagte ich, »die Scheibe mit einem Stein einschlagen und die Gummitiere nehmen und schnell wegrennen.«

»Ja,« sagte mein Vater, »die Scheibe kostet gut 200 Mark West. Wenn wir das dem Besitzer des Autos erzählen, dann gibt er uns die Gummitiere so und ist noch froh, dass wir die Scheibe nicht eingeschlagen haben.« Ich hielt das für einen wunderbaren Vorschlag und dachte, wir würden nun auf den Besitzer des Mercedes warten. Aber mein Vater ging einfach weiter, als wäre die Sache damit erledigt, und ich musste ihm, obwohl ich es nicht verstand, folgen.

9 Mein Großvater mütterlicherseits war an der Ostfront gefallen, er war Bäcker gewesen. Der harten Arbeit und dem Frühaufstehen, so hatte er geglaubt, entfliehe er am besten als Mitglied der Wehrmacht. Er hinterließ eine Witwe mit drei Töchtern. Die Tränen der verzweifelten Frau trockneten erst, als sie mit dem Nachlass ihres Mannes die Liebesbriefe einer anderen Frau zugesandt bekam. Sie floh mit ihren drei kleinen Mädchen vor der grollenden Ostfront und landete in Sachsen-Anhalt. Irgendein Vorfahr väterlicherseits, der früheste, von dem es ein Foto gab, hatte eine Augenklappe wie ein

Seeräuber. Bei einem anderen war die Herkunft unklar, unehelich. Dann war er bei einem Polizeimeister aufgewachsen. Es war der Vater meines Großvaters, und ein Sozialdemokrat. Als er, mein Großvater war noch ein kleines Kind, um die Jahrhundertwende starb, entfernte seine Witwe im Morgengrauen die Gedenkkränze und Schleifen der sozialdemokratischen Genossen vom Grab, aus Angst vor dem unbarmherzigen Klatsch der Kleinstadt und der kaiserlichen Geheimpolizei.

Mein Großvater väterlicherseits wurde später Mitglied in SA und NSDAP, nach dem Krieg trat er schnellstmöglich in die SED ein. Wie es verlangt wurde, hatte er in der Nazizeit Ahnenforschung betrieben, voller Angst, dass hinter dem Mädchennamen »Bergmann« seiner Frau jüdische Vorfahren stecken könnten. Doch Glück des Tüchtigen: alles arisch. Seinen Kindern verbot er in der DDR das Westfernsehen.

Seine Frau, meine Großmutter, stammte aus einer Försterfamilie. Ihr Vater hatte die Weltwirtschaftskrise mit Baumstämmen überstanden, die er unter der Wasseroberfläche eines Sees gelagert hatte. Während er in den 20er Jahren Krieg mit den Berliner Wilddieben führte und einem auch mal eine Ladung Schrot in den Arsch schoss, nahm er es selbst mit den Jagdregeln nicht so genau. So ging er auf nächtliche Entenjagd, ausgerüstet mit Akku und Scheinwerfern. Das grelle Licht zu nächtlicher Stunde verwirrte die Vögel und machte sie zu leichter Beute.

Bei meinem Vater hatte das Westfernsehverbot nicht die erhoffte Wirkung. Nachdem er in den 50ern auf FDJ-gesteuerten Friedensdemos in Westberlin von den dortigen Polizisten zusammengeschlagen worden war, äußerte er in den 60ern unangebrachte Vergleiche zu den Praktiken der Volkspolizei, was ihn für 2 Jahre ins Gefängnis brachte. Auch bei seinem Bruder wirkte das Westfernsehverbot nicht, er setzte sich schon kurz vor Mauerbau ganz nach Westdeutschland ab, machte dann selbst Westfernsehen beim WDR und fuhr mit seinem roten Sportwagen über die Autobahn.

Eine Schwester meiner Mutter freundete sich 1964 mit einem westdeutschen Arbeiter an, der auf Montage in der DDR war. Der schmuggelte sie in Männerkleidung mit dem Pass eines Kollegen in den Westen. Noch jahrzehntelang spielte ihm die Stasi bei anonymen Anrufen die DDR-Nationalhymne vor.

10 Meine Eltern nahmen es mit den Gesetzen nicht so genau. Wenn wir ins Ausland fuhren, hatten wir immer irgendwas dabei, was man eigentlich nicht mitnehmen durfte. Das mit dem Zoll war immer eine heikle Sache. Und wenn wir zurückkamen, meist aus der Tschechoslowakei, dann war es dasselbe. Ein Kasten Bier, Westzeitungen, ein paar Kanister Benzin, Sachen dieser Art.

Wir hatten eine Wohnung in Ludwigsfelde und ein Wochenendgrundstück in Rangsdorf, 20 Kilometer entfernt. Wenn wir mit dem Trabant Kombi die Autobahnabfahrt nahmen, mussten wir meist an der Eisenbahnschranke eine kleine Ewigkeit warten. Diese Schranke wurde mit der Hand betrieben, und wenn zwei Züge im 10-Minuten-Abstand durchfuhren, dann ließ der Schrankenwärter die Schranken einfach unten. Aber es gab einen Parkplatz an der Autobahn, fünf Kilometer vor der offiziellen Abfahrt, von dem man einen Schleichweg durch den Wald fahren konnte. Die Polizei führte einen aussichtslosen Kampf gegen die illegalen Abfahrer. Manchmal lauerten sie auf, manchmal versuchten sie mit Gräben und Erdhügeln Barrieren zu schaffen. Aber die hochbeinigen Trabbis bahnten sich schon bald einen neuen Weg.

Einmal, mein Vater fuhr, und meine Schwester und ich saßen hinten im Auto, wollte er abends diese illegale Auffahrt benutzen. Es war schon spät und dunkel, da leuchtete jemand mit der Taschenlampe.

»Scheiße!« sagte er und zu uns nach hinten: »Sagt nichts!« Es waren Polizisten, die irgendeine Kontrolle machten. Mein Vater kurbelte die Scheibe herunter und sagte zu dem Beamten:

»Wir wollen meine Frau abholen. Sie kommt von einem Ausflug zum Frauentag, und vielleicht kann sie den Busfahrer überreden, dass er sie hier rauslässt.« Der Polizist glaubte die Geschichte. Wir warteten zehn Minuten, dann fuhr mein Vater wieder zurück durch den Wald, und wir nahmen die normale Auffahrt. Wenn wir auf der Autobahn fuhren, dann ruckelte es. Zwischen den Betonplatten waren große Spalten, und sie waren voller Risse. Manchmal sagte mein Vater: »Scheiß Nazis, Scheiß Hitler. Erst bauen sie die Autobahn, und dann machen sie 40 Jahre lang nichts dran.«

11 Die Schule begann, und irgendwas stimmte nicht. Ich kam erst mit der Zeit dahinter, was es war. Es war die Schule, an der mich meine Eltern angemeldet hatten. Es war dieselbe Schule, an der sie Lehrer waren und die auch schon meine Schwester besuchte. Ich habe meine Eltern nie gefragt, ob es ihnen bewusst war, dass sie mir die Kindheit zur Hölle machten.

Am Anfang schien es mir noch originell, dass ich meine Eltern außer zu Hause auch noch täglich auf dem Schulhof sah. Bald aber wurde mir klar, dass ich das schrecklichste, das grauenhafteste, das unerträglichste Schicksal hatte von allen in meiner Klasse: Ich war Schüler an der Schule meiner Eltern. Die Petzerei der Kollegen, die ständige Überwachung, der widerliche Sonderstatus, abscheulich. Während alle Mitschüler Seiten aus ihren Hausaufgabenheften rissen, wenn Lehrer Tadel oder Beschwerden hineingeschrieben hatten, konnte ich das nicht. Jedes kleine oder mittlere Vergehen wurde meinen Eltern erzählt, irgendwo auf den vielen Fluren der Schule. Meine Mutter stellte mich dann zur Rede, ob ich denn nicht wenigstens ihr zuliebe im Unterricht braver sein könnte.

Ich wäre gern ein normaler Schüler gewesen, aber ich hatte keine Möglichkeit dazu. Ein wenig entspannte sich die Lage einige Jahre später, als meine Schwester an eine Sportschule in Berlin ging und mein Vater fristlos entlassen wurde. Meine Mutter aber blieb mir bis zum Ende der Schulzeit erhalten.

12 Ich sammelte Briefmarken. Ich hatte sie nach Themen geordnet, Politik, Raumfahrt, Natur, Köpfe war das bei weitem umfangreichste Gebiet. Ich bekam sie von Verwandten ausgeschnitten zugeschickt, es wurden riesige Mengen, die in stundenlangen Arbeitseinsätzen in Wasser abgelöst und dann auf Zeitungspapier getrocknet werden mussten. Aber es waren meistens nur die langweiligen Motive, die üblichen Marken.

Dagegen gab es in Papierwarenläden und manchen Kaufhallen abgepackte und in Folie verschweißte Marken mit wunderbaren Autos, Katzen, Fischen oder kubanischen Satelliten. Von meinem Taschengeld kaufte ich davon, doch das Taschengeld war schnell alle. So stahl ich die Marken, das war nicht schwer. Ich steckte sie unter die Jacke, kaufte eine Kleinigkeit und ging wieder aus der Kaufhalle. Es war ein wunderbar freies Gefühl, mit dem jeweiligen Briefmarkenschatz unter der Jacke durch die Straßen zu laufen, sie zu Hause anzuschauen und dann in das Album einzusortieren.

Es waren große Sommerferien, wie immer um diese Zeit waren wir in Rangsdorf, und ich ging in die Kaufhalle. Ich schlenderte eine Weile zwischen den Regalen hin und her, dann steckte ich eine Packung Briefmarken für zehn Mark unter die Jacke und ging zum Ausgang. Ich sah dort eine Dame stehen, mir hätte klar sein müssen, dass sie mich gesehen hatte. Doch ich hoffte, dass es, entgegen allem Augenschein, nicht so wäre, und sie mich einfach vorbei ließe. Natürlich hielt sie mich an, ob ich mit nach hinten kommen könne. Ich bekam einen roten Kopf und ging mit durch einen Gang in ihr Büro. Ob ich etwas mitgenommen hätte, fragte sie, und ich reichte ihr die Briefmarken.

Wie ich hieße, wo meine Eltern arbeiteten, sie müsse leider einen Brief schicken an die Arbeitsstelle meiner Eltern. Ich fragte, ob es nicht so ginge. Nein, das müsse sein. Sie ließ sich die Schule nennen und die Adresse. Dann konnte ich gehen, ohne die Briefmarken. Ich nahm mir jeden Morgen vor, es meiner Mutter zu beichten: »Du, ich muss Dir was ganz Schlimmes sagen.« Dann verschob ich es auf den Abend und am Abend auf den nächsten Tag.

Es waren noch so viele Wochen bis Ferienende. Ich verschob es jede Woche, jeden Tag, jede Stunde. Zwischendurch hatte ich immer wieder die aberwitzigsten Hoffnungen, dass der Brief verloren gegangen wäre oder die Dame doch vergessen hätte, ihn abzuschicken. Ich betete sogar, schwor im Stillen, wenn dieser Brief verschwände, ich würde in die Kirche eintreten und sonstwas tun. Nur dieser eine Wunsch, das wäre doch nicht zu viel verlangt. Ich hoffte, in ein Koma zu fallen und erst 100 Jahre später wieder aufzuwachen, noch so jung wie heute, aber alle, die ich kannte, wären längst gestorben.

Nichts von alldem geschah, meine Mutter wurde bei Schulanfang mit meinem Diebstahl konfrontiert, und ich wünschte, zu verschwinden oder tot umzufallen, als sie mich zur Rede stellte. Es war nicht allein der Diebstahl, der ihr unverständlich blieb. Mehr noch wollte sie wissen, warum ich ihr nichts gesagt hatte. Dann hätte sicher diese Blamage vor den Kollegen vermieden werden können. Sie hätte nur zur Kaufhalle zu gehen brauchen und alles im Guten klären können. Warum ich nichts gesagt hätte? Es sei doch klar gewesen, dass es rauskommen musste. Ich konnte nicht antworten. Sollte ich erzählen, wie sehr ich gehofft hatte, der Brief möge verschwinden? Ich schwieg und schaute in eine Ecke des Zimmers, und die Sekunden vergingen quälend langsam.

13 Im Klassenzimmer hatte die Lehrerin eine Tafel aufgehängt mit vielen Lokomotiven, die unsere Namen trugen. Wenn jemand 50 Pfennig für Solidarität spendete, dann bekam er an die Lokomotive mit seinem Namen einen Waggon gemalt. Ich hatte meine Mutter nach Geld für Solidarität gefragt, aber aus irgendwelchen Gründen gefiel ihr das nicht richtig, und sie gab mir nur sehr widerstrebend 50 Pfennig. Andere in der Klasse hatten schon vier Waggons und ich gerade mal einen einzigen.

Meine Eltern hatten viel zu tun, sie verdienten sich zu ihren Gehältern durch die Betreuung von Arbeitsgemeinschaften noch Geld hinzu. Außerdem trieben sie selber Sport, wie auch meine Schwester, und ich war nachmittags nach der Schule oft allein in der Wohnung. Ich durchstöberte die Schubladen, die Schränke, alles. In einem Fach hatte meine Mutter Münzen gesammelt, gültige DDR-Münzen, Fünf-, Zehn- und Zwanzigmarkstücke, irgendwelche Sonderprägungen, von denen sie wohl hoffte, dass sie irgendwann im Wert steigen würden. Es war ein ansehnlicher Haufen, in einer kleinen Tüte. Ich sah sie mir an und packte sie alle wieder zurück.

Im Schrank meines Vaters war eine beeindruckende Sammlung winziger Schnapsflaschen, dahinter standen Bücher, und hinter den Büchern fand ich die Briefe. Sie waren aus den 60er Jahren. Ein Anwalt schrieb darin, dass er an der Gefängnisstrafe meines Vaters nichts ändern könnte im Moment. Das war ja ein Ding! Mein Vater war im Gefängnis gewesen! Ich fand es keinen Augenblick verwunderlich, dass ich davon nichts wusste. Im Gefängnis! Es war ja klar, dass sie mir davon nichts gesagt hatten. Denn um ins Gefängnis zu kommen, musste mein Vater irgendwelche geheimen, schweren Verfehlungen begangen haben, von denen man einem Kind selbstverständlich nichts erzählte. Mein Vater stieg sehr in meiner Achtung. Es machte mich stolz, auch wenn leider nicht zu erfahren war, warum er gesessen hatte. Ich packte die Briefe zurück und stellte die Bücher wieder genauso davor.

Ich machte das Schubfach mit den Münzen noch mal auf, nahm eine Fünf-Mark-Münze heraus. Es war nicht zu bemerken, dass eine fehlte, es waren zu viele Münzen. Niemand, der nicht die genaue Anzahl der Münzen wusste, konnte das Fehlen dieser einen bemerken. Am nächsten Tag schaute mich meine Klassenlehrerin erstaunt an, aber sie musste mir zehn Waggons malen, mein Solidaritätszug war der längste.

14 Mein Vater unterrichtete die höheren Klassen. Wer mit irgendwas rumspielte oder sich eine Zeitschrift anschaute, die nicht zum Unterricht gehörte, und sich erwischen ließ, dem wurde sein Zeug abgenommen. Mein Vater nahm ihnen Spielzeugautos ab, Westzeitungen, Comic-Hefte, Barbiepuppen, Messer, Zangen, Wimpel, Pornohefte, Playboy-Ausgaben, Nacktposter, Science-Fiction-Bücher, Gebisse zum Aufziehen, Zigaretten und kleine Schnapsflaschen für seine Sammlung.

Eigentlich hätte er sie wohl dem Direktor abgeben müssen oder, nach einer gewissen Frist, den Schülern zurück. Aber er behielt sie einfach oder schenkte sie an mich weiter. Die Schüler, die ihre halb verbotenen Sachen so verloren hatten, waren froh, so glimpflich davongekommen zu sein und glaubten wohl auch, dass der Verlust dieser Sachen zum normalen Risiko gehörte. Irgendwann schienen sie was zu ahnen. Ich wurde auf dem Schulweg von Größeren angesprochen, ob ich nicht dieses Witzbuch hätte, ob ich wüsste, wo ein Pornoheft hingeraten sei.

»Nein, nein,« sagte ich, »keine Ahnung.«

15 Ich stahl Spielzeug aus einer Kaufhalle. Es gab eine Kaufhalle ganz in der Nähe unserer Wohnung, aber dort gab es nur Lebensmittel, und die interessierten mich nicht. Die Kaufhalle mit dem Spielzeug war direkt gegenüber der Schwimmhalle. Meine Klasse kam dort immer vorbei, wenn es zum Schwimmunterricht ging.

Ich klaute Wundertüten, das waren kleine Papiertüten mit Kartonspielen, Plastspielzeug und anderem Schnickschnack und wieder Spielzeugautos. Es waren mittelgroße mit Schwungradmotor, eins kostete zehn Mark. Ich packte sie in den Schwimmbeutel, kaufte Kuchen und bezahlte den Kuchen an der Kasse. Aber irgendwann hatte ich wohl ein paar von diesen Autos zu viel. Meine Mutter fand mehrere in meinem Schwimmbeutel. Ich war immer noch ein Dilettant, und ich hatte gepatzt. Ich hätte sie sofort verstecken müssen.

»Wo hast du die her?« fragte meine Mutter.

»Gekauft«, log ich. Eine sehr schlechte Lüge, denn meine Mutter hatte genauen Überblick über meine Finanzen.

»Wo?« fragte sie.

»Na in der Kaufhalle.«

»Gut, wir gehen da hin.« Aus irgendeinem Grund vertraute meine Mutter mir nicht mehr. Es war schrecklich, selbstverständlich wusste ich, dass es aus war. Es würde auffliegen. Ich ging mit meiner Mutter, wie zu meiner Hinrichtung. Ich wünschte, ein Auto würde mich anfahren, damit ich schwerverletzt ins Krankenhaus käme und irgendwelche Spielzeugautos völlig nebensächlich würden. Ich hoffte, ein Flugzeug würde abstürzen, direkt hier. Alle würden sterben, nur ich würde überleben. Niemand würde das Schlimme erfahren. Aber natürlich stürzte kein Flugzeug ab, wir kamen in die Kaufhalle, es war alles aus.

»An welcher Kasse hast du sie gekauft?« fragte meine Mutter. Obwohl es aberwitzig war, es schien mir, wie meine letzte winzige Chance, ich zeigte auf eine unbesetzte Kasse:

»An der.« Vielleicht doch eine Hoffnung, vielleicht war die Kassiererin weg, in der Hölle verschwunden, in Atome aufgelöst, plötzlich in die Mongolei abberufen, in die UdSSR verzogen, einfach weg. Meine Mutter fragte an einer anderen Kasse nach, jemand verschwand nach hinten, und die Kassiererin tauchte auf.

»Ist es die?« fragte meine Mutter, ich nickte, ich musste nikken, was sollte ich noch tun.

»Hat mein Sohn heute diese Autos bei Ihnen gekauft?«

Die Kassiererin verneinte. Meine Mutter sah mich an:

»Hast du sie geklaut?« Ich nickte. Meine Mutter gab die Autos zurück, entschuldigte sich vielmals. Wir gingen nach Hause. Ich wollte sterben, sofort tot umfallen, aber es ging immer weiter.

16 Ich wurde bestraft, zwei Wochen Fernsehverbot, es traf mich ziemlich hart, denn ich sah, wie alle Kinder, leidenschaftlich gern fern. Was waren die größten Abenteuer, die man im Wald und auf Feldern erleben konnte, gegen die von »Ein Colt für alle Fälle«, dem Stuntman, der immer Sträflinge jagte? Oder »Der Unsichtbare«, der die Verbrecher überführen konnte, weil er nicht zu sehen war, »Der Fahnder«, »Tom und Jerry«, »Der rosarote Panther«, »Bugs Bunny«, »Die Olsenbande«, die »Muppetshow«. Das Fernsehverbot traf mich bis ins Mark, es schien mir die schlimmste mögliche Strafe. Während ich genau wusste, was lief, und es zum Teil sogar durch die Tür zum Wohnzimmer hören konnte, durfte ich es nicht sehen.

Das Ewige der Strafe war für mich besonders schlimm, zwei Wochen! Ein Leben ohne Fernsehen schien mir so grau, so wenig lebenswert, so langweilig. Es war eine schreckliche und brutale Strafe, nicht so sehr, weil ich nicht fernsehen durfte. Viel mehr, weil die anderen aus meiner Klasse es weiter durften. Denn in den Pausen standen die verschiedenen Grüppchen beieinander, und alle unterhielten sich übers Fernsehen. Nur ich konnte nichts dazu beitragen, begierig hörte ich, was ich verpasst hatte, es wurden Szenen nacherzählt:

»Und wie die dann über den Abgrund laufen, das Klavier, und dann kommt der andere von der anderen Seite.« Ich blieb in der Runde stehen, sagte nichts. Jemand erzählte weiter:

»Und wie es aus dem Fenster kommt, wie das Klavier aus dem Fenster fällt! Und der andere steht da unten!« Ich blieb noch länger stehen, bis ich mir die Szene ziemlich gut vorstellen konnte. Dann schlenderte ich zu einem anderen Kreis und erzählte genau, was ich eben gehört hatte:

»Und wie die dann über den Abgrund laufen, das Klavier, und dann kommt der andere von der anderen Seite.«

»Ja,« sagte ein anderer, »und wie es dann runter fällt, aus dem Fenster.« Es schien, als ließe sich so ein Fernsehverbot doch aushalten.

17 Mein Vater stahl alles, was nicht niet- und nagelfest war. Er war Lehrer für Geografie, Astronomie und Sport. Er sagte, wenn er mit einem riesigen Netz Volleybälle oder einem Stapel Sporthemden das Schulgelände verließ:

»Erich Honecker hat gesagt, aus unseren volkseigenen Schulen und Turnhallen lässt sich noch viel mehr rausholen.« Es waren Rhönräder, Barren, Sprossenwände, Fußbälle, Volleybälle, Handbälle, Tischtennisplatten. Es sammelte sich alles in unserem Garten an, der besser ausgestattet war, als die meisten Turnhallen.

Ich dagegen war vorsichtiger geworden, meine kriminelle Energie schien verschwunden zu sein. Ich begann zu lesen, und die Bücher zogen mich in ihren Bann. Ich las viel, ich las sehr viel, ich las und las und las. Ich las Karl May, ich las Jules Verne, Jack London. Meine Leistungen in Deutsch wurden besser, kein Wunder, denn ich las und las. Meine Mutter hatte mich begleitet in die Bibliothek, und sie hatte nicht geahnt, dass sie einen zukünftigen Alkoholiker ins Spirituosenlager führte, dass sie einen zukünftigen Junkie anfixte, dass sie mir Morphium und Zigaretten und LSD und Speed zusammen gab, dass sie mich in die größte Drogenhölle führte, die es für mich geben konnte. Ich schleppte riesige Stapel Bücher nach Hause und las sie durch. Ich las Mark Twain, Erich Kästner, Cooper, Gerstäcker, Stanisław Lem, Nikolai Nossow, Alexander Wolkow, Bücher, Bücher, Bücher.

Ich war süchtig, abhängig, ich war den Büchern verfallen, diesen Schriftstellern mit ihren merkwürdig verkorksten Biographien. Meine kriminelle Karriere ging doch weiter. Ich begann, Bücher zu stehlen.

18 Ein merkwürdiges Schicksal suchte meine Familie heim und zerstreute sie fast in alle Winde. Meine Schwester wurde Leistungssportlerin, ging auf die Sportschule nach Berlin, wohnte im dortigen Internat und kam nur noch an den Wochenenden nach Hause. Mein Vater dagegen wurde fristlos entlassen. Aber nicht, weil er bei einem seiner Raubzüge aufgeflogen wäre, sondern weil er einen Witz gemacht hatte. Es war große Aufregung an der Schule und bei uns zu Hause. Einen politischen Witz hätte mein Vater erzählt im Unterricht, und er sei verpetzt worden, so wurde erzählt. Genaueres war vorerst nicht herauszubekommen.

Einige Wochen später fischte ich einen interessant aussehenden Briefumschlag aus dem Briefkasten, von einer wichtigen Schulbehörde. Ich hoffte, genaueres zu erfahren und öffnete ihn über Wasserdampf. Es war etwas enttäuschend, mein Vater, so stand darin, hätte behauptet, in der Nazi-Zeit hätte es Konzentrationslager gegeben, weil sich die Leute nicht richtig konzentrieren konnten. Das klang etwas unverständlich, ich verschloss den Brief wieder und war nicht viel schlauer als zuvor.

Tatsächlich, erfuhr ich später, hatte sich eine Schülerin im Unterricht beklagt, dass sie sich aus irgendeinem Grunde nicht konzentrieren könne. Woraufhin mein Vater ihr die Antwort gab: »Da hast du aber Glück, dass du jetzt lebst und nicht in der Nazizeit, da wärst du gleich in ein Konzentrationslager gekommen.« Irgendwie enttäuschend, einfach ein schlechter Witz. Ein einfaches Wortspiel, ich hatte auf eine kleine politische Heldentat gehofft, einen heroischen Aufschrei gegen die politische Unterdrückung und die verlogene Presse. Stattdessen ein dummes Wortspiel.

Es ist die Berufung zum Komiker, die jeden, den sie ergreift, sofort seine Seele verkaufen lässt für eine gute Pointe. Wer Lachen ernten will, muss jeden Witz erzählen, sei er noch so schlecht. Denn es ist ein wenig wie Gold schürfen, Tonnen von witzlosem Wortgeröll muss man waschen, ehe man auf die winzigen Witznuggets stößt. Über sieben Brücken musst Du gehen, hundert Witze erzählen, bis dann ein Treffer dabei ist, der Witz, bei dem alle prusten, gackern und losbrüllen, der dann passt wie die Faust aufs Auge. Der mit dem Konzentrationslager gehörte wohl eher zum Witzgeröll.

Aber das war nicht der Grund, dass die Ehe meiner Eltern kriselte. Es gab mehr und mehr Streit, und es war uns Kindern nicht verborgen geblieben. Laute Wortwechsel wurden zu dramatischen Auseinandersetzungen mit knallenden Türen. Es war merkwürdigerweise nie etwas Grundsätzliches, was für Konflikte zwischen meinem Vater und meiner Mutter sorgte. Es war nur so, dass meine Mutter sehr ordentlich war und mein Vater sehr unordentlich. Und das ständige Suchen nach den Sachen, die mein Vater irgendwohin gelegt hatte, anstatt an den dafür vorgesehenen Platz, hatte meine Mutter schließlich zermürbt, und sie trennten sich.

Von da an verstanden sie sich wieder ziemlich gut. Es war keine klassische Trennung. Mein Vater bekam eine Wohnung, keine 200 Meter entfernt, und er und meine Mutter, bei der ich wohnen blieb, sahen sich jeden Tag, manchmal mehrmals.

19 Es war nicht so, dass ich mal ein kleines Büchlein stahl. Ich stahl regelmäßig und viel. Bücher, Bücher, Bücher. Es war eine merkwürdige Art Beschaffungskriminalität, denn eigentlich las ich ja gern, und die Möglichkeit dazu bot die Bibliothek gratis an. Im Grunde also, gab es keinen Grund, dort Bücher zu entwenden und sie zu Hause anzusammeln. Es war wohl eine kleine Prise Wahnsinn dabei. Ich stahl in der Kinderbibliothek, in der Erwachsenenbibliothek, in Buchläden. Es war ganz einfach, und ich wurde nie erwischt. Es schien nicht einmal ein Risiko dabei zu sein.

Ich nahm mir mindestens zwei Bücher, schlenderte damit durch die Regalreihen. In einer Ecke dann, wenn niemand in der Nähe war, steckte ich das eine Buch von den beiden, auf das ich es abgesehen hatte, unter die Hose oder den Pullover und schlenderte weiter. Entweder lieh ich das andere Buch dann aus, oder stellte es zurück. Ich war mir sicher, dass niemand darauf achtete, ob man ein oder zwei Bücher in der Hand hielt. Das funktionierte immer, und meist blieb es nicht bei einem Buch. Es war dann wichtig, trotz der geheizten Räume die Jacke anzulassen, zu offensichtlich wäre es sonst gewesen, dass ich mit Büchern gestopft war wie eine Weihnachtsgans mit Äpfeln.

Eine andere Methode war noch etwas frecher. Ich nahm einfach einen Beutel mit in die Bibliothek mit einem Pulli oder ähnlichem darin. Den füllte ich dann mit Büchern, der Pulli kam als Abdeckung oben drauf. Dann verließ ich die Bibliothek, unten auf der Straße hatte ich Lust zu rennen, zu springen, vor Freude laut zu schreien. Stattdessen ging ich ganz normal nach Hause und durchblätterte meine Schätze.

20 Leider waren die spannenden, die guten Bücher meist ausgeliehen. Wenn man sie in die Hände bekommen wollte, musste man sie vorbestellen. Diese vorbestellten Bücher aber standen in einem extra Regal hinter dem Schalter der Bibliothekarin. Es schien unmöglich, sie zu stehlen.

Ich bestellte trotzdem vor. Die Bibliothek schrieb einem netterweise auf eigene Kosten eine Karte, sobald die betreffenden Bücher von einem anderen Leser zurückgekommen waren. Ich kam in die Bibliothek, ließ mir die bestellten Bücher geben und sagte, dass ich mich noch ein wenig umsehen würde. Somit war für die Bibliothekarin die Bestellung erledigt, sie warf die Bestellzettel weg, und ich konnte die Bücher einstecken wie gehabt.

Jeder hatte in der Schule einen besten Freund, meiner hieß Ben Graal. Auch er hatte keine Skrupel, und das Risiko, erwischt zu werden, schien berechenbar.

Manchmal gingen wir zusammen in die Bibliothek, wir hatten große Stoffbeutel mit, die beim Verlassen der Bibliothek prall waren, wie aufgeblasen. Den Bibliothekarinnen schien das nicht aufzufallen. Mit Ben Graal entwickelte sich ein kleiner Wettbewerb darum, wer mehr und besser Bücher stehlen konnte. Sie hatten auch westliche Ausgaben vom Diogenes Verlag, Mark Twain und Drehbücher von Fellini und Woody Allen. Die waren am attraktivsten, weniger durch den Inhalt als ihre Herkunft.

In der Bibliothek war noch ein anderer, immer verschlossener Raum. Darin lagerten die ungebundenen Zeitungen und Bücher, die nur sehr selten verlangt wurden. Man musste sich den Raum von einer Angestellten aufschließen lassen, war dann aber darin ganz allein. Dieser Raum war also sehr geeignet, ungestört Bücher am Körper zu verstauen. Dort stand ein Buch, mindestens einen halben Meter hoch, in schwarzes Leder gebunden mit Goldprägung, eine deutsche Chronik des deutsch-französischen Krieges von 1870/71. Es war mit unzähligen Bildern und vielen Landkarten versehen und schien mir sehr wertvoll. Aber es war so riesig, unmöglich, es unauffällig unter den Pullover zu stecken.

Doch eines Wintertages hatte ich eine dicke Jacke an, unter die steckte ich es. Das Buch reichte mir fast bis an den Hals, es war so groß wie eine mittlere Tischplatte. Aber nachdem ich mich mit einem vagen Winken verabschiedet hatte, kam ich mit dem Riesending von Buch raus an die frische Luft und ging auf dem schnellsten Weg nach Hause.

»Altstoffhandel«, sagte ich meinen Eltern als Erklärung für die vielen Bücher und so auch für das neueste. »Ich habe es beim Altstoffhandel gefunden.«

Bei den meisten Büchern war eine Erklärung aber unnötig, waren sie doch mit der Bindung und den Stempeln der Bibliothek versehen. So schien es selbstverständlich, dass ich sie ausgeliehen hatte.

21 Mit dem Altstoffhandel hatte es eine besondere Bewandtnis. Er lag auf einem eigenen Grundstück, in einem großen Holzhaus, das wie eine Scheune aussah und in dem die Altstoffe angenommen wurden. Davor hatten die übereinander geworfenen Altpapierbündel einen riesigen Haufen gebildet, der nicht so schnell abgetragen werden konnte, wie er von den fleißigen Sammlern aufgefüllt wurde. Außerdem befand sich auf dem Gelände ein kleines verschlossenes Häuschen. Wie alle anderen Kinder, wie meine Eltern und überhaupt alle Leute in der DDR brachte ich viel Altstoffe weg, das waren Gläser, Flaschen und Papier. Man bekam ganz ordentlich Geld dafür.

Dass Bücher der Bibliothek zu den Altstoffen kamen, schien meine Eltern nicht zu wundern. Auch nicht, dass ich sie mit nach Hause brachte. Spätestens dann musste eigentlich klar sein, dass ich sie nicht völlig legal erworben hatte. Denn Bücher vom Altstoffhandel mit nach Hause gebracht, bedeutete immer noch, dass ich sie gestohlen hatte. Doch war diese Art von Diebstahl wohl nicht vergleichbar mit dem in einer Kaufhalle. Es war ein wenig Rettung von Kulturgut. Ein Buch war immer noch mehr wert, als sein Gewicht in Papier.

Das kleine Häuschen auf dem Grundstück des Altstoffhandels war meist verschlossen, aber durchs Fenster konnte ich sie dort stehen sehen: Eine alte Schreibmaschine. Sie war mit grauem Staub bedeckt, doch man konnte trotzdem sehen, dass sie schwarz war mit goldener Schrift. Wie es genau zusammenhing, ob sie jemand als Altstoff abgegeben hatte, und ob sie die Betreiber des Altstoffhandels in dem Häuschen sicherten, um sie vielleicht teuer zu verkaufen, das alles konnte man nur vermuten.

Sofort als ich sie sah, entflammte der Wunsch in mir, sie zu besitzen. Ich war mir sofort sicher, dass ich mir schon immer eine alte Schreibmaschine gewünscht hatte. Ich ging nach Hause, und in der Nacht träumte ich von dem antiken Schreibgerät. Für zehn Pfennig kaufte ich am nächsten Tag im Siedlerbedarf einen Schraubenzieher, im Keller zu Hause spannte ich ihn in einen Schraubstock und bog ihn um. Er sah nun genauso aus wie der Dietrich, den mein Vater an seinem Schlüsselbund hatte.

Am nächsten Samstag hatte der Altstoffhandel geschlossen, das Nachbargrundstück stand wegen der vielen Garagen darauf immer offen. Nach der Schule fuhr ich mit einem großen Rucksack und diesem Dietrich bewaffnet dorthin. Ich schlich mich hinter den Garagen entlang, da war der Zaun zum Altstoffhandel, hinter dem sich der große Berg Altpapier erhob. Ich wartete eine Weile, dann kletterte ich über den Zaun und war inmitten des Altpapiers.

Ich schlich zu dem Häuschen, in dem ich die Schreibmaschine gesehen hatte, und rüttelte an der Tür, die natürlich verschlossen war. Ich probierte es mit dem Dietrich. Da war ein Widerstand, ich versuchte den Riegel umzulegen, und es gab ein leises Geräusch. Ich war sicher es geschafft zu haben, drückte die Klinke, aber die Tür war noch immer zugeschlossen. Ich war enttäuscht, ich probierte es noch ein paarmal, immer wieder erschien es mir, als ob ich den Riegel gekriegt hätte, aber die Tür blieb verschlossen. Nochmal, wieder dasselbe Gefühl, ich drückte die Klinke, doch diesmal war die Tür offen.

Ich war drin, und tatsächlich stand sie da, die alte Schreibmaschine. Mir schien sie sogar noch etwas schöner auszusehen als beim Blick durch das Fenster. Die Beschriftungen der Tasten waren unter vergilbten, kreisrunden Folien, und die Maschine hieß »Libelle« und war aus Neustadt an der Orla.

Ich sah mich noch ein wenig um in dem Raum, da waren ja noch weitere Schätze: Bücher, riesige Atlanten, Bilz' »Das neue Naturheilverfahren« mit seitenweise Menschen zum Aufklappen. Ich verstaute soviel, wie außer der Schreibmaschine noch in den Rucksack passte, und ging dann zurück und fuhr mit dem Fahrrad nach Rangsdorf.

Es war Wochenende, und da waren wir auf unserem Wochenendgrundstück. Meine Mutter hatte den Samstag frei, im Gegensatz zu mir, der ich zur Schule musste. Es war abgesprochen, dass ich danach alleine die 20 Kilometer mit dem Fahrrad nach Rangsdorf führe. Das ermöglichte meiner Mutter einen zusätzlichen Tag im Grünen und mir in diesem Fall die Möglichkeit des Einbruchs beim Altstoffhandel.

Ich fuhr mit dem Fahrrad, die Riemen des Rucksacks schnitten in die Haut und rieben sie wund. Kein Wunder, war doch eine Schreibmaschine und ein Stapel Bücher darin. Es war aber nicht schlimm, ich musste selbst beim Fahrradfahren an diese wunderbare Maschine auf meinem Rücken denken und an die tollen Bücher.

In Rangsdorf fuhr ich nicht direkt in unseren Garten, sondern vorher beim Müllplatz vorbei. Dort staubte ich die Schreibmaschine noch etwas mehr mit Asche ein, packte sie wieder zurück und fuhr in den Garten.

»Schau,« sagte ich zu meiner Mutter statt einer Begrüßung, »schau, was ich gefunden habe!« Ich packte die Maschine aus, und sie wurde allgemein bewundert. »Vom Müllplatz«, fügte ich hinzu. In Rangsdorf war auch eine Schreibmaschinenwerkstatt, dort ließ ich die Maschine für 42 Mark reinigen. Das angesammelte Taschengeld von einem Jahr ging dafür drauf, aber das war es wert. Danach funktionierte sie einwandfrei und war, so kam es mir vor, auf magische Weise ganz in meinen Besitz übergegangen.

22 Der Altstoffhandel in Ludwigsfelde, ich besuchte ihn noch oft. Ich ging alleine dort hin oder mit Ben Graal, meinem besten Freund. Wir stiegen über den Zaun, öffneten die Tür zu dem Häuschen mit dem Dietrich und bedienten uns an den dort in Sicherheit gebrachten Bücherschätzen. Jahrgangsweise gebundene Betriebszeitungen aus Eisenhüttenstadt von 1952, Romane, »Nachrichten aus der Heidenwelt« von einem Pfarrer aus dem Jahr 1849, Kochbücher, alles mögliche, wir packten sie in unsere Beutel und schleppten sie nach Hause.

Es waren nicht nur die Bücher spannend, es war auch dieser Berg aus Altpapier. War man auf der Spitze dieses Berges, konnte man die Bündel zur Seite werfen, sich in dem Altpapier ein großes Loch graben wie der Krater eines Vulkans. Dort lagen wir, unsichtbar für jeden von außen. Wir waren in diesem Hohlraum, schnitten Zeitungsbündel auf und blätterten die Illustrierten durch. Richtige Überraschungen waren nicht dabei, wir fanden keine Westzeitungen oder interessante Bücher im Inneren dieses Berges. Aber man konnte es sich bequem machen, das Papier war eine gute Unterlage, es war genug zu lesen ringsum. Ich ging auch allein da hin, baute mir den Krater und las. Es war das Paradies, es gab keine Probleme, nur Ruhe, ein wenig Sonne, und genug zum Lesen ringsum für mindestens ein Leben. Es schien mir wie der verheißungsvolle Beginn eines Weges in die Glückseligkeit.

Irgendwann später, ich war wieder mit Ben Graal dort, erwischte uns der Betreiber des Altstoffhandels, vielleicht war es auch ein Angestellter. Er war so überraschend aufgetaucht, wir hatten nicht einmal versucht wegzurennen. Es war ein Tag gewesen, an dem wir wieder in dem Altpapierberg hausten, er argwöhnte wohl schon etwas und kam hoch und schaute von oben in den Berg rein. Wenn er vermutet hätte, dass wir auch die Einbrecher in dem kleinen Häuschen gewesen waren, er hätte uns wohl nicht wieder laufen lassen. Er hatte was von Polizei gemurmelt, aber scheute wohl selber die Scherereien, und unser Delikt war auch nicht sehr strafwürdig: Lesen von Altstoffen. Er ließ uns einfach laufen, und wir stellten die Besuche des Altstoffhandels außerhalb der Öffnungszeiten ein, für immer.

23 Den Schülern der höheren Klassen schien es besser zu gehen als uns. Konnten sie doch einmal in der Woche einen ganzen Tag der Schule entfliehen und in der LPG arbeiten. Und wir waren uns ganz sicher, nichts konnte so nervend sein wie der Unterricht. Die Zeit verging und dann kam auch für uns der erste Tag Produktive Arbeit, PA, es ging auf die LPG in Siethen, einem Dorf 5 km von Ludwigsfelde entfernt.

Wir fuhren in einem Bus und waren in froher Erwartung. PA, das bedeutete keine Schule, Abenteuer, herumsitzen, rauchen. Und dann kamen wir an, und sie stellten uns an diese Maschinen. Hinten kippten LKWs Kartoffeln rein. Sie kamen auf breiten Fließbändern an und fielen auf ein anderes Fließband, vor dem wir standen. Denn es waren nicht nur Kartoffeln, sondern auch Steine. Kleine, mittlere, große, ganz große. Riesige Brocken, die wir nur zu mehreren auf ein anderes Fließband hinter uns hieven konnten, das sie auf einen riesigen Abraumberg schüttete.

Wir lachten und standen an der Maschine, es staubte, und die LKWs kippten Ladung um Ladung rein. Wir hörten auf zu lachen, der Staub drang überall ein, er war so fein wie Nebel. Er war im Mund, in den Augen, die Rotze in der Nase war dunkelbraun. Die Hände bekamen Blasen, wurden wund, und der Staub staubte weiter. Wir standen verbissen da, die LKWs standen in einer Schlange, die Sonne schien und es staubte. Wir wurden wütend, und es staubte weiter, und die Bänder liefen, und es schien einfach kein Ende zu nehmen. Es war gerade eine halbe Stunde vergangen, und wir fühlten uns, als stünden wir schon eine Woche hier. Wir kamen uns vor wie in einem Straflager, wir begannen zu weinen. Ungerecht war es, es war kein bisschen schön, es war ein riesiger Betrug, sie hatten uns reingelegt.

Manche Kartoffeln waren so groß wie Kinderköpfe. Sie wurden in einer anderen Maschine geröntgt und mit Gamma-Strahlen beschossen. Diese Maschine war riesig, ein Schildchen an ihr warnte vor den Strahlen. Es machte niemandem was aus, sie hatten ein unkompliziertes Verhältnis zu moderner Technik in der DDR. Der Röntgenapparat sollte helfen, Steine auszusortieren. Die nutzlosen Mineralien wanderten auf einem Fließband auf einen Abraumberg. Aber nicht nur Steine, auch besonders große Kartoffeln wurden von der Röntgenmaschine für Steine gehalten und landeten auf diesem Berg. Nach einer Ewigkeit war endlich Pause, ich steckte zwei von diesen Riesenkartoffeln ein, es war nicht mal richtiger Diebstahl, denn immerhin hatte die große Maschine sie weggeworfen.

Es gab dort in der Nähe auch Schweineställe, riesige Hallen mit Hunderten von Tieren. Da war auch eine Jauchegrube, grün wie Spinat und stinkend. In der grünen Brühe an der Oberfläche schwamm ein totes Schweinebaby, oder war es noch ein Embryo? Es war merkwürdig blass und lag regungslos in der grünen Flüssigkeit aus Jauche und Schweinescheiße. Gerd spuckte in die Brühe.

»Mit dem Blupp frischer Sahne!« sagte er, und es sah genauso aus wie in der Werbung.

24 So nach und nach lernte man beim PA die ganze LPG kennen, die Kartoffelhallen, verschiedene Werkstätten und Ställe. Manchmal arbeiteten wir auch in einem Gewächshaus, wo uns ein verschrobener Kerl anleitete, vor dem die Mädchen Angst hatten. Die Arbeiten waren immer unangenehm und stupide: Sand schippen, Unkraut jäten, Steine ausbuddeln und auf einen riesigen Haufen stapeln, Beton mischen, gigantische Berge Kohlen auf Anhänger schaufeln.

So kam ich auch in die Treckerwerkstatt, wo tschechische, DDR-Trecker und die russischen »Belarus« repariert wurden. Hoch oben an der Wand hing eine Uhr mit einem golden schimmernden Pendel. Was heißt Uhr, es war ein Regulator. Mein Vater hatte einen solchen Regulator besessen, ihn aber nach der Scheidung mit zu sich genommen. Regulatoren sind große, altmodische Uhren mit schwarzen, römischen Ziffern auf weißer Emaille und einem großen Pendel, das wie in Zeitlupe hin- und herschwingt, die Zeit majestätisch in kleine Stücke zerhackend.

Der Regulator in der Treckerwerkstatt war in einem dunkelbraunen, verstaubten Holzkasten mit einer Glasscheibe vorn. Die Wanduhr meines Vaters hatte, im Gegensatz zu der hier in der LPG, zwei Gewichte als Antrieb, und zweifellos waren Gewichte eleganter als ein normales Federwerk. Aber dafür war dieses Modell sehr viel größer.

Die Uhr lief nicht einmal, sie hing völlig sinnlos hier an der Wand, und ich fasste den Entschluss, sie zu stehlen. Es wäre kein großes Risiko dabei, es war schließlich eine LPG und nicht Fort Knox. Ein paar Zäune überklettern, womöglich schlossen sie die Werkstatt nicht einmal zu. Natürlich hätte ich auch die Arbeitenden in der Werkstatt fragen können, ob sie mir den Regulator für ein Taschengeld verkauften. Und vielleicht hätten sie es sogar gemacht. Aber das erschien mir zu riskant. Denn hätten sie abgelehnt, dann würde der Verdacht auf mich fallen, wenn bald darauf die Uhr bei einem Einbruch gestohlen würde. Und auch bei einem sehr günstigen Preis war Diebstahl noch billiger.

Ich fragte Ben Graal, ob er mitmachen würde. Es wäre auch kein Risiko dabei, die LPG war nicht bewacht, er müsste nur Schmiere stehen, ich würde alles Gefährliche machen und er willigte ein. Warum ich es machte, war klar, mir ging es um den Regulator. Bei Ben Graal war ich mir nicht so sicher, war es romantische Abenteuerlust oder die Freundschaft zu mir?

So fuhren wir also eines Abends mit Fahrrädern nach Siethen und kletterten über den Zaun. Es war dunkel, und wir schlichen um die Treckerwerkstatt herum. Wir zogen uns Handschuhe an, wir hatten genug Krimis gesehen und gelesen, um von Fingerabdrücken zu wissen. Doch die Tore der Werkstatt waren verschlossen. Ich hatte immer noch den umgebogenen Schraubenzieher und benutzte ihn als Dietrich. Ben Graal leuchtete mir mit der Taschenlampe, und ich versuchte es einmal, nochmal.

Ich probierte es noch ein paarmal. Aber es ging einfach nicht. Wir warteten eine Weile, es war noch immer völlig still, unser Atmen war das lauteste Geräusch, aber es schien uns so laut wie ein heulendes Industriegebläse. Doch selbst wenn wir lauthals geschrien hätten, es war niemand in der Nähe, der uns hätte hören können.

Ich nahm einen Stein und schlug das Fenster ein, Glassplitter fielen klirrend ins Innere. Ben Graal gab mir Räuberleiter, ich stieg über seine verschränkten Handflächen auf seine Schultern, zog die Glassplitter aus dem Rahmen, an denen ich mich schneiden könnte und stieg ein. Drinnen war es warm und still. Es roch nach Dieselöl, und die Uhr hing, wo ich sie zuletzt gesehen hatte. Ich sah mich um, nahm eine Leiter aus der einen Ecke der Werkstatt. Ich lehnte sie an die Wand, stieg hoch und hob den Regulator von der Wand und er gongte. Ich öffnete den Kasten und hängte das Pendel aus, sowohl um die Mechanik zu schützen als auch um das Läuten abzustellen. Dann reichte ich Ben den Regulator durchs Fenster und stieg hinterher. Wir gingen zum Zaun, erst kletterte Ben rüber, wieder reichte ich ihm den Regulator und kletterte hinterher. Ich befestigte die Uhr auf meinem Gepäckträger, und wir fuhren los, zurück nach Ludwigsfelde. Die Nacht war mild und sommerlich und bei jedem Schlagloch gongte hinter mir der Regulator.

Ich hatte mir eine Geschichte ausgedacht für meine Mutter: In der Nähe der Bahnstation Genshagener Heide, da hätte ein Bauwagen gestanden, ein alter heruntergekommener und natürlich nicht zugeschlossen. Eindeutig verlassen und voller Gerümpel und Müll. Und darin, so erzählte ich ihr, als ich ihr den Regulator zeigte, darin hätte ich ihn gefunden. Der Regulator hing bald in unserem Wohnzimmer, wo früher der meines Vaters gehangen hatte, er tickte langsam und gleichmäßig, gongte jede halbe Stunde und meine Mutter hatte keinen Grund, an der Wahrheit meiner Worte zu zweifeln.

25 Meine Mutter war der Meinung, dass jeder auch außerhalb des normalen Unterrichtes Sport treiben müsse. Besonders bei mir glaubte sie, dass meine kriminellen Neigungen, die sie mehr vermutete als sicher wusste, aus falsch geleiteter Energie resultierten. Und im Sport würde diese Energie sinnvoll wirken. Ich hasste Sport, hielt ihn in allen seinen Formen immer für Zeitverschwendung und hätte lieber gelesen. Aber ich hatte keine Wahl. Ich spielte Volleyball, fuhr Rad, war bei Leichtathletik und Handball. Überall warfen sie mich schnell wieder raus. Aber am schlimmsten war Judo.

Es war halb freiwillig, ich musste Sport machen, mindestens einmal pro Woche, aber ich konnte mir aussuchen, welche Sportart. Und da erschien mir Judo irgendwann als eine vernünftige Wahl, ich hatte allerdings auch nicht viel Ahnung von Judo. Ich hielt ihn für einen sauberen Sport. Es war so eine Vorstellung von Weißbekittelten, die sich andauernd voreinander verbeugten und, ein wenig wie im Schach, gegenseitig austricksten, fast ohne sich zu berühren, jedenfalls ohne sich weh zu tun.

Es begann mit Fallübungen, dann die ersten Griffe und Würfe und Trainingskämpfe. Woher ich auch immer meine merkwürdigen Vorstellungen von Judo hatte, sie waren eine Lüge. Man versuchte, dem andern den Arm umzudrehen oder den Fuß, ihn zu würgen, entweder dass ihm die Luft wegblieb, oder indem man eine Schlagader zudrückte, die Blut zum Gehirn transportierte. Die Fallübungen waren langweilig, die Würfe waren langweilig, ich schaute immer auf die Uhr in der Sporthalle, und die Zeiger ruckten so unglaublich langsam weiter. Und dann kam das Schlimmste: die Kämpfe.

Alle saßen im Kreis, und der Trainer wählte immer zwei aus, die gegeneinander kämpfen mussten. Jeder kam dran, und das war das Schreckliche: Es war sicher, dass auch ich diesem Schicksal nicht entkäme. Dann wurde ich aufgerufen und musste in den Kreis, wo einer wartete, der doppelt so schwer war wie ich oder der einen schwarzen Gürtel hatte. Nach meinen lächerlichen Versuchen, einen Wurf anzubringen, lag ich innerhalb von wenigen Sekunden auf dem Rücken und klopfte, als Zeichen dass ich aufgab, verzweifelt auf die Matte, damit mir der andere den Arm nicht noch weiter umdrehte oder mich tatsächlich erwürgte.

Ich spürte die schwitzigen Hände und roch die Ausdünstungen des erhitzten Gegners, dann flog ich durch die Luft, knallte auf die Matte, und es tat entsetzlich weh. Als ob das nicht reichte, warf sich dann irgend so ein schwergewichtiger Mensch mit ganzer Kraft auf mich rauf, und ich hoffte die ganze Zeit nur, dass es schnell vorbei wäre. Es blieben rote Blutergüsse zurück, und ich hasste Judo.

Dann war endlich Schluss, und ich fühlte mich froh und frei wie ein Vogel: eine ganze lange Woche war ich von dieser

Hölle befreit. Doch die judofreie Zeit verging viel zu schnell, ich musste da wieder hin wie zu einer wöchentlichen Hinrichtung, wieder den Schweiß der anderen an meinem Körper spüren und die Würgegriffe und Armumdrehungen. Ganz zu schweigen von den Würfen, bei denen man, ohne sich wehren zu können, hoch über den Gegner flog, um dann schmerzhaft auf den Rücken zu knallen, wo einem fast die Luft wegblieb von der Wucht des Aufpralls. Und schon war mir der Arm wieder auf den Rücken verdreht, und ich klopfte auf die Matte. Sie gaben mir nach einigen Wochen den gelben Gürtel, das war das Zeichen für den untersten Grad, und weiter sollte ich nie kommen.

26 Ich begann, Judo zu schwänzen. Was konnte man alles Tolles machen während dieser Stunden. Man konnte in die Bibliothek gehen, man konnte einfach spazierengehen oder zum Buchladen, während die verzweifelten Seelen dort in der Sporthalle auf schwitzende Körper fielen und gewürgt wurden.

Ich versteckte mich im Keller. Meine Mutter hatte am selben Tag Handballtraining, an dem auch ich zu diesem verhassten Judo musste, nur eine Stunde später. Ich ging in den Keller, hörte leise Radio und wartete, bis meine Mutter das Haus verlassen hatte. Dann ging ich nach oben, schaltete den Fernseher an und sah »Hart aber herzlich«, eine amerikanische Krimiserie. Es war eine sehr schlechte Serie, schlampig und billig gemacht, jede Folge nach genau demselben Schema ohne den Schimmer eines originellen Einfalls, aber ich liebte sie und wollte keine Folge verpassen.

Ich hatte noch dieses Klappbett in meinem Zimmer, das tagsüber als Sofa diente und in dessen Kasten das Bettzeug lag.

An einem Trainingstag hatte ich keine Lust, in den Keller zu gehen und wollte mich in diesem Bettkasten verstecken. Meist war es ziemlich unordentlich in meinem Zimmer, und so hatte ich Angst, dass es auffiele, wenn die Bettfläche leer und ordentlich aussah. Mit Nadeln befestigte ich unauffällig Papiere, Zeitungsseiten und kleine Gegenstände auf der Sitzfläche, damit sie beim Klappen nicht herunterrutschten. Ich legte mich in den Kasten, schloss den Deckel über mir und wartete. Es war dunkel darin und etwas staubig, aber niemand würgte mich mit stinkenden, verschwitzten Händen.

Ich hatte das Licht in meinem Zimmer mit Absicht angelassen, wozu sollte die ganze Arbeit mit den befestigten Papieren auf dem Bettkasten sonst gut sein, wenn es niemand sah. Irgendwann schaute meine Mutter tatsächlich herein und schaltete das Licht aus. Ein Beweis, dass sie keinen Verdacht geschöpft hatte. Ich wartete weiter, hörte die Tür ins Schloss fallen und blieb dann noch einige Minuten still. Meine Mutter konnte etwas vergessen haben und nochmal hochkommen. Dann klappte ich das Bett auf, kroch heraus und sah wieder fern, »Hart aber herzlich«. Es war wirklich immer dasselbe, was in dieser Serie passierte. Ein Millionärspärchen geriet durch Zufall in irgendwelche Kriminalfälle, bis der Verbrecher sie umbringen wollte, und so merkten sie, dass sie auf der richtigen Spur waren.

Ich wusste, es würde nicht ewig so gut gehen mit dem Verstecken. Aber ich fühlte mich sehr gut beim Fernsehen. Dann bekam es meine Mutter raus, die Sportler in Ludwigsfelde kannten sich schließlich alle. Ich wechselte zu Billard, was auch als Sport galt, und sie schien zufrieden zu sein.

27 Die Politik war immer schwer zu durchschauen. Obwohl China im Westfernsehen immer kommunistisch genannt wurde, schien es zu den Bösen zu gehören. Es gab Plakate, auf denen der Umriß von Vietnam zu sehen war, der ein »S« bildet, als Anfangsbuchstabe für »Solidarität«. Dann gab es sogar Krieg zwischen Vietnam und China. Die DDR war auf der Seite von Vietnam. China, das war der Aggressor.

Irgendwann kam eine Delegation an unsere Schule: die Volksbildungsministerin Margot Honecker und zwei vietnamesische Soldaten. Es gab ein großes Brimborium, die vietnamesischen Soldaten hatten 287 chinesische Panzer abgeschossen und ließen zwei chinesische Patronen da, die sie erbeutet hatten. Die Patronen kamen in die Aula hinter Glas. Die Aula war mit verglasten Wandschränken versehen, in denen Kopien von Dokumenten über August Bebel lagerten, dem Namensgeber der Schule.

Außerdem gab es eine Tafel: »Schüler aus unserer Schule, was aus ihnen geworden ist.« Es waren drei, die man einer Erwähnung wert fand: ein Pilot der NVA, eine Souffleuse in einer anderen Kleinstadt und ein Rohrlegermeister. Die drei wurden mit Foto vorgestellt und zeigten uns, zu was man es noch bringen konnte, wenn man nur fleißig lernte. In einem dieser Wandschränke wurden nun auch die zwei Patronen ausgestellt zusammen mit einem vietnamesischen Zeitungsartikel über die Heldentaten der beiden Soldaten und kleinen Modellen von DDR-Militärfahrzeugen in der Größe der westlichen Matchbox-Autos, die »Mätschis« genannt wurden.

Meist war dieser Raum zugeschlossen. Nur für besondere Anlässe, Feiern, Versammlungen, Schluckimpfungen oder Schülerfotos wurde die Aula benutzt, und ich wusste, dass die Schränke dort immer offen standen. Es war nichts wirklich Wertvolles oder Interessantes in dem Raum. Trotzdem probierte ich, wenn ich unbeobachtet war, routinemäßig aus, ob die Tür zugeschlossen war oder nicht. Sie war immer verschlossen, nur einmal nicht.

Ich ging hinein, noch hatte ich nichts Verbotenes getan, falls mich jemand überraschen würde. Zügig ging ich zu dem Wandschrank mit den Panzermodellen, nahm sie, die chinesischen Patronen und eine Ausgabe der »Geschichte der SED«, steckte alles in meine Schultasche und machte, dass ich wieder raus kam.

28 Diese »Geschichte der SED, ein Abriß« war ein mittelgroßes Buch, und damit erfüllte ich mir einen alten Traum. Ich höhlte es aus, immer zehn bis 20 Seiten mit der Schere, 412 Seiten, bis es vollständig hohl war. Jetzt hatte ich ein kleines Geheimfach, und ich benutzte es gleich dazu, die ebenfalls gestohlenen Panzer und Patronen darin aufzubewahren. Die Patronen waren echt und wohl noch scharf. Welchen Sinn hätte es auch gehabt, vom Gegner abgeschossene Patronen zu erbeuten? Die Panzer waren erstaunlich naturgetreu, viel besser als die westlichen Matchbox-Autos.

Das Buch stand in meinem Bücherregal, und ich fand es sehr beruhigend, ein Geheimfach zu haben. Manchmal gab ich vor Freunden damit an, zeigte die Panzer und die Patronen, um zu beweisen, was für ein scharfer Hund ich war, trotz meiner Lehrer-Eltern. Ob mein Einbruch Konsequenzen in der Schule hatte, weiß ich nicht. Sicher war der Staatsbürgerkunde-Lehrer traurig über den Verlust der chinesischen Patronen. Ich glaube aber nicht, dass dieser Diebstahl für sonderliche Aufregung gesorgt hat. Jahre später, ich war überzeugt, dass niemand mehr an die Sachen dachte, zeigte ich meinem Vater das Buch und die Aushöhlung samt Inhalt, er fand es ganz lustig. Nachmittags kam ein Freund von ihm, und er bat mich, das Buch nochmal zu holen.

»Hier!« sagte mein Vater und zeigte seinem Freund das Buch, »So sieht die Geschichte der SED aus!« Und er öffnete es, so dass die Panzer und Patronen darin zu sehen waren. Sie lachten beide, dann sagte der Freund:

»Sei bloß vorsichtig, für sowas kann man in den Knast kommen.«

29 Einmal bekam ich einen Brief, bei dem der Schreiber die Briefmarken mit größerem Abstand voneinander als normal aufgeklebt hatte, und bei dem nur eine der Marken abgestempelt war. Ich dachte, durch Zufall einen Weg entdeckt zu haben, wie man ziemlich Porto sparen konnte, indem man die Marken mit Absicht so klebte. Aber dieser eine Brief, den ich bekommen hatte, war wohl doch eher ein Zufallstreffer gewesen, denn bei meinen Versuchen wurde die manchmal in eine ganz andere Ecke geklebte Marke immer extra abgestempelt. Aber ich experimentierte weiter. Ich klebte Spielzeugbriefmarken auf den Brief und schrieb als Absender die Adresse hin, zu der ich den Brief eigentlich gelangen lassen wollte, und das klappte: Der Brief kam wegen falscher Frankierung dort an, wo ich ihn haben wollte. Wertlose Marken der Deutsch-Sowjetischen-Freundschaft dagegen wurden nicht als falsch erkannt, die waren ein ziemlich guter Briefmarkenersatz.

30 Chemieunterricht, das war für mich das unverständlichste und langweiligste Fach von allen. Nur manchmal, wenn riesige Apparaturen aufgebaut wurden und merkwürdige Steine ins Wasser fielen, die brodelten, dampften und zischten, dann wurde es ein wenig interessanter.

Ben Graal meldete sich freiwillig zum Auf- und Abbau der Ausrüstung, und als ich bei ihm zu Hause war, zeigte er mir auch warum. Er hatte Spiritus- und Gasbrenner, alle Arten von Chemikalien, Reagenzgläser und Regale, Schälchen, Mörser, Stößel aus Porzellan und aus Metall, ich war sehr neidisch auf ihn und seinen Job im Chemiekabinett.

Denn die Utensilien und Materialien für den Chemieunterricht waren so umfangreich, dass sie einen eigenen Raum mit Regalen füllten, der an den Chemieraum grenzte. Manchmal musste ich helfen, dort etwas hineinzubringen. Dann sah ich in den verglasten Holzschränken die vielversprechenden Schachteln und Schächtelchen mit Sätzen winziger Gewichte, mit verschiedensten Gesteinsproben, feuergefährliche Pulver, riesige Glasspritzen, Schläuche und Klemmen. Sie alle schienen mir äußerst begehrenswerte Güter zu sein.

Ich versteckte mich eines Tages nach dem Unterricht unter einer Treppe und wartete, bis ich sicher war, dass fast alle Lehrer das Schulgebäude verlassen hatten. Dann schlich ich mich hoch, und ich hatte richtig gerechnet, die Putzfrau war noch am Saubermachen. Ich hatte sie schon vorher beobachtet und wusste, dass sie die Schlüssel außen an der Tür stecken ließ, wenn sie in einem Raum arbeitete.

Ich schlich mich durch den menschenleeren Flur an die Tür, zog leise den Schlüssel ab und ging mit dem Schlüsselbund zur nächsten Tür, die in das Chemie-Utensilien-Kabinett führte. Ich probierte den ersten Schlüssel, er passte zwar ins Schloss, doch konnte man ihn nicht umdrehen, der nächste passte nicht mal rein, aber dann klappte es. Ich schloss auf, probierte leise die Tür, sie ließ sich öffnen.

Ich traute mich nicht, den Schlüssel wieder ins Schloss des Raumes zu stecken, in dem die Putzfrau arbeitete. Ich wusste nicht mehr, welcher Schlüssel es gewesen war und hatte Angst, dass sie das Klappern hören und mich erwischen würde. Ich legte das Bund auf den Boden vor die Tür. Sollte sie doch glauben, dass sie ihn nicht richtig reingesteckt hatte und er von allein auf den Boden gefallen war. Dann schlich ich wieder hinunter in das Versteck unter der Treppe.

Ich wartete weiter, dann hörte ich Schritte die Treppe runter, mein Herz klopfte zum Zerspringen. Doch sie gingen vorbei, ich hörte sie sprechen. Es waren Lehrer, sie schlossen die Tür hinter sich zu, und es war still, völlig still. Ich wartete weiter, es war nach sechs Uhr abends, bis ich ganz sicher war, dass ich nun wirklich der einzige im ganzen Schulgebäude wäre.

Ich schlich wieder nach oben, ja, die Tür war noch offen. Ich ging ins Chemiekabinett und schloss die Tür wieder hinter mir. Ich hatte viel Zeit, ich durchstöberte alle Schränke und fand Schätze über Schätze, viel mehr, als ich wegtragen konnte.

Ich musste eine Auswahl treffen, ich packte mir einen Beutel voll Sachen, die ich am verlockendsten fand. Dann suchte ich einen Ausgang aus dem verschlossenen Schulgebäude. In einem Raum im Erdgeschoss öffnete ich ein Fenster und kletterte raus. Ich ging über den leeren Schulhof, stieg über einen Zaun und hatte es geschafft.

31 Ähnlich verlockend wie das Chemiekabinett und doch ganz anders war der Biologieraum. Dort gab es Frösche, durchschnittene menschliche Embryos aller Entwicklungsstufen und Schweineaugen in Gläsern, ausgestopfte Tiere aller Art, lebende Schildkröten in einem Terrarium, Schädel verschiedener Menschen- und Affensorten und ein vollständiges Skelett.

Ich hatte Ben Graal von meinem erfolgreichen Raubzug in den Chemieraum erzählt, und wir überlegten, wie wir es anstellen könnten, auch in den Bioraum unbeaufsichtigt hineinzukommen. Immerhin, erzählte ich ihm, hätte ja die Putzfrau ihre Arbeitsweise nicht geändert und vermutlich, sicher war ich mir nicht, vermutlich würde einer ihrer Schlüssel auch zum Biologieraum passen.

Wir kauerten uns unter die Treppe, wie ich es allein schon probiert hatte, und warteten. Dann schlichen wir hoch in die oberste Etage. Tatsächlich, wieder arbeitete die Putzfrau bei steckendem Schlüssel. Ich zog ihn abermals ab, merkte mir aber diesmal welchen, und schlich in die untere Etage zum Bioraum. Der zweite Schlüssel passte, ich schloss auf und brachte den Schlüssel hoch, diesmal könnte die Dame keinesfalls Verdacht schöpfen, ich steckte den Schlüssel wieder ins Schloss, wie er vorher gesteckt hatte.

Dann gingen wir in den Bioraum und hatten alle Zeit der Welt. Die Plätze waren mit Wasserhähnen ausgestattet, damit die Schüler ihre Skalpelle reinigen konnten, nachdem sie Frösche und Hamster seziert hatten. Wir begannen, uns gegenseitig zu bespritzen. Zuerst, indem wir die Wasserhähne aufdrehten und mit einem Finger verstopften, schließlich mit Schläuchen quer durch den Raum. Dann schmissen wir Mikroskope, Reagenzgläser, Pipetten und die kleinen Glasplättchen durch den Raum und kreiselten die Schildkröten auf ihren Rücken.

Aus irgendeinem Grund waren wir plötzlich wahnsinnig geworden. Wir rissen die Anschauungsplakate von den Wänden, rollten das Skelett durch den Raum, dass es gegen einen Tisch knallte und umfiel. Wir öffneten die Fenster und begannen, den Bioraum wieder ordentlicher zu machen, indem wir die Sachen hinauswarfen. Lustig zerschepperte alles auf den Betonplatten vor dem Gebäude.

Wir stoppten unser lustiges Treiben erst, als wir merkten, dass ein Lehrer in der Tür stand. Es war der abscheulichste Moment in unserem Leben. Er nahm uns mit eine Etage weiter nach unten, und da saßen sie alle. Meine Mutter, der Direktor, Herr Pferdeschwanz, Frau Lügsch und alle anderen Kollegen. Es war Lehrerversammlung gewesen, sie hatten hier gesessen, als plötzlich an den Fenstern vorbei alle möglichen Gegenstände nach unten fielen.

Wieder war ich doppelt bestraft mit meiner Lehrermutter. Ben Graal bekam nur einen Eintrag ins Hausaufgabenheft, für den er die Unterschrift seiner Mutter fälschte. Ich dagegen war geliefert, ohne Chance etwas zu vertuschen oder zu verheimlichen. Es war alles so verdammt ungerecht.

32 Ludwigsfelde, die Kleinstadt, in der ich die meiste Zeit meiner Kindheit verbrachte, wo ich zum Kindergarten gegangen war und wo ich zur Schule ging, diese Kleinstadt war von den Nazis gegründet worden für eine Flugzeugmotoren-Fabrik von Daimler Benz. Sie hatten auch Zwangsarbeiter gehabt, die für das Motorenwerk arbeiten mussten und eine kleine Gruppe Kommunisten, von denen einer hingerichtet worden war, und nach dem das Klubhaus und eine Straße benannt waren.

In den Wäldern der Gegend gab es Ruinen von gewaltigen Bunkern, die wir abenteuerlustig durchsuchten, in der Hoffnung, Stahlhelme, eiserne Kreuze oder andere Nazirequisiten zu finden. Doch Generationen von Kindern vor uns hatten alles schon geborgen, wenn es überhaupt je etwas zu finden gab.

Ben Graal und ich kauften oft nach der Schule Bockwürste im Darm und Brötchen, dann setzten wir uns auf unsere Fahrräder und fuhren irgendwo in den Wald und machten Feuer. Da war eine Stelle nicht weit von der Bahnlinie, wo die Trümmer eines großen Bunkers direkt an ein einsam stehendes Gehöft grenzten, wo sich Wälder und Felder ablösten, dort zog es uns hin. Manchmal nahmen wir die im Chemieraum erbeuteten Spiritusbrenner mit, meist aber nur Streichhölzer und Kohlenanzünder. An einer Stelle, weit genug von Wegen entfernt, so dass wir nicht von Passanten überrascht werden konnten, machten wir Feuer und hielten die Bockwürste und Brötchen an Holzspießen über die Flammen.

Wir hatten auch noch Brause mit, kein Bier, auf diese Idee kamen wir gar nicht. Wenn die Bockwürste schwarz verrußt waren, dann schmeckten sie paradiesisch, und wir saßen am Feuer, starrten hinein und hielten die Brötchen über die Flammen. Dann traten wir das Feuer aus, und wenn wir konnten, pinkelten wir noch auf die Glut, um sie zu löschen. Und um ganz sicher zu gehen, bedeckten wir die Reste mit Erde.

Nach einem Wochenende, an dem ich in Rangsdorf gewesen war, gingen wir wieder in die Kaufhalle, kauften zwei Bockwürste und fuhren durch die Stadt und über Waldwege zu der Stelle, an der wir eine halbe Woche zuvor gepicknickt hatten. Je näher wir kamen, desto merkwürdiger sah der Wald aus. Schließlich waren wir an unserem Waldstück, vielmehr an dem, was davon noch übrig war.

Schwarze verkohlte Baumleichen zeigten anklagend in den Himmel, der Wald war abgebrannt. Wir sahen uns an, wendeten unsere Räder und fuhren zurück. Eine merkwürdige Angst hatte uns ergriffen, dass sie sich hier irgendwo versteckt hielten, die diesen Waldbrand aufzuklären hatten. Vom ersten Moment an, als wir den abgebrannten Wald gesehen hatten, war uns klar, dass wir die Schuldigen waren. Es musste Glut zurückgeblieben sein, und die Erde, mit dem wir die glimmenden Holzstücke immer bedeckt hatten, war ja auch nichts anderes als Humus, der sich getrocknet entzündete.

Wir fuhren zurück, sprachen uns ab, niemandem, aber wirklich auch gar niemandem von diesem Brand zu erzählen und gingen noch zu mir. Ich setzte Wasser auf. Man konnte die Bockwürste einfach in kochendem Wasser heiß machen, das schmeckte auch nicht schlecht.

33 In der DDR war alles merkwürdig, die Zeitungen, das Fernsehen und die meisten Bücher. Im Fernsehen sah ich eine Rede von Erich Honecker, und er redete und redete von den Erfolgen, die die DDR bei allem hatte. Und ich überlegte, ob er wirklich daran glaubte. Aber es schien so, als täte er es, sonst hätte er wahrscheinlich auch nicht Staatsratsvorsitzender werden können.

An der Schule hatten wir einen Lehrer, Herrn Pferdeschwanz, der mit meinen Eltern Lehrersport machte und der im Gesicht eine Narbe hatte. Er unterrichtete Sport, Staatsbürgerkunde und Geschichte, und ich hielt ihn für einen netten Mann.

Dann bekamen wir ihn als Staatsbürgerkunde-Lehrer, und es war sehr merkwürdig. Herr Pferdeschwanz erzählte, projizierte mit einem Polylux Kästchenschemata an die Wand und malte große verschachtelte Tafelbilder mit Kreide auf: Unterschied zwischen Produktivkräften und Produktionsmitteln, die Politik der Hauptaufgabe, führende Rolle der Partei. Das merkwürdige an ihm war, dass er daran zu glauben schien. Ich fragte irgendwann meine Mutter:

»Glaubt Herr Pferdeschwanz wirklich daran?« Meine Mutter sagte:

»Nein, nein.« Und ich war etwas beruhigt. Im Unterricht versuchte ich, Herrn Pferdeschwanz' wahre Meinung an den Tag zu bringen. Doch er wich aus, antwortete mit Phrasen und schien alles, was in der Zeitung stand, zu glauben, jedenfalls vertrat er das im Unterricht. Es kam mir sonderbar vor, dass er in Wirklichkeit anderer Meinung sein sollte. Ich fragte meine Mutter nach einigen Wochen nochmal:

»Herr Pferdeschwanz wirkt so überzeugt. Glaubt er wirklich nicht daran?« Meine Mutter hatte inzwischen wohl schon öfter mit ihm gesprochen und war zu der Erkenntnis gekommen:

»Ja doch, er glaubt wirklich daran.« Sie sagte es mir wie ein Geheimnis, das nur Eingeweihte wissen. Mir schien das ungeheuerlich, diese gigantische Dummheit, die man doch brauchte, das alles für bare Münze zu nehmen. Doch es konnte nicht Dummheit sein, Herr Pferdeschwanz war ja nicht dumm. Es musste etwas viel Schlimmeres sein, es war böse. Er war mit der Macht.

34 Die Russen hatten einen südkoreanischen Jumbojet abgeschossen, wir sahen es im Westfernsehen, das wir problemlos empfangen konnten. In den DDR-Zeitungen stand dagegen am nächsten Tag die Meldung, dass die russischen Flugzeuge neben dem Jumbo-Jet nur mit den Tragflächen gewackelt hätten, und der Jumbo habe dann seinen Flug fortgesetzt.

Auf die westlichen Meldungen vom Abschuss kam das Gespräch in Staatsbürgerkunde, und Herr Pferdeschwanz sprach von den westlichen Lügen. Es musste aber jedem klar sein, dass die Russen das Flugzeug wirklich abgeschossen hatten, und ich fragte Herrn Pferdeschwanz:

»Die sowjetischen Truppen haben also dieses Flugzeug nicht abgeschossen?«

»Nein,« sagte Herr Pferdeschwanz, »das haben sie nicht.« Einen Tag später mussten die Russen es zugeben, und es stand in allen Zeitungen, dass sie »den Flug abgebrochen« hätten. Ich war gespannt, wie sich Herr Pferdeschwanz aus der Affäre ziehen würde.

»Sie haben doch gestern gesagt,« fragte ich ihn, »dass die sowjetischen Truppen das Flugzeug nicht abgeschossen hätten.«

»Das haben sie auch nicht.« sagte Herr Pferdeschwanz.

»Aber es steht doch jetzt in der Zeitung, dass sie »den Flug abgebrochen« hätten, und gestern stand in der Zeitung, dass das Flugzeug seinen Flug fortgesetzt hätte. Es kann doch nur eins von beidem stimmen, also haben die Zeitungen doch gestern gelogen.«

»Nein,« sagte Herr Pferdeschwanz, und ich war baff, dass er immer noch nicht klein bei gab, »wenn ein so großes Flugzeug wie ein Jumbojet beschossen wird,« sagte Herr Pferdeschwanz weiter, »dann fällt es nicht einfach runter wie ein Stein, sondern fliegt noch eine ziemliche Strecke weiter, ehe es auf die Meeresoberfläche auftrifft. Insofern hat der Jumbo seinen Flug tatsächlich noch fortgesetzt.« Uuuuuh, das war abenteuerliche Dialektik, aber man kam dagegen nicht an. Wir dachten uns unseren Teil.

35 Ich hatte genug über die Nazizeit gelesen und wie damals die Guten unter Lebensgefahr Widerstand leisteten. Die, die jetzt als Helden verehrt wurden, weil sie damals zur Wahrheit und gegen die Regierung standen. Als so einer wollte ich später auch bewundert werden, als einer, der sich nicht von den Lügen der Lehrer und der Presse hatte irre machen lassen, sondern alles durchschaute. Ich begann, eine Art Tagebuch zu schreiben, und beschimpfte darin Herrn Pferdeschwanz so stark ich konnte. Wir hatten bei Frau Lügsch eine Vertretungsstunde in Biologie, und ich war gelangweilt und schrieb darin. Ich arbeitete an diesem Dokument, dass ich irgendwann in ferner Zukunft vorweisen könnte, um zu beweisen, dass ich damals auf der richtigen Seite gestanden hatte.

Ich schrieb: »Herr Pferdeschwanz, dieses fette Kommunistenschwein!« und war so vertieft in meine Enthüllungen im Einzelnen und im Speziellen, dass ich nicht merkte, wie Frau Lügsch näher und näher kam.

»Was schreibst du denn da?« fragte sie und nahm mir das Heft weg. Jetzt hatte ich ein Problem. Das einzige, was mich noch retten könnte, wäre, dass sie keinen Blick hineinwarf. Doch sie setzte sich vorne hin, blätterte und las.

»Oh!« sagte sie und las weiter. Dann nochmal: »Oh!« Sie stand auf und verließ mit dem Heft den Raum. Mir wurde unbehaglich. Frau Lügsch war direkt zum Direktor gelaufen, und in dem Augenblick war alles aus. Ich dachte an diesem Tag noch darüber nach, nachts in die Schule einzubrechen, bis ins Direktorenzimmer, um das verräterische Heft wieder an mich zu bringen und endgültig zu vernichten. Aber es war sowieso schon alles zu spät.

Das Schlimmste an der Sache war natürlich wieder, dass meine Mutter Lehrerin war, ich also einen Kollegen von ihr angegriffen, übel beschimpft hatte. Andererseits war das ihre, nicht meine Schuld. Ich hätte mich nicht in dieselbe Schule eingeschult, an der sie arbeitete. Doch in dieser Situation, mit diesem von mir geschriebenen Heft als Beweisstück beim Direktor, da tröstete mich das überhaupt nicht.

Allen Lehrern, die natürlich davon erfuhren, war völlig unverständlich, was ich in dem Heft geschrieben hatte, und ich konnte es auch nicht erklären. Dass ich es für die Nachwelt geschrieben hatte, die Nachwelt in einer fernen Zeit, wenn dieses System längst der Geschichte angehörte, das konnte ich niemandem sagen. Und hätte ich es getan, dann hätte ich mich lächerlich gemacht, keine Frage. So sagte ich lieber gar nichts. Was ich mir dabei gedacht hätte? Nichts hätte ich mir dabei gedacht.

Ich musste eine Stellungnahme schreiben, und bei dieser Art von Literatur gehörte es dazu, dass man sich so oft es geht entschuldigt und alles als unüberlegten Kinderstreich darstellt, den man natürlich nicht wieder machen würde. Meine Mutter machte mir Vorwürfe, und besonders die politische Tendenz des von mir geschriebenen *corpus delicti* ließ sie überlegen, ob das Westfernsehverbot meines Großvaters wirklich eine so schlechte Idee gewesen war.

Ich entschuldigte mich auf dem Schulhof bei Herrn Pferdeschwanz. Ich bat ihn, auf eine polizeiliche Anzeige zu verzichten. Denn der politische Sprengstoff, den dieses Heft von mir enthielt, überwog den persönlichen um ein Vielfaches. Er sah mich nachdenklich an und sagte, dass die Formulierungen schon etwas sehr hart gewesen seien, und er werde darüber nachdenken.

Tatsächlich verzichtete er auf eine solche Anzeige, vermutlich aus Rücksicht auf meine Mutter, die dafür ja nichts konnte. Ich bekam einen Tadel, eine ziemlich ernsthafte Verwarnung. Erhielt man zu viele davon, flog man irgendwann von der Schule. Aber vergessen wurde die Sache von dem Lehrerkollektiv, da bin ich sicher, nie. Es war ja keine Beschimpfung gewesen, nein, schriftlich hatte ich es zu Protokoll gegeben. Da war also ein merkwürdiger, ganz unerklärlicher, irrationaler, bösartiger Kern in diesem Schüler, der ich war.

36 Wir machten einen Klassenausflug nach Dresden, es war klar, es würde langweilig werden. Höhepunkt würde das übliche gemeinsame Bockwurst-Essen in einem trostlosen Selbstbedienungsrestaurant sein. Es sollten irgendwelche stinklangweiligen Museen besucht werden. Es war öde, das einzige Interessante an Dresden, das Indianer-Museum, würden wir nicht ankucken.

Das große Karl-May-Tauwetter in der DDR hatte gerade eingesetzt, doch noch galt er als Schundautor. Karl May war noch verboten, weil er antisemitisch, chauvinistisch und volksverhetzend war und ein Nazi. In Wirklichkeit war das nur ein Vorwand sauertöpfischer Lehrer gewesen, die wollten, dass nur fades Zeug gelesen wurde, möglichst so blass und uninteressant, wie sie selber.

In der »Wochenpost« lief eine Serie über Karl May, »Winnetou« kam als Comic in der »Trommel«, der Zeitung für Thälmann-Pioniere. Das DDR-Fernsehen verfilmte seine Geschichten, demnächst würden sie beginnen, Karl Mays Bücher auf Zeitungspapier in schlechtgemachten Ausgaben für viel Geld zu verkaufen, so dass man den Eindruck bekommen konnte, Karl May wäre Kommunist gewesen.

Aber bis zu unseren Lehrern war das noch nicht durchgedrungen. Wir waren in Dresden, würden den Zwinger besichtigen und riesige, ermüdende Gemälde. Ben Graal und ich hatten uns darüber unterhalten und etwas Ungeheuerliches geplant. Wir wollten uns heimlich von der Klasse trennen und auf eigene Faust ins Indianer-Museum, das bald wieder zurückbenannt werden sollte in »Karl-May-Museum«.

Als der Zug in Dresden eingefahren war und die Klasse schwatzend Richtung Ausgang strebte, liefen wir langsamer und ließen uns zurückfallen. Außer Sicht, erkundigten wir uns an einem Fahrkartenschalter, wie man am besten zum Indianermuseum käme. Wir bestiegen die Straßenbahn und fuhren nach Radebeul, wo hinter der Villa Shatterhand, dem einstigen Wohnhaus Karl Mays, das Blockhaus stand, in dem sich die Sammlung befand. Das Blockhaus hieß »Villa Bärenfett«.

Wir schauten alles an, kauften die üblichen Souvenirs und gingen zum Friedhof. In einem riesigen Tempel aus weißem Marmor lag Karl May, neben ihm, mit einer Büste, das Grab von Bilz, dem Autor des »Neuen Naturheilverfahrens« und nicht weit entfernt der Grabstein von Patty Frank, dem »Freund der Indianer«. Wir bekamen langsam Gewissensbisse. Es war mal wieder klar, dass wir Ärger bekommen würden. Wir gingen zur Straßenbahn und fuhren zurück. Wir würden rechtzeitig am Bahnhof sein, um den Zug zurück nach Hause zu bekommen. Aber ob uns die Lehrer glauben würden, dass wir die Klasse verloren und die ganze Zeit gesucht hatten, das war noch sehr die Frage.

Am Bahnhof trafen wir die ersten Mitschüler und erwarteten, von der Aufregung zu hören, die unser Verschwinden verursachte hatte und von der Suche nach uns. Komischerweise erwähnte niemand etwas davon. Wir wollten auch das Gespräch nicht darauf bringen, es würde früh genug die Auseinandersetzung mit den Lehrern geben.

Doch auch als uns unsere Klassenlehrerin sah, zeigte sie keine Überraschung oder Erleichterung, dass wir wieder zurück waren. Während wir mit der ganzen Klasse auf dem

Bahnsteig lagerten und auf den Zug warteten, der uns zurückbringen würde, dämmerte uns, dass unser ganztägiges Fehlen niemandem aufgefallen war, keinem Mitschüler, keinem Lehrer, niemandem.

Wir fuhren zurück, einige Mitschüler hatten Mondos genannte Kondome gekauft, die sie mit Wasser füllten und hin und her warfen. Wir taten, als wäre alles ganz normal und wussten nicht, ob wir über unsere gelungene heimliche Flucht und glückliche Heimkehr erleichtert sein sollten oder enttäuscht.

37 Ich wollte ein Tandem haben, aber zu kaufen gab es keine. Wieder war es Ben Graal, den ich überzeugen konnte, dass ein Tandem so ziemlich das großartigste Fahrzeug wäre, das man fahren könne, bevor man ein eigenes Motorrad hatte. Es war ja auch nicht wirklich schwer, man brauchte Fahrräder, müsste sie auseinandersägen und wieder zusammenschweißen.

Wir waren inzwischen zum PA nicht mehr in der LPG, sondern in einer Ludwigsfelder Werkstatt. Dort fragte ich wegen des Zusammenschweißens, und der Werkstattleiter stimmte zu. Wohl dachte er, Schüler bei einer sinnvollen Freizeitbeschäftigung zu unterstützen. Das Technische schien also möglich, blieb das Problem, die entsprechenden Fahrräder zu bekommen, um sie zu zersägen. Wir hätten suchen können und nach einiger Zeit sicher auch Schrotträder aufgetrieben. Aber Schrott war eben Schrott. Dagegen waren neue, oder wenigstens noch fahrbereite Räder für unsere Zwecke perfekt.

Wir hatten also vor, Räder zu stehlen. Uns war klar: Dafür musste es dunkel sein, und es war sehr unwahrscheinlich, ein unangeschlossenes Rad zu finden. Ich nahm das Sägeblatt einer Eisensäge aus dem Werkzeugkasten und einen Lappen, um das Sägeblatt nicht mit bloßer Hand benutzen zu müssen. Wir fuhren abends zum Ludwigsfelder Bahnhof, ich auf der Stange von Ben Graals Fahrrad. Es war klar, dass wir, wenn es klappen sollte, mit zwei Fahrrädern zurück kämen. Dort am Bahnhof war eine Mitropa-Gaststätte und es schien uns ein guter Ort, ein Fahrrad zu stehlen.

Wir fanden eins, das nicht neu war aber einen sehr soliden Eindruck machte, trugen es samt Fahrradschloss hinter ein Gebüsch und begannen abwechselnd, das Schloss zu zersägen. Es war erstaunlich schnell durch, und wir fuhren los, als würden gleich Polizeisirenen ertönen oder eine Horde Verfolger aus der Mitropa-Gaststätte ausschwärmen.

Wir fuhren durch das nächtliche Ludwigsfelde, vom Bahnhof zur Garage meines Vaters, von der ich den Schlüssel hatte. Ich schaltete das Licht des entwendeten Rades ein, es funktionierte sogar. Das hätte uns noch gefehlt, dass wir von der Polizei angehalten würden, weil ich kein Licht anhatte. Der Dynamo summte, und das Licht leuchtete gleißend hell über den Radweg. Mir schien, als würde dieser Dynamo ein helleres Licht produzieren, als ich es jemals an einem Fahrrad gesehen hatte. In der Garage angekommen, feilten wir als erstes die Rahmennummer des Rades heraus.

Für ein Tandem, das war klar, brauchte man mindestens zwei Fahrräder. Das zweite fanden wir auch irgendwo, es war sogar noch neuer. Mit derselben Säge, mit der wir die Schlösser für die Diebstähle zerlegt hatten, zersägten wir auch die beiden Fahrräder und ließen sie in der PA-Werkstatt zu einem Tandem zusammenschweißen. Es fuhr auch tatsächlich, wir strichen es silbermetallic, und es sah ziemlich gut aus.

Wir machten einige kleine Radtouren, fuhren ein paar mal nach Rangsdorf und zum PA. Die meisten Jungs aus der Klasse schafften sich Mopeds oder Motorräder an. Das Tandem konnte da nicht mithalten, stand fast nur noch in unserem Keller, und irgendwann verkaufte ich es.

38 Ich hatte kein Gewissen, ich dachte nicht in Maßstäben von Gut und Böse und hatte auch nicht den Verdacht, dass es vielleicht so etwas wie einen Unterschied zwischen guten und bösen Diebstählen gäbe. Dass ich nicht bei Freunden und Verwandten klaute, hatte nicht den Grund, dass ich es für besser hielt, Fremde zu bestehlen oder in Kaufhallen zu rauben, sondern die Gefahr, erwischt zu werden, war einfach viel, viel größer.

Als unser PA-Lehrer uns das Tandem zusammenschweißte aus den beiden gestohlenen Rädern, sah ich dort in der Barakke eine Rheinmetall-Schreibmaschine stehen. Sie war viel mächtiger als die »Libelle«, die ich vom Altstoffhandel gestohlen hatte. Sie war stromlinienförmig, schwarz mit goldener Aufschrift, und der verchromte Rückholhebel war so elegant geschwungen, dass ich es für Jugendstil hielt. Nicht einen Augenblick kamen mir Skrupel, dass ich, sollte ich diese Maschine stehlen, genau den Lehrer schädigen würde, der uns bei unserem Tandembau half. Diese Tatsache fiel überhaupt nicht ins Gewicht als ich einen neuen Einbruch plante, einen Einbruch in die PA-Baracke.

Wieder war es Nacht, und wieder begleitete mich Ben Graal. Mit einem Stein schlug ich ein Loch in das Fenster. Wir zogen uns zurück hinter ein Gebüsch und warteten, ob ein Nachbar das Geräusch mitbekommen hätte und womöglich Alarm schlug. Doch es blieb still. Wieder hatten wir Handschuhe an, ich griff durch das geschlagene Loch und öffnete das Fenster. Wir stiegen beide hinein, es war klar, die Schreibmaschine war meine. Ben Graal durchsuchte die Schubladen und Schränke, ich packte die Schreibmaschine in den mitgebrachten Rucksack.

Ben fand einiges, eigentlich wertloses Zeug: Schraubenzieher, Lötkolben, eine Schachtel Reißzwecken, 20 nagelneue Bleistifte und steckte alles ein, damit er nicht umsonst mitgekommen wäre. Wir verließen die Baracke durchs Fenster, wie wir gekommen waren. Unterwegs warfen wir die Handschuhe in eine Mülltonne. Jetzt konnte uns nichts mehr überführen.

Ich lagerte die Maschine einige Tage in meinem Bettkasten, um abzuwarten, welche Wellen der Einbruch schlagen würde. Doch es passierte gar nichts, die Zeitungen brachten sowieso nie was über Einbrüche, und auch von den PA-Lehrern wurden wir nicht informiert. Vielleicht vermuteten sie den Einbrecher unter den Schülern, aber sie ließen sich nichts anmerken.

Dieses Mal hielt ich den Aufwand, die Herkunft der Maschine zu erklären, sehr viel kleiner als bei der »Libelle«. Ich behauptete, sie auf dem Altstoffhandel gefunden zu haben. Und dort hätte sie quasi bei dem Schrott gestanden und wäre sicher mit eingeschmolzen worden, wenn ich sie nicht gerettet hätte. Meine Mutter, die Verwandten bewunderten das schwarzglänzende Ding. Und mein Vater fragte mich, da ich doch jetzt zwei Maschinen besäße, ob er nicht die andere, die »Libelle«, geborgt haben könnte, und ich stimmte zu.

39 Mein Vater kaufte eine RT, das war ein kleines altes Motorrad mit zwei altertümlichen Sitzen, und er wollte es für mich in Gang bringen. Mir war es ein völliges Rätsel, wie diese Maschine funktionieren sollte. Diese verrostete Antiquität, wie sie da so stand mit den beiden unterschiedlich hohen Sitzen, die aussahen wie vergrößerte Fahrradsättel. Das Motorrad war staubig, Benzin tropfte heraus. Es bot einen Anblick, als hätte es 100 Jahre auf einem Dachboden gestanden.

Doch mein Vater schien sich der Sache sicher zu sein. Wir standen hinter dem Garten meiner Oma, und mein Vater schaltete an merkwürdigen kleinen Knöpfen herum, schaute nach den Zündfunken. Er trat den Starterhebel, einmal, zweimal, dreimal, und dann qualmte es und zischte und begann zu rattern, zu dröhnen. Und dann lief der Motor wieder, zum ersten mal nach einer Ewigkeit von Jahren.

Eigentumsfragen zwischen meinem Vater und mir blieben oft im unklaren. Es gab einfach Verborgtes, wie die Schreibmaschine, und es gab den Begriff der Dauerleihgabe. Das war eigentlich ein Geschenk, aber doch etwas eingeschränkt. Wohl, um einen Weiterverkauf zu verhindern. Diese RT war eine solche Dauerleihgabe. Ich hatte keinen Führerschein, fuhr aber trotzdem alle paar Tage damit im Wald herum. Die Geschwindigkeit war begrenzt, die man auf diesen Waldwegen fahren konnte. Wurde man zu schnell, knallte man durch die Löcher und konnte sich kaum noch auf dem Sattel halten.

Ich war gerade über ein Feld gefahren, und neugierig geworden, wie schnell dieses Fahrzeug sein würde, wäre es nicht durch die Fahrbahn eingeschränkt. In der Nähe war die Autobahn, ich fuhr rauf, beschleunigte bis in den dritten Gang, mehr hatte die RT nicht. Das Motorrad hatte zwar keine Nummernschilder, aber dies kleine Stück würde schon gehen. Ich beschleunigte 80 km/h, 85, das war die Höchstgeschwindigkeit.

Dann überholte mich ein weißer Lada und blieb auf meiner Höhe. Der Fahrer gestikulierte wild, ich fuhr weiter. Wahrscheinlich mokierte er sich, dass ich keinen Helm auf hatte und das Motorrad keine Nummernschilder dran. Er überholte, und ich sah, wie er auf einen Parkplatz 200 Meter vor mir fuhr, aus dem Auto sprang und mit einem schwarz-weißen Verkehrsstab winkte.

Verdammt, es war ein Polizist, ein Verkehrspolizist in Zivil! Ich sah den Ärger schon vor mir, ohne Führerschein, dann noch unerlaubt auf der Autobahn mit einem nicht zugelassenen Motorrad! Zum einen war der Ärger, den ich jetzt sofort bekommen würde. Aber noch beängstigender stand mir vor Augen, was ich mir damit für die Zukunft auflud. Sicher ließen sie mich nach einer solchen Schwarzfahrt jahrelang keinen Führerschein machen.

Ich bremste und fuhr rechts übers Feld davon. Ich sah noch, wie der Zivilpolizist mir überrascht nachsah, sich in seinen Wagen setzte und losfuhr. Vielleicht suchte er die nächste Abfahrt, um dann die Verfolgung aufzunehmen. Hier über das Feld jedenfalls konnte er mir nicht nachfahren.

Selbst ich mit dem Motorrad hatte ziemliche Probleme, über die braunerdigen Furchen zu kommen. Ich fuhr wie ein Wahnsinniger, der Motor heulte hell auf, ich verschaltete mich und würgte die Maschine ab. Ich versuchte, sie wieder anzutreten, rechnete fast mit Hubschraubern, einer Polizeieskorte mit Geländewagen, die mich jagen würde. Ich trat und trat, aber der Motor sprang nicht mehr an, und ich stand auf dem Feld. Ich war aus Kilometern Entfernung zu sehen.

Schließlich hatte ich mich etwas beruhigt, schob das Motorrad an und fuhr weiter, über einige Straßen und immer weiter, bis ich sicher war, dass mich der Zivilpolizist im Lada nicht mehr finden würde. Ich legte das Motorrad hin und mich daneben, ich schaute in den Himmel, die Wolken zogen von starkem Frühlingswind getrieben vorüber, warfen gigantische Schatten über die Wälder und Felder. Ich rauchte eine Zigarette und fuhr dann wieder zurück.

40 Die ganzen Lehrbücher waren todlangweilig, Ben Graal und ich malten Marx und Engels rote Säufernasen, verwandelten die Bücher in Comics, malten in die ganzen geschichtlichen Abbildungen Sprechblasen mit schweinischem Inhalt. Es war nicht politisch, ich hätte sicher auch Hitler, Bismarck und Wilhelm II. Säufernasen und schielende Augen gemalt, aber von ihnen waren keine Bilder drin.

So blieben mir nur Lenin, Marx, Honecker und Dimitroff zum Verschönern. Die Lehrbücher für Russisch, für Literatur, für Geschichte, Staatsbürgerkunde, selbst für Musik und Chemie verwandelten wir in Bilderbücher. Was wir machten, war nicht sehr originell: Waren von irgend jemandem die Zähne zu sehen, bekam er Zahnlücken gemalt. Er bekam Narben ins Gesicht und Falten, primitive Tätowierungen, so mit Herzen und Pfeilen durch. Waren mehrere Personen auf einem Bild, dann malten wir Sprechblasen, Anspielungen auf Alkoholkonsum, Westprodukte, Zitate aus Schlagern, schlüpfrige Bemerkungen und Ähnliches.

Manchmal waren wirklich witzige Ideen dabei, meist aber nicht. Doch auch diese Bildchen sollten mir zum Verhängnis werden. Die dicke Frau Kuhlauf sah mich im Geschichtsbuch malen, sie kam zu meinem Platz, blätterte es durch und sagte:

»Na, das behalt' ich mal.« Sie behielt es aber nicht, sondern brachte es dem Direktor. Für mich war es wieder eine schreckliche Situation. Es waren ja nicht nur meine Schwierigkeiten, sondern ich musste dann auch noch unter den Vorwürfen meiner Mutter leiden. All diese Probleme hätten mir viel weniger Sorgen gemacht, hätte ich sie allein ausstehen können. Aber da war meine Mutter, die mich mit tränenden Augen ansah, ob ich nicht endlich anfangen könnte, ihr diese ganzen Blamagen zu ersparen. Wieder musste ich eine Stellungnahme schreiben: »Bei den Verunstaltungen der Porträts im Geschichtsbuch handelt es sich nicht um politische Anspielungen, sondern nur um Krakeleien, die ich aus Langeweile gemacht habe.«

41 Frau Kuhlauf mit ihren blonden Haaren und ihrem beeindruckenden Leibesumfang hatte eine merkwürdige Art drauf. Einmal, als wir bei ihr Unterricht hatten, sagte sie:

»Wir können ja hier ehrlich reden. Ich habe ja gestern auch »Im Westen nichts Neues« gesehen. Da ist doch nichts dabei.« Das war schon erstaunlich, der Film mit dem Schauspieler, der auch bei den Waltons mitspielte, war im Westfernsehen gelaufen. Es war offiziell nicht richtig verboten, Westfernsehen zu sehen. Aber es wurde einfach totgeschwiegen. In den Zeitungen wurde es nicht erwähnt, es gab nur eine schäbige, lügnerische Fernsehsendung namens »Der schwarze Kanal«, in der ein schrecklich anzusehender Mann namens Karl Eduard von Schnitzler durch seine kleinen dicken Brillengläser sah, und immer von der »ach so freien Presse« im Westen sprach. Gleichzeitig konnte man an den sinnentstellenden Ausschnitten aus dem Westfernsehen, die er zeigte, immer noch erkennen, dass es dort tatsächlich eine freie Presse gab.

Und da stand die dicke Frau Kuhlauf in ihrem merkwürdigen Faltenröckchen vor der Klasse und sagte, es wäre gar nichts dabei, Westfernsehen zu kucken. Das war neu. Es war Geschichtsunterricht, und es entspann sich eine eifrige Diskussion in der Klasse. Frau Kuhlauf schien eine Art Kumpel zu sein, schaute sie doch Westfernsehen und sprach mit uns im Unterricht darüber. Das hatte noch kein Lehrer vorher gewagt. Wir sprachen, es war eine richtige, offene Diskussion. Es ging hin und her, Militarismus, politisches System, Meinungsfreiheit. Die Unterrichtsstunde verging wie im Flug.

Zur nächsten Stunde kam der Direktor herein, er war allgemein verhasst bei allen Schülern, und, wie ich von meiner Mutter wusste, auch bei den meisten Lehrern. Er hieß eigentlich Würgemehl, wurde aber von den Schülern Kotzmehl genannt. Er kam herein und rief alle Schüler auf, die bei der Diskussion der letzten Stunde etwas Schlechtes über die DDR gesagt hatten.

Frau Kuhlauf, der dicke Kumpel, die Lehrerin, mit der man so ehrlich diskutieren konnte, bei der man nicht die üblichen verlogenen Phrasen benutzen musste. Sie war sofort nach der Stunde zum Direktor gelaufen und hatte alles, was wir ihr erzählt hatten und was sich gegen uns verwenden ließ, verpetzt. So wie es sonst Kinder im Kindergarten machen oder Schüler der ersten Klasse. Doch sie war kein Schüler, sondern sie war die Lehrerin, die sagte:

»Westfernsehen? Da ist doch nichts dabei!« Wir mussten mitkommen mit Herrn Würgemehl ins Direktorenzimmer, dort saß Frau Kuhlauf und wir wurden einzeln verhört.

»Stimmt es,« fragte der Direktor, »dass du gesagt hast, es gibt in der DDR keine freie Presse?«

»Ich weiß nicht genau.«, sagte ich, Frau Kuhlauf saß dabei und sagte: »Aber hör mal, du hast es mir doch gerade erzählt. Willst du es jetzt bestreiten?«

»Aber das war doch im Gespräch!«

»So,« sagte der Direktor, »du hast es also so gesagt im Unterricht. Du gehst jetzt in den Raum da drüben und schreibst dazu eine Stellungnahme!« So erging es auch allen anderen. Die gute alte Frau Kuhlauf, wir bekamen Einträge in die Hausaufgabenhefte und Tadel. Die gute Frau Kuhlauf, mit der man übers Westfernsehen reden konnte. Die Frau Kuhlauf, mit der man über alles offen sprechen konnte, und die es dann dem Direktor weitererzählte.

42 Dann war da ein anderer Klassenausflug zu einer Theatervorstellung nach Potsdam. Die Bezirksstadt war mit der Bahn in einer Stunde zu erreichen. Frau Kuhlauf war eine der Lehrerinnen, die als Aufsicht mitkamen. Das Stück war erstaunlich gut und witzig und gefiel selbst den meisten Schülern, es hieß »Die Preußen kommen« und erinnerte oft mehr an Kabarett als an Theater. In der Pause gab es Getränke zu kaufen, wir tranken und steckten die Gläser in unsere mitgebrachten Taschen. Es waren keine besonderen Gläser, es ging ganz sicher nicht um Bereicherung, wir taten es einfach so.

Auf dem Heimweg im Zug, einige rauchten im Raucherabteil, klirrten die Gläser in meiner Tasche, Frau Kuhlauf bekam es mit, und ich musste die Tasche ausleeren. Sie steckte die Gläser ein und kontrollierte auch noch die Taschen der anderen. Sie wurde noch bei zwei Freunden von mir fündig, Ben Graal und Bert Klemmer. Sie nahm auch diese Gläser an sich und tat, als wäre nichts weiter dabei.

Am nächsten Tag war in der Schule wieder großes Theater, wir mussten wieder Stellungnahmen schreiben, dass wir niemals wieder Gläser klauen würden, dass wir es einfach so gemacht hätten.

Aber damit war die Sache noch nicht erledigt. Einmal in der Woche und zu besonderen Anlässen war Fahnenappell. Alle standen dann in einem Karree um den Direktor und seine Getreuen, die zwischen wehenden Fahnen ihre Ansprachen hielten.

Wir drei wurden aufgerufen und mussten nach vorne gehen und uns nebeneinander aufstellen. Wir standen hier vorn, weil wir Gläser geklaut hatten. Es war sonderbar, die Fahnen flatterten im Wind, wie sie es bei jedem Fahnenappell taten, und es war irreal. Mir war nicht klar, wieso es nicht jeder bemerkte. Es musste doch jedem auffallen, wie aberwitzig das alles war, was hier vorging. Aber niemandem schien es aufzufallen, wir konnten wieder in unsere Klassen gehen, und es war vorbei.

43 Es gab immer wieder gruppendynamische Prozesse im Klassenzimmer. Das schaukelte sich hoch, meist zwischen den Jungs. Manchmal gab es Prügeleien, manchmal ging etwas zu Bruch.

In dem Raum, in dem wir Unterricht hatten, war ein Pinnbrett für Wandzeitungen angebracht, mit rotem Stoff überzogen. Da waren Zeitungsartikel, Fotos und Ähnliches mit Nadeln befestigt und in großen, einzelnen, weißen Buchstaben stand WELTJUGENDTAG darüber. Es war eine aufgekratzte Stimmung. Die Schüler liefen kreuz und quer, und eine Traube aus Jungs hatte sich vor der Wandzeitung gebildet. Dann stoben alle auseinander und blieben aufgeregt schwatzend stehen.

Ich wusste nicht, was los war, aber irgendwas war los, und ich nahm eine der Nadeln, mit denen die Bilder befestigt waren, und zerschlitzte alle Gesichter auf den Fotos der Wandzeitung. Es war eine kleine Zerstörungsorgie, und ich ging noch rüber zu einer anderen Wandzeitung und machte dasselbe mit den dortigen Porträts.

Ich war so vertieft, und die Stimmung im Raum hatte mich so angefeuert, dass ich nicht gemerkt hatte, wie Frau Kuhlauf eingetreten war und mein Treiben beobachtete. Sie machte sofort kehrt, und es war plötzlich sehr ruhig in der Klasse. Alle saßen auf ihren Plätzen und warteten, was nun passieren würde.

Frau Kuhlauf kam mit dem Direktor Würgemehl zurück. Der sah sich die Wandzeitungen genau an, und erst jetzt merkte ich, worum es eigentlich ging. Jemand hatte die Überschrift aus großen, weißen, einzelnen Buchstaben etwas verändert. Genauer gesagt, hatte er einen Buchstaben abgenommen und einen umgesteckt. Dort auf dem roten Stoff, wo »WELTJUGENDTAG« gestanden hatte, da war jetzt »WELTJUDEN TAG« zu lesen.

Herr Würgemehl rief die Polizei an, ein solches Verbrechen, wie es hier offensichtlich verübt worden war, überstieg deutlich seine Kompetenz. Die Klasse musste den Raum verlassen und tatsächlich kamen Polizisten, die wichtig taten und versuchten, Fingerabdrücke zu nehmen. Jeder in der Klasse wurde verhört, ich hatte bei weitem den schlechtesten Stand, ich war immerhin auf frischer Tat ertappt worden. Doch auch dieser Tag ging vorbei.

44 Einige Tage später bekam ich eine Vorladung zur Polizei. Zur »Klärung eines Sachverhalts« stand darauf, und meist bedeutet sowas nichts Gutes. Man musste zur »Klärung eines Sachverhalts« wenn man zu den Nachbarskindern befragt wurde, die Ventile geklaut hatten, wenn man seine Katze angezündet hatte, genauso, wie wenn man mit einem Ballon in den Westen abhauen wollte und verraten worden war. Ich wusste also nicht genau, worum es ging, machte mir ein wenig Sorgen.

Vielleicht hatten sie doch von meinen Einbrüchen Wind bekommen.

Ich ging auf die Polizeiwache, zeigte die Karte. Ein schwarzhaariger Mann mit zusammengewachsenen Augenbrauen kam, und eine Art Verhör begann. Nein, ich hatte den Text nicht in WELTJUDEN TAG verändert. Ja, ich las gern. Ja, Hans Fallada, Jules Verne und auch Karl May. Jawohl, ich hatte die Artikel und Fotos mit einer Nadel zerkratzt. Nein, aber nicht den Text verändert, das hatte ich gar nicht gesehen. Da wäre doch schon mal etwas gewesen, ein Staatsbürgerkunde-Lehrer, den ich beschimpft hätte. Aber das war doch lange her, das sei eine Dummheit von mir gewesen. Warum ich die Bilder zerschlitzt hatte? Ja, auch eine Dummheit. Er fragte immer, dann beugte er sich über die Schreibmaschine und tippte meine Antworten Buchstabe um Buchstabe ein.

Dann zog er das Protokoll aus der Maschine und ich unterschrieb es. Ich müsse aber noch eine Stellungnahme schreiben, sagte er und brachte mich hoch, in einen Raum mit Gittern vor den Fenstern. Er schloss die Tür hinter mir, sie hatte keine Klinke. In dem Raum waren ein Tisch und ein Stuhl.

Der Mann hatte mir einige Blätter Papier und einem Kugelschreiber dagelassen. Ich schrieb nochmals alles auf, dass es mir leid tue, die Bilder zerritzt zu haben, dass ich den Text der Überschrift nicht verändert hätte, dann war ich fertig. Auf dem Tisch war ein Klingelknopf, den drückte ich, stand auf und ging zum Fenster. Dicke Eisenstangen, die ins Mauerwerk eingelassen waren, versperrten sie. Ich konnte die Hauptstraße sehen und überlegte, wie man die Stangen überwinden könnte. Mit einer Eisensäge würde es gehen, man sollte immer eine Eisensäge dabei haben. Aber ich hatte keine.

Ich hatte fertig geschrieben, aber sie kamen nicht, mich wieder herauszulassen, und die Tür war verschlossen. Ich drückte die Klingel wieder. Niemand kam, ich begann unruhig zu werden. Es kam immer mal wieder in den Nachrichten: Leute, die in irgendwelchen Gefängniszellen vergessen wurden und sich dann Jahre lang nur von Käfern und ihrem eigenen Urin ernährten. Ich klingelte nochmal. Es passierte immer noch nichts. Ich klingelte Sturm, nichts. Ich geriet nicht richtig in Panik, ich dachte mir schon, dass sie das Klingeln durchaus hörten, mich aber schwitzen lassen wollten.

Aber ganz sicher war ich nicht, ich begann mit meinem Schlüsselbund gegen die Heizkörper zu schlagen, weil ich sicher war, dass man dieses Geräusch im ganzen Haus hören würde. Erst nach einer halben Stunde kam ein Polizist, und ich konnte gehen.

Es geschah nichts weiter in dieser Sache der vertauschten Buchstaben, und mir war nicht richtig klar, was sie mit dem Verhör und allem bezweckt hatten. Ob sie probiert hatten, mich einzuschüchtern? Zu zeigen, welche Macht sie haben, auch die, jemanden in einem Zimmer mit vergitterten Fenstern einfach zu vergessen?

45 Mein Vater hatte mir zur Jugendweihe eine Reise geschenkt, eine Reise nach Budapest. Wir fuhren im Zug hin und wohnten in einem Privatquartier. Wir gingen in Museen, und ich durchstöberte Antiquariate, die mir das Spannendste der Stadt schienen. Und ich hatte noch immer diese Vorliebe für Sticker.

Mein Gedanken kreisten um Sticker, kleine runde Anstecknadeln mit allen möglichen Motiven. Die ganzen Fußballmannschaften Westdeutschlands, alle möglichen Hard-Rock-Bands, Automarken, Heavy-Metal-Bands, politische Parteien, ich wollte sie alle haben, und je westlicher sie aussahen, desto besser. Ich wollte eine Lederjacke tragen, dicht an dicht mit kleinen runden Stickern bedeckt. Es gab hunderte, vielleicht tausende von Motiven, aber sie waren sehr teuer. Einige hatte ich mir schon gekauft, aber für alle würde mein bisschen Geld niemals reichen.

Nicht weit von unserer Ferienwohnung war neben einem Geschäft an einer Hauswand eine Vitrine, ein verglaster Holzkasten. Und dahinter waren Sticker, mindestens 50 verschiedene Motive, HSV und Mercedes, Alfa Romeo und Lee Cooper, AC/DC und Motörhead. Nur einige Zentimeter trennten mich von den Stickern. Nachts lag ich wach und überlegte, wie ich mich davonschleichen könnte, die Scheibe einschlagen, die Sticker abreißen und davonrennen. Im Nu wäre ich wieder hier in der Wohnung und hätte die ganzen Sticker. Ich nahm es mir jeden Tag erneut für die kommende Nacht vor. Doch dann verschob ich es wieder auf die nächste Nacht. Tag um Tag verging, ich verschob es immer weiter, und dann kam die letzte Nacht.

Ich wartete, bis mein Vater schlief, stand dann auf, zog mich an und schlich aus der Wohnung. Ich ging bis zu der Vitrine, im Licht der Straßenlaterne blinkten sie verführerisch. Einen Teil würde ich selber behalten, die restlichen könnte ich tauschen gegen andere, noch besser aussehende Sticker. Ich ging einmal um den Block, es war niemand auf der Straße. Es wäre kein Problem, die Scheibe einzuschlagen und die Sticker herauszunehmen. Ich war wieder bei der Vitrine, ich stellte mich davor und blickte hinein.

Ich lief noch ein paar mal um den Block, aber ich traute mich nicht, das Glas einzuschlagen. Ich schlich mich wieder in die Wohnung zurück, mein Vater hatte nichts bemerkt. Am nächsten Tag fuhren wir zurück nach Hause.

46 Es gab beliebte Lehrer, bei denen der Unterricht fast die reine Freude war. Dann gab es gefürchtete Lehrer, die streng waren. Beim Lehrer für Technisches Zeichnen musste man nach jedem Vergehen an seinem Platz für zehn Minuten stehen bleiben. Viele Lehrer und Lehrerinnen versuchten, mit einer Mischung aus Strenge und Witz durch den Unterricht zu kommen. Doch auf Dauer ließ der Schulbetrieb niemanden unbeschädigt. Durch meine Lehrer-Eltern bekam ich mit, wieviele der Lehrerkollegen tranken, den Beruf aufgaben oder im Irrenhaus landeten.

Es war eine stehende Redensart bei uns Schülern, der oder die ist in Teupitz oder kommt bald nach Teupitz. Das war der Name der Kleinstadt in der Nähe, in der sich eine Nervenklinik befand. Manchmal kamen welche direkt von der Universität, sie kamen in unsere Klasse und bei der ersten Stunde hospitierte noch Herr Würgemehl oder ein anderer Kollege, und es ging ganz leidlich. Doch dann, wenn sie die erste Stunde allein Unterricht gaben, dann ging es los: Jedes mal, wenn sich der arme Teufel umdrehte, um etwas an die Tafel zu schreiben, wurde er mit Papier beworfen, mit Apfelsinenschalen und Tomatenstücken. Sobald er zusammenzuckte, in die Klasse sah und fragte: »Wer war das?« hatte er verloren.

Es war brutal, diese Lehrer konnten schreien, sie konnten Schüler aus der Klasse weisen, zum Direktor schicken, sie konnten Einträge in die Hausaufgabenhefte schreiben, sie konnten tun, was sie wollten, sie würden es nie schaffen. Manche brachen vor der Klasse zusammen oder liefen weinend zum Direktor. Manche schluckten es runter, zogen den Unterricht vor der Meute stoisch durch und ließen sich bei erstbester Gelegenheit irgendwoandershin versetzen.

Ich weiß nicht, woran wir merkten, dass jemand schwach war. Wir waren völlig brutale Kinder ohne Rücksicht und Erbarmen. Wenn wir es wussten, dann hatte derjenige keine Chance mehr. Manche Lehrerin griff sich dann einen raus und sprach nach dem Unterricht mit ihm:

»Sag mal, warum macht Ihr das? Und du, du bist doch gar nicht so!« Dann stand derjenige vor der Lehrerin, zuckte mit den Schultern und schielte zum Fenster, vor dem er die Mitschüler auf dem Schulhof toben hörte. Besonders schwer hatten es Lehrerinnen, die irgendeine Auffälligkeit hatten, Pickel oder einen merkwürdigen Haarschnitt. Eine Lehrerin heiratete und wurde schwanger, sobald sie sich umdrehte riefen welche: »Was ist denn in Sie gefahren?« oder »Wer hat Sie denn aufgeblasen?«

Sie versuchten, uns in Griff zu kriegen, die Schulleitung stellte die Rädelsführer unter Sonderaufsicht, sie mussten sich nach jeder Stunde bestätigen lassen, wie sie sich benommen hatten. Manche wurden von der Schule verwiesen. Und die Lehrer kippten sich in der ersten großen Pause weiter gegenseitig aus kleinen Cognacflaschen in den Frühstückskaffee, verschwanden für immer in Teupitz oder versuchten, Krankheiten zu simulieren, die sie aus dieser Hölle erlösten.

47 Die Mitschüler begannen Bier zu trinken. Nach der Schule saßen sie auf einer Bank, ließen die Flaschen kreisen und rauchten Zigaretten. Ben Graal und ich stellten uns dazu, rauchten mit, tranken mit, und manchmal unterhielten wir uns auch darüber, warum wir es machten.

»Es kann ja gar nicht sein, dass wir rauchen und trinken, um erwachsen zu wirken. Warum würden denn dann die Erwachsenen rauchen?« Ein ziemlich guter Punkt. Ich wunderte mich, woher die anderen das Geld hatten, bis ich es mitbekam: Sie klauten alles. Es war ganz einfach, zwei gingen hintereinander in die Kaufhalle, einer stopfte einen Beutel voll Bier, Schnaps und Zigaretten, übergab dem anderen den Beutel an einer unübersichtlichen Stelle. Der nun den Beutel hatte, ging einfach raus, der andere folgte, es war geschafft. Es gab Sekt, es gab Rum-Verschnitt, es gab Kristall-Wodka, ein abscheuliches Zeug.

Dann gab es noch irgendwas ganz Edles, von dem die Flasche über 50 Mark kostete. Ich ging rein in die Kaufhalle, Ben Graal kam nach. Ich packte zwei Flaschen davon und noch zwei Schachteln Zigaretten in einen Beutel. Ben kam, nahm den Beutel, ging raus, ich folgte ihm nach ein paar Minuten. Wir hatten Waren für 120 Mark geklaut, es war bombensicher, wir stellten uns zu den anderen, wir boten von den Zigaretten an, machten eine Flasche auf und reichten sie rum, wir gehörten dazu.

Jeden Tag wurde Schnaps, Bier, Zigaretten, alles mögliche geklaut, und niemand wurde erwischt. Es war unglaublich, durchschnittlich klauten wir in einer Woche Spirituosen im Gegenwert eines Monatseinkommens unserer Eltern.

48 Irgendwann fand ich, das sei Kinderkram. Das Risiko bei den Kaufhallendiebstählen war ja vorhanden, auch wenn wir bisher Glück gehabt hatten. Aber irgendwann würden sie es mitbekommen. Es war nur eine Frage der Zeit, bis jemand erwischt werden würde. Ich hatte einen Plan, ich besprach mich mit Ben Graal, ich wollte in die Kaufhalle einbrechen.

»Wenn wir das machen, dann haben wir genug Zigaretten für ein Jahr. Und Sekt und Schokolade!« Er sagte ja, er würde mitmachen. Immerhin hatte er bisher mit meinen Plänen auch keine schlechten Erfahrungen gemacht, sowohl der Einbruch in der LPG wie der in die Baracke in Ludwigsfelde waren glatt gegangen und bei der letzteren war sogar für ihn ein kleiner Anteil herausgesprungen. Ich besorgte das Blatt einer Eisensäge, einen Griff dazu konnte ich nicht auftreiben.

An einem nebligen Freitag war in der Schule abends eine Klassenfeier. Bens Eltern waren weg und meine auch. Vor der Feier ging ich in die Kaufhalle, Pfandflaschen abgeben. Man bekam an einer Kasse das Geld und musste dann in einem hinteren Raum die Flaschen in die Kästen sortieren. Ich war allein in diesem Raum. Ich machte das eine, runde Fenster auf und drückte es wieder zu, damit es aussah, als wäre es noch genauso verschlossen wie zuvor. Ich hoffte, dass sie es nicht kontrollieren würden, und wozu sollten sie auch? Vor dem Fenster war ja noch ein Eisengitter.

Nach der Klassenfeier gingen Ben und ich zu mir. Der Nebel schien immer dichter zu werden, und es war klar, alles war perfekt für den Einbruch. Wir schauten im Fernsehen »Der dritte Mann«, draußen war es so neblig wie in dem Film, und es schien noch nebliger zu werden. Es war morgens um zwei, als wir unsere Rucksäcke nahmen und losgingen. Wir hatten nur fünf Minuten Weg, uns begegnete kein einziger Mensch, nirgends in den Wohnblöcken brannte noch Licht. Selbst das Licht der Straßenlaternen konnte den Nebel nicht durchdringen und bildete nur milchig schimmernde Wolken. Wir versteckten uns im Gebüsch vor dem Fenster, das ich geöffnet hatte, und ich begann mit Sägen.

Wir wechselten uns ab, es war etwas mühsam, weil es keine richtige Eisensäge war, sondern nur das Sägeblatt. Aber es ging, mit einem Lappen konnte man es umfassen. Wir sägten, und der Nebel verschluckte das leise Geräusch, so dass niemand außer uns hören konnte. Das Gitter vor dem runden Fenster war aus geschweißten Eisenstäben und an vier Stellen in die Wand eingelassen. Die erste Stange hatte ich bald durch, dann sägte Ben an der zweiten. Ab und zu machten wir Pause und lauschten in den Nebel. Nach dem dritten durchsägten Stab konnte ich das ganze Gitter hochbiegen, ich drückte gegen das Fenster. Tatsächlich, es ging auf, sie hatten es nicht bemerkt.

Der Nebel war so dicht, dass man kaum bis zu der nur zehn Meter entfernten Straße sehen konnte. Ich kletterte durch das Fenster in die Kaufhalle hinein, Ben Graal wartete draußen. An den leeren Flaschen vorbei ging ich in den Hallenraum. Dieser Nebel war wirklich Gold wert, ich brauchte nicht einmal aufzupassen, dass mich von draußen jemand sah. Ich begann mit den Zigaretten, die in großen Körben an den Kassen standen, den Rucksack vollzupacken. Es war völlig still und nur schummerig beleuchtet. Jemand hätte bis ans Fenster der Kaufhalle kommen und minutenlang hineinstarren müssen, ehe er mich gesehen hätte.

Ich ging von den Zigarettenfächern zur Kuchentheke und packte Schokolade ein, die riesigen Tafeln, die 24 Mark kosteten und die kleinen für immerhin noch sieben Mark, alles leckere Trumpf-Schokolade aus dem Westen. Dann noch ein paar Flaschen Schnaps, natürlich nur die teuersten Sorten. Dann ging ich zurück in den Flaschenraum, reichte den Rucksack hinaus, nahm den zweiten, füllte ihn und reichte ihn ebenfalls durchs Fenster. Ich kletterte hinterher, und gemeinsam bogen wir das Gitter wieder herunter. Jetzt war von weitem keine Spur mehr von unserem Frevel zu sehen. Wir schulterten die gefüllten Rucksäcke und gingen zurück zu mir. Wir teilten die Beute auf. Das würde ein gutes Jahr werden, Träume konnten in Erfüllung gehen.

49 Es hatte also geklappt. Wir saßen bei mir im Zimmer, tranken etwas von dem Whisky-Verschnitt, die Flasche davon kostete 37 Mark. Wir rauchten von den teuren Zigaretten der Marken »Duett« und »Forum«. Wir hatten soviele davon, uns schien es, als könnten wir die in unserem ganzen Leben nicht aufrauchen. Morgen war Samstag, dann Sonntag, und erst am Montag würden sie es merken. Sie würden uns nichts nachweisen können, und wir würden keine Fehler machen. Um gleich damit zu beginnen, verbrannten wir die Handschuhe, die wir getragen hatten, im Ofen. Wir saßen da, rauchten noch mehr und hatten ziemlich gute Laune. Erst gegen 4 Uhr morgens ging Ben Graal.

Ich hatte einen kleinen Schreibtisch in meinem Zimmer, dessen unterste große Schublade ich mit einem Nagel präparierte, so dass sie sich scheinbar nicht mehr öffnen ließ. Nur wenn man die Schublade darüber ganz aus dem Schreibtisch herauszog, kam man an sie heran. In diese große Lade packte ich die Schokoladen, die Zigarettenstangen der Marken »Forum«, »Duett« und »Club«, die riesigen 500-Gramm-Packungen Schokolade, die normal großen Tafeln, den Schnaps, alles kam in diese große Schublade. Es war eine ganz ansehnliche Menge. Dann packte ich noch verschiedene harmlose Kleinigkeiten in das Schubfach darüber. Meine Mutter würde das große Schubfach wohl kaum durch Zufall öffnen, wenn doch, würde sie sich kurz wundern, warum es nicht aufging, und mir Bescheid sagen.

Wir verkniffen uns zunächst, die teuren Zigaretten zu rauchen und auch, die teure Schokolade zu essen. Wir warteten ein paar Wochen und begannen dann, die ersten Sachen zu genießen. Es war wunderbar, ich konnte mich an Schokolade satt essen. Und nicht etwa an der billigen Ostschokolade, sondern an Tafeln, die sieben Mark das Stück kosteten. Wir rauchten die teuren langen »Forum« bis zur Hälfte und schnippten die Kippen dann weg. Wir bildeten uns ein, das wäre auch viel gesünder. Das starke Nikotin und der schlimme Teer wären ja immer im letzten Ende der Zigarette.

Der Einbruch in die Kaufhalle war es wert gewesen. Wir mussten nicht mehr diese täglichen gefährlichen Diebstähle machen, und wir hatten die Schokolade, an die man normalerweise nicht herankam, weil sie hinter der Ladentheke lag. Wir hatten sie so massenhaft, dass wir sie wie Pausenbrote aßen.

Ob die Polizei überhaupt eingeschaltet wurde, wussten wir nicht. Öffentlich wurde Kriminalität in der DDR sowieso kaum behandelt, das war schließlich eher ein Problem des sterbenden Kapitalismus. Aber selbst wenn sie einen Aufruf in den Zeitungen veranstaltet hätten, uns hatte niemand gesehen, und wir hatten Handschuhe benutzt. Zwar Wollhandschuhe, von denen die Fasern überall haften blieben, aber wir hatten sie verbrannt.

50 Ehrliche Arbeit, ich wusste, was das war. Man konnte Flaschen, Gläser und Altpapier sammeln, einen ganzen Tag, und das Zeug durch die halbe Stadt schleppen und bekam dann zehn Mark. Oder man fand einen 20-Mark-Schein auf der Straße. Man konnte Trecker fahren auf der LPG für einen Hungerlohn oder mit Antiquitäten handeln und ein Vielfaches verdienen. Man konnte, wenn in der Schule eine wichtige Klassenarbeit anstand, lernen, soviel man in den Schädel kriegte, oder man konnte sich einen Spickzettel machen, auf dem alles Wichtige stand.

Es gab so eine Theorie der Erwachsenen, über keinen Erfolg freue man sich so wie über den, den man richtig verdient hat, den man sich richtig erarbeitet hat. Wer immer diese Theorie aufgestellt hat, war ein Dummkopf gewesen. Was war eine Eins in Chemie, die man sich durch tagelanges Lernen erworben hatte im Gegensatz zu der, die man sich durch Betrug erschwindelte? Natürlich, die Zensur war dieselbe, doch die unredlich erworbene löste sehr viel mehr Freude und Befriedigung aus als die ehrlich erarbeitete. Die gefundenen 20 Mark waren so viel besser und süßer auszugeben als die verdienten, bei denen man, dachte man an die viele Arbeit, fast keine Lust hatte, sie in Süßigkeiten, Zigaretten oder Alkohol umzusetzen.

Die Schokolade aus dem Einbruch schmeckte hervorragend, kein schlechtes Gewissen suchte uns heim und verdarb uns mit schlechten Träumen die Nächte. Die Zigaretten aus dem Raub schmeckten so edel, so gut, wie gekaufte es nie vermocht hätten. Kein Lob schmeichelte mir mehr, als das über eine Klassenarbeit, bei der ich mit versteckten Zetteln im Kugelschreiber gearbeitet hatte. Niemals war eine gute Beurteilung angenehmer als dann, wenn sie für eine Hausarbeit erteilt wurde, die ich in der 10minütigen Pause vor dem Unterricht aus einem Heft der Parallelklasse abgeschrieben hatte.

Als Pflichtliteratur musste man gigantisch dicke, todlangweilige Wälzer lesen, »Mohr und die Raben von London«, »Wie der Stahl gehärtet wurde«, »Salvi fünf und der zerrissene Faden«, es war eine Folter und unmenschlich. Und doch waren es die schönsten Zensuren, die mich am glücklichsten machten, wenn ich bei Aufsätzen über diese Bücher eine Eins bekam. Ich hatte sie nicht gelesen, sondern mir aus Sekundärliteratur den richtigen Standpunkt und eine Kurzfassung des Inhalts herausgeschrieben und mir dadurch viele langweilige Stunden erspart.

Ähnlich war es bei den Büchern, die ich aus der Bibliothek klaute. Es war etwas magisches, sie waren so viel lesenswerter als die, die ich geschenkt bekommen hatte oder mir selber kaufte. Ich bereute es nicht, meine Büchersammlung wuchs. Ich las über Bibliomanen, die für Bücher getötet oder Städte angezündet hatten. Aber Bibliomanen waren Verrückte, das waren Leute, die Bücher nur besitzen wollten. Ich wollte sie besitzen UND lesen, ich war ganz normal.

51 Es begann eine Zeit, in der ich mich viel verkleidete. An einem Nachmittag stach ich mir mit einer Nadel durchs Ohr und trug dann eine Sicherheitsnadel, ein andermal steckte ich mir aus obskuren politischen Motiven eine Kanüle an meinen Parka. Mal zog ich eine alte Lederjacke an und versuchte sie mit Stickern, diesen kleinen runden Abzeichen, vollzustecken. Dann hatte ich auch alte Abzeichen aus der DDR-Geschichte, anlässlich des Mauerbaus, zum 4. Jahrestag der Gründung, zur Feier der ersten sowjetischen Atombombe, die steckte ich alle noch dazu.

Dann trug ich wieder Parka mit einem runden Knopf auf der Brust, den die Reichsbahner sonst an ihren Dienstmützen trugen. Ein nächstes Mal hatte ich eine Sicherheitsnadel angesteckt, an der noch fünf andere baumelten bei jeder Bewegung, die ich machte. Ich trug auch Abzeichen, deren Bedeutung ich nicht kannte. Ich wurde auch etwas sonderlich, machte ganz Unerklärliches. Wegen der Vorbereitung zur Jugendweihe hatten wir mit der Klasse eine Exkursion ins Konzentrationslager Sachsenhausen, und ich ging dort rein mit einem Eisernen Kreuz am Parka.

Vielleicht war ich in dem Moment ein Nazi, obwohl dieses Eiserne Kreuz aus dem ersten Weltkrieg stammte. Doch in dem Moment war ich bestimmt ein Nazi. Ein Stasi-Beamter forderte mich auf, das Eiserne Kreuz abzunehmen, ich sagte:

»Aber das ist doch von Schinkel und aus dem 1. Weltkrieg. Die Nazis waren doch erst der 2. Weltkrieg.«

»Nun,« sagte der Stasimann, »wer hat denn den ersten Weltkrieg angezettelt?« Ich wusste die Antwort, wir hatten sie im Unterricht wohl tausend mal gehört.

»Das deutsche Monopolkapital.« sagte ich.

»Und wer hat den Nazis an die Macht verholfen?«

»Auch das deutsche Monopolkapital.«

»Siehst du, also mach das Eiserne Kreuz ab!« Ich gehorchte, machte es ab und steckte es in die Tasche, der Mann war zufrieden und ich konnte gehen. Es muss sich um einen sehr friedlichen Klassenkämpfer gehandelt haben, vielleicht hielt er den Sieg der Arbeiterklasse für so sicher, dass er glaubte, den Rest erreiche man auch mit geduldiger Freundlichkeit.

52 Zur Jugendweihe hatte ich einen alten Kassettenrekorder und Geld von verschiedenen Verwandten bekommen, und in einem formellen Akt war uns im Ludwigsfelder Klubhaus der Personalausweis ausgehändigt worden, wir waren jetzt fast erwachsen.

Im »Neuen Deutschland« fand wieder die jährliche Solidaritätsaktion statt, unter anderem wurde zur brieflichen Versteigerung eine Schreibmaschine Adler Modell No. 7 von 1928 angeboten. Es war ein Foto der Maschine abgedruckt, und sie sah toll aus. Aber ich hatte nur noch 50 Mark von dem Jugendweihegeld übrig. Es war unsinnig, mit dieser Summe mitbieten zu wollen.

Wir waren in Prerow, und hätte ich es mir aussuchen können, ich wäre wohl nicht mitgefahren. Ich war der Meinung, dass ich eigentlich aus dem Alter heraus wäre, in dem man mit der Mutter verreist. Aber meine Mutter war anderer Meinung. Es war auch ein unangenehmes FKK-Alter. Ich fand, dass meine Pubertät mit beginnender Behaarung an manchen Körperstellen wildfremde Menschen nichts anging. Andererseits gab es nichts Lächerlicheres als bekleidete Menschen an einem FKK-Strand, ausgenommen Frauen mit Badehosen an den kritischen Tagen.

Es war also kein angenehmer Urlaub, ich war griesgrämig, wusste auch nicht, was ich Sinnvolles tun sollte. Manchmal lief im Kino ein Film, der interessant war, und man konnte irgendwohin gehen, heimlich rauchen. Ich war schlecht gelaunt und wortkarg, und so war ich auch an dem Tag zum Weststrand mitgekommen.

Dieser Weststrand war kein Zeltplatz, nur Strandburgen waren gebaut, abenteuerliche Konstruktionen aus Brettern, Zweigen und allem möglichen, teilweise mit kleinen Dächern aus Folie oder alten Planen. Sie waren auch nötig, denn an diesem Strand blies der Wind direkt vom Meer, so stark, dass alle Bäume verkrüppelte Windflüchter geworden waren, die ausdauernd und anklagend ins Landesinnere zeigten. Diese Strandburgen waren interessante Plätze, Fundgruben für alles mögliche: Stullenbretter, Besteck, Zeitschriften, es war erstaunlich, was die Menschen alles liegen ließen und vergaßen.

Während meine Mutter und ihre Freundin am Meer nach versteinerten Seeigeln suchten, sah ich in einer dieser Strandburgen etwas, das mir den Atem stocken ließ: Ein Brustbeutel. Jemand hatte seinen Brustbeutel hier vergessen, und niemand benutzte einen Brustbeutel, wenn er nicht seine wertvollen Sachen darin aufbewahrte. Mit einem Griff hatte ich ihn eingesteckt und verließ die Strandburg. Ich gesellte mich zu meiner Mutter, tat, als ob ich auch nach den Versteinerungen suchte. Dann verabschiedete ich mich, ja, ich wolle zurück. Ich ging zurück zum Zeltplatz, traute mich nur manchmal, einen Blick in den Brustbeutel zu werfen. Personalausweis und ein, mindestens zwei Hundertmarkscheine. Das hatte sich wirklich gelohnt.

Zurück am Zeltplatz ging ich auf eine Toilette, zog den Riegel zu und schaute den Beutel genau durch. Es waren 300 Mark, ein Personalausweis und ein Führerschein. Ich steckte das Geld ein und ließ den Rest auf der Toilette liegen. Ich hoffte für den Besitzer, dass der nächste Benutzer ehrlich genug war, die Papiere abzugeben. Ich ging zu unserem Zelt und schrieb an das »Neue Deutschland«:

»Hiermit biete ich für die Schreibmaschine im Rahmen der Solidaritätsaktion 300 Mark.« Nach dem Sommerurlaub konnte ich sie mir aus dem ND-Gebäude in Berlin abholen.

53 Die Zeit verging, manche Mitschüler hatten schon Freundinnen, mit denen sie rumknutschten und von denen sie handflächengroße dunkelrote Blutergüsse am Hals mit in die Schule brachten. Ich traute mir so etwas nicht zu. Doch die Zeit verlangte Entschlüsse, wie zum Beispiel den, welchen Beruf man lernen wollte. Denn das war mir völlig klar: Von Schule hatte ich genug.

Vielleicht hätte ich die Möglichkeit gehabt, an der örtlichen EOS, dem Gymnasium der DDR, mein Abitur zu machen, aber Schule war mir vergällt, und außerdem hätte es bedeutet, noch Jahre bei meiner Mutter wohnen zu bleiben, mit der ich mich andauernd stritt.

Ich erinnerte mich daran, wie wir in dem Berg vom Altstoffhandel gesessen hatten und wie glücklich ich damals gewesen war. Und der Beruf, der einem solchen glücklichen Zustand am nächsten zu kommen schien, war der des Buchbinders.

Und so gab ich als Berufswunsch »Buchbinder« an, in Wahrheit hätte ich sagen müssen: »Buchleser«. Mein Vater fuhr rum und fragte Gott und die Welt nach einer Lehrstelle, aber alle Handwerker winkten ab. Doch dann hatte ich Glück, oder Pech, mein Vater fand für mich eine Lehrstelle in Berlin. Zusammen fuhren wir dahin, und der Kaderleiter schaute sich mein Zeugnis an:

»Sie haben ja in Deutsch eine Eins. Und da wollen Sie Buchbinder werden? Sie haben doch das Zeug zum Schriftsetzer!« Ich hatte keine Ahnung, was ein Schriftsetzer machte, ich hatte als Kind zwar mal einen Stempelkasten gehabt, aber sonst? Der Kaderleiter gab uns eine kleine Broschüre mit, und wir fuhren wieder nach Hause.

Ich dachte nach während der Fahrt. Damals herrschte ein Setzkasten-Boom, seit den frühen 80ern war es Mode geworden, sich Setzkästen an die Wände zu hängen und mit kleinen Figürchen vollzustellen. Ich hatte mir so einen Setzkasten immer gewünscht, hatte mir sogar mal selber merkwürdig krumme Gebilde zusammengebaut. Und jetzt würde sich die Chance ergeben, an Setzkästen in Hülle und Fülle heranzukommen. Ich stellte sie mir vor, die riesigen Haufen alter Setzkästen, von denen man sich bedienen konnte, wenn man Schriftsetzer war. Schriftsetzer: der Mann, der an Setzkästen rankommt.

Zu Hause sagte ich: »Ja.«

Zwei

1 Bevor meine Lehre zum Facharbeiter für Satztechnik beginnen sollte, war noch ein Wehrlager abzuleisten. Wir bekamen Uniformen, wurden mit Bussen nach dem 40 Kilometer entfernten Groß Köris gefahren, und dann begann eine Ausbildung. Es war sicher nicht so streng wie bei der richtigen Armee, aber uns reichte es.

Wir mussten uns jeden Tag zig mal der Größe nach aufstellen, in Reih und Glied durch die Wälder laufen, Schuhe putzen, Betten machen, Übungsgranaten werfen, über Zäune klettern und unter Hindernissen hindurchrobben. Wir mussten schießen üben, und dann marschierten wir wieder durch die stumpfsinnigen Wälder, mussten dabei aberwitzige Lieder singen, und dann schrie ein Leutnant oder was auch immer:

»TIEFFLIEGERANGRIFF VON RECHTS!« Dann mussten wir nach rechts laufen, denn so hatte er uns erklärt, angreifenden Tiefffliegern müsse man entgegenlaufen im Gegensatz zu Hubschraubern. Fahnenappelle, Durchzählen, markige Kommandos, Schreie, wieder durchzählen. »TIEFFLIEGERANGRIFF VON VORN!« Wir mussten nach vorne rennen. Über die Lautsprecheranlage des Lagers spielten sie, sicher aus Sadismus, die ganze Zeit »Life is life«, ein Lied, das tatsächlich fast nur aus dieser, ständig wiederholten, Zeile bestand.

Alle hatten versucht, Zigaretten ins Lager zu schmuggeln, und die meisten hatten es auch geschafft. Ich hatte mich für klüger gehalten und Briefe vorbereitet, in denen zwischen zwei kleinen Kartons, je drei Zigaretten versteckt waren. Ich hatte noch den Vorrat aus dem Kaufhalleneinbruch aufzuzehren.

Die Mädchen aus meiner Klasse brauchten nicht ins Wehrlager und mussten stattdessen, ebenfalls in Uniformen, idiotische Märsche in Reih und Glied auf dem Schulhof veranstalten. Aber wenigstens durften sie anschließend nach Hause, während wir im Lager beieinander saßen und aus den Lautsprechern zum 20. mal am Tag »Life is Life« dröhnte. Einer Mitschülerin hatte ich die vorbereiteten Briefumschläge gegeben, sie waren an mich selbst, im Wehrlager, adressiert. Sie sollte dann jeden Tag einen abschicken, und ich dachte, damit auf geniale Weise das Zigarettenproblem gelöst und für stetigen Nachschub gesorgt zu haben.

Am dritten Tag des Wehrlagers wurde ich von einem General oder Hauptmann aufgerufen und musste ihm in den Mannschaftsraum folgen. Dort lag der erste meiner Briefumschläge. Sie waren zu dritt, und ich musste ihn vor ihren Augen öffnen.

»Kennen Sie den Absender? Da ist doch irgendwas drin, es könnte eine Bombe oder so sein.« Ich machte ihn auf, die Zigaretten fielen heraus.

»Sie wissen also nicht, wer Ihnen diese Zigaretten schickt? Merkwürdig, aber wir müssen sie natürlich hier behalten. Sie bekommen sie dann nach Ende des Lagers ausgehändigt.« Ich konnte wieder gehen, meine Strategie war nicht aufgegangen. Ab jetzt wurde ich jeden Tag aufgerufen, und jeden Tag war es dieselbe Prozedur.

»Sie wissen wirklich nicht, wer Ihnen die schickt? Sehr merkwürdig.« Vermutlich feixten sie hinter meinem Rücken, aber ich konnte es nicht ändern. Ich hatte die Adresse meiner Kurierin nicht und konnte ihr deshalb nicht Bescheid geben, die weitere Absendung der Briefe zu stoppen.

2   Es waren nicht nur die fehlenden Zigaretten, es waren Waldläufe, Robben unter Drahthindernissen, das sie absurderweise »Gleiten« nannten, es waren die Lieder und das Schuhe putzen, Betten bauen, Antreten und Durchzählen, ich fand es völlig schrecklich.

Es hieß, wenn man Zahnpasta oder Seife äße, würde man Fieber bekommen. Bei viel Salz würde man sich erbrechen. Ich bevorzugte die Zahnpasta, sie schmeckte nicht sehr gut. Aber ich wurde und wurde nicht krank. Ich steigerte die Menge, aber noch immer geschah nichts. Die Tage verstrichen, von morgens bis abends »Life is Life«, zwischendurch Marschieren. »TIEFFLIEGERANGRIFF VON HINTEN!« Wieder Marschieren durch die Dörfer, die uns so frei und paradiesisch vorkamen, wie noch nie in unserem Leben. Dann, nachmittags, wurde ich aufgerufen, um wieder die Öffnung eines neuen dieser rätselhaften Zigarettenbriefe zu bezeugen.

Ich steigerte die Zahnpastamenge weiter, doch die Tage vergingen, ohne dass ich Fieber bekam. Ich wollte schon verzweifeln, in wenigen Tagen wäre das Abschlussmanöver, eine schreckliche Strapaze mit einem 40-Kilometer-Fußmarsch, und ich würde wohl den bitteren Becher bis zum ekelhaften Rest leeren müssen. Fast völlig verzweifelt schluckte ich den Rest meiner Zahnpasta, und in der Nacht bekam ich tatsächlich Fieber.

Ich ging am Morgen zum Med-Punkt, eine Art schlechtere Rot-Kreuz-Stelle. Der Arzt untersuchte mich, maß Fieber, tatsächlich ganz ansehnlich. Ich musste den Mund aufmachen: »Aaaaah!«

Er schaute besorgt und sagte:

»Das sieht gar nicht gut aus.« Ich hätte tanzen wollen vor Freude, unterdrückte aber die Regung und fragte:

»Was ist es denn?«

»Es sieht nach einer vereiterten Seitenstrangangina aus. Sie brauchen sofort Bettruhe.«

Ich musste mich in einen Nebenraum legen, jemand wurde nach meinen Sachen geschickt. Es war großartig, ich fühlte mich wie im Himmel, wunderschön dröhnte »Life is Life« durchs Fenster. Laut ein Marschlied singend marschierten meine uniformierten Kampfgenossen vorbei.

Noch am selben Tag wurde ich nach Hause gefahren, ich war der Hölle kurz vor dem Fegefeuer entronnen.

3 Der erste Tag der Lehre begann. Ich war nach Berlin in die Berufsschule gefahren. Wir wurden dort herumgeführt: Druckerei, Buchbinderei, Repro und Retusche und schließlich die Setzerei. Was für eine Enttäuschung, statt der schönen alten Holzsetzkästen mit ihren niedlichen Fächern war die ganze Setzerei mit hässlichen grauen Stahlregalen vollgestellt. Die Setzkästen waren aus demselben abscheulichen Material, die einzelnen Lettern aus Blei lagerten in kleinen blauen Plastefächern. Nirgends waren die wunderbaren Holzkästen, die man sich an die Wand hängen könnte, um Nippes in die kleinen Fächer zu stellen.

Nach einer Woche ging es in meine Lehrdruckerei, dort war es genauso. Die Setzkästen und Regale waren aus hässlichem grün lackiertem Metall mit blauen Plastikdosen für die Lettern. Ich stand in dem »Gasse« genannten Gang und setzte mürrisch Zeile um Zeile. Sollte ich mir fürchterliche Metallkästen mit grauenhaften blauen Plastikdosen an die Wand hängen? Ich konnte es auch keinem sagen, sonst hätte ich mich lächerlich gemacht. Wie könnte ich sagen: »Mich haben sie völlig angeschmiert. Ich wollte Setzkästen und sie haben gar keine mehr.« Meine Lehre aufgeben? Um was stattdessen zu machen?

Ich hatte noch Glück gehabt, dass mir diese Buchbinderlehre, für die ich mich ursprünglich beworben hatte, erspart geblieben war. Es war die Druckerei des Ministeriums für Nationale Verteidigung, kurz Druckerei des MfNV, mein Vorgesetzter war der Nachfolger von Armeegeneral Heinz Hoffmann, er hieß Kessler. Die Lehre zum Schriftsetzer war ein unglücklicher Irrtum, aber ein noch größerer Irrtum wäre der Beruf des Industriebuchbinders gewesen. Ich war ein Bücherjunkie, und so wie der Alkoholiker sich einen Job in der Schnapsfabrik sucht, wie der Morphinist versucht, in einer Apotheke oder Arztpraxis unterzukommen, so wollte ich Buchbinder werden, um an meinen Stoff zu kommen. Manche, die mich kannten, wussten schon vorher, dass das schiefgehen musste. Denn ich wollte nicht Bücher binden, ich wollte sie auch nicht setzen, ich wollte sie lesen. Ich wollte in einem riesigen Berg aus Büchern sitzen, so wie damals auf dem Altstoffhandel und sie lesen können, eines nach dem anderen, mit aller Zeit der Welt, bis in alle Ewigkeit.

Aber wäre ich Buchbinder geworden, dann hätte ich bei ohrenbetäubendem Lärm die ganze Zeit an einem Fließband stehen müssen. Auf dem Gelände meiner Lehrdruckerei lief ich jeden Morgen durch die riesige Fabrikhalle mit ihren Maschinen. Dort musste der Buchbinderlehrling die langen Fließbandmaschinen mit Papierstapeln nachfüllen. Nichts war hier mit interessanten, alten Büchern, die man vor, nach und beim Binden auch gleich hätte lesen können.

Auch das Setzen war nicht viel besser. Buchstabe um Buchstabe um Buchstabe aus dem Setzkasten holen, auf dem Winkelhaken, einer Art Minischraubstock, zu Zeilen zusammenfügen, die gesetzten Blöcke mit Strippe zusammenknoten. An dem Tag meiner Lehre, an dem ich den ersten Text setzen musste, wurde mir klar, dass ich diesen Beruf nicht ausüben würde. Ich machte die Lehre zwar weiter, aber ich schaute im Sommer sehnsüchtig aus dem Fenster. Viel vernünftiger schien es mir, draußen an einem See in der Sonne zu liegen, als hier zwischen den Bleiregalen zu stehen. Ich war gefangen.

Ob in der Druckerei oder in der Berufsschule, ich stand in meiner Gasse, gebeugt über den großen Setzkasten und musste Zeile um Zeile setzen. Es war wie in einer Gefängniszelle, wie in einem Kellerverließ. In den anderen Regalgassen standen die zukünftigen Kollegen, manche grau im Gesicht vom Blei und den Jahren. Sie machten es ihr ganzes Leben, bis zum bitteren Ende. So standen sie da und setzten Zeile um Zeile aus dem von Druckfarbe schwarz gewordenen Blei, rauchten Zigaretten, warteten darauf, dass Feierabend würde, dass die Zeit verging, Buchstabe um Buchstabe, Zeile um Zeile, Seite um Seite.

4 Ein Tischler aus der Nachbarschaft in Rangsdorf, Franz Frühling, hatte andauernd Westsachen, neue Jeans, Bundeswehrparkas, Hemden, er hatte Ausgaben des SPIEGEL, wenige Tage alte Bildzeitungen, es war unglaublich, ich wusste, dass er auch nicht mehr Westverwandte hatte als ich selbst.

Dann erfuhr ich, wo er die ganzen Sachen her hatte: vom Westmüll. Von Westberlin kamen die großen Mercedes-LKWs und fuhren an Rangsdorf vorbei zu einer streng bewachten Deponie. Dort kippten sie den Müll ab und fuhren wieder zurück, die nächste Ladung holen. Die Deponie war zwar streng bewacht, aber nicht streng genug. Franz Frühling, der Tischler aus der Nachbarschaft, gehörte zu den Abenteurern, die über Stacheldrahtzäune auf das mit Hunden bewachte Gelände kletterten und dort den Müll durchkramten, in dem unglaubliche Schätze zu finden waren.

Es wurde erzählt von Farbfernsehern, die einwandfrei funktionierten, von Kassettenrekordern, von edlen Jacketts, von Jeans und Schallplatten. Ich fragte ihn, ob ich mitkommen dürfe, fast hätte ich es nicht geglaubt, aber er war einverstanden.

Wir fuhren mit Fahrrädern ins Nachbardorf, wo ein Freund von Franz wohnte. Der war Frührentner, weil ihm bei der Armee ein Panzer auf die Hände gefallen war und sie ziemlich zermatscht hatte. Sie waren etwas verdreht, und er konnte sie nicht belasten. Er lebte in einem Häuschen, das vollgestopft war mit Jeans aller Größen und Arten, und an den Wänden hingen Nena-Poster. Die Jeans verkaufte er, die Nena-Poster behielt er selber, er war ein großer Fan. Wir tranken Bier, dann fuhren wir los, Franz' Freund hatte einen Skoda. Wir fuhren in Richtung Deponie, während die Sonne hinter den Feldern versank und das Autoradio »99 Luftballons« von Nena spielte.

Die Deponie war ein riesiger Berg, man sah oben die Bulldozer hin und her fahren und die Möwen kreisen. Wir ließen den Skoda an einem Feld stehen, schulterten unsere leeren Rucksäcke und gingen in Richtung des Berges, der für uns wie ein verwunschenes Schloss voller Schatztruhen war. Am Fuß des Berges warteten schon eine Menge anderer Leute jeden Alters. Sie hatten Drahtscheren und Rucksäcke mit. Manche kannten sich, man machte Witze. Bald hätten die Bulldozerfahrer Feierabend, dann gäbe es eine Chance, auf der Deponie einiges zu finden, bevor es ganz dunkel würde. Das Licht von Taschenlampen wäre zu verräterisch, deshalb war es nur die Zeit bis zur einbrechenden Dunkelheit, die uns blieb.

Die ersten kletterten rüber, andere schnitten ein Loch in den Drahtzaun und kletterten durch. Wir folgten ihnen, stiegen auf den Berg und begannen zu suchen. Wir schütteten die Säcke aus, steckten Zeitschriften ein und Jeans, ich fand einige Bücher und steckte sie ein, suchte weiter, da schrie jemand:

»Weg! Sie kommen!« Tatsächlich kamen Uniformierte mit Hunden, alle stürzten den Berg hinunter, manche fielen, rappelten sich wieder auf und rannten weiter. Die Hunde kläfften, und wir kletterten durch das Loch in Sicherheit. Wir gingen zurück zum Skoda, unsere heutige Ausbeute war nicht wirklich groß. Aber immerhin war es etwas. Wir stiegen in den Skoda und fuhren zurück. Es sollten noch viele Besuche auf dem Westmüll folgen, ich hatte ja gerade erst begonnen.

5 In einer Baracke neben der Schule war die Musterung. Ich hatte ein Schreiben bekommen und war am angegebenen Tag pünktlich da mit allen Papieren, die sie verlangt hatten. Ich war unentschieden. Einerseits lehnte ich Militär ab. Andererseits hieß es, dass ein Studienplatz ohne 3 Jahre »Ehrendienst« ziemlich aussichtslos wäre. Doch ich wusste sowieso nicht, was ich wollte, ob studieren oder sonstwas. Wir saßen nebeneinander auf Stühlen und warteten darauf, dass wir aufgerufen würden. Schließlich war ich an der Reihe, ein junger Mann mit Brille brachte mich in einen Raum. Er bot mir Platz an und sagte, ich könne ihn alles fragen:

»Nur keine Scheu!«

Es gab die Möglichkeit, den Dienst an der Waffe zu verweigern und Bausoldat zu werden. Das war ein ziemlich alberner Kompromiss, man würde also die Brücken bauen und die Gräben ausschaufeln, aus denen dann die anderen schießen würden. Aber in den anderen sozialistischen Ländern hatte man nicht einmal diese Wahl. Ich fragte:

»Wie ist das eigentlich mit Bausoldaten? Kriegt, wer Bausoldat werden will, kriegt der dann Probleme, falls er studieren will oder so?«

»Nein, nein,« sagte der Mann, »das gibt es nicht mehr.«

»Und wenn ich nicht drei Jahre mache, gibt es dann Probleme für einen Studienplatz?«

»Nein, auch nicht. Aber der Vorteil bei dreijährigem Dienst ist, dass du ihn direkt nach der Lehre ableisten kannst. Verstehst du, jetzt bist du noch jung und dir macht das alles nichts aus. Aber wenn du nicht drei Jahre machst, dann holen wir dich erst kurz vor 30, wenn es dir überhaupt nicht passt, wenn du schon Familie und Kinder hast.« Ich ging wieder in den Warteraum, ich war nicht unzufrieden. Mir war klar, dass die Armee so ähnlich wie Wehrlager war, vermutlich noch unangenehmer. Und vor die Wahl gestellt, sofort in die Hölle zu gehen oder erst in vielen Jahren, war klar, wofür ich mich entscheiden würde.

Dann wurde ich erneut aufgerufen, jetzt ging es zum Arzt. Er bemängelte meine Haltung, meinen Rücken, mein Lungenvolumen, meine Haut war schlecht, er schrieb alles in ein Heft, und er gab mir das Gefühl, dass er noch nie einen Menschen in so schlechtem körperlichen Zustand vor sich gesehen hätte.

»Können sie denn nicht gerade stehen?« fragte er, dabei stand ich schon so gerade wie ich konnte. Er schüttelte den Kopf, vermutlich waren die jungen Männer vor dem letzten Weltkrieg in viel besserem Zustand gewesen. Er schrieb weiter und murmelte hässliche Wörter dabei: »Knickfüße, Schuppenflechte, Trichterbrust, verengte Vorhaut, Spulwürmer, Knorpelschwäche, Polypen und Hämorriden. Gratuliere Ihnen, Herr Hennig, Sie sind völlig wehrtauglich, ohne Einschränkungen.« Am liebsten hätte ich dem Arzt ins Gesicht geschlagen. Das war nicht nett, mir erst den Eindruck zu geben, ich sei körperlich der letzte Dreck, und dann war ich doch tauglich.

Enttäuscht ging ich wieder zurück in den Warteraum und wurde kurz darauf ein letztes Mal aufgerufen. In einem anderen Raum saßen drei Generäle oder Leutnants hinter einem mit einer roten Fahne bedeckten Tisch und sahen mich an. Sie taten sehr feierlich, so als wäre dies ein wichtiger Moment, und ich müsste mich freuen oder sehr bewegt sein. Sie sprachen salbungsvoll von der sozialistischen Gesellschaft, die geschützt werden müsse, und überreichten mir meinen Wehrpass, ein graues Büchlein, in dem eine Aluminiummarke steckte. Es war die Marke, die man im Krieg bei sich haben musste, die in zwei Hälften zerbrochen wurde und von der die eine Hälfte bei der Leiche blieb und die andere zur Abrechnung ins Hauptquartier geschickt wurde.

Dann war ich entlassen, ich war froh, wieder draußen an der frischen Luft zu sein, meine Musterung war vorbei.

6 In den Jahren gab es Einbrüche in Rangsdorf, wo die Laube meiner Mutter stand. Immer winters, wenn sie leer standen, wurden Wochenendhäuser geplündert. Es wurde erzählt, es wären desertierte Russen vom Flugplatz im Ort, die sich versteckten. Denn man wüsste ja, was mit ihnen passierte, wenn sie erwischt würden. Die Russen würden ja kein Pardon kennen, die würden sie kurzerhand erschießen. Von den Russen gab es sowieso die wildesten Geschichten. Wenn sie mit ihren riesigen Taiga-Lastwagen mit den winzigen Rücklichtern durchs Dorf fuhren, musste man sich vorsehen. Man wäre nicht der erste Fußgänger oder Radfahrer, den sie auf dem Gewissen hätten.

Auch unsere Laube war nicht verschont geblieben. Wir merkten es erst bei einem winterlichen Kontrollbesuch. Die Einbrecher hatten Radio, geschliffene Karaffen und Vasen mitgenommen. Merkwürdigerweise auch Fotoalben meiner Mutter mit Fotos aus Prerow, dem Sommerurlaubs-Nacktbadeort.

Meine Mutter hatte ein schlechtes Gefühl, wenn sie daran dachte, wozu die Nacktbilder, die sie und ihre Freundinnen posierend zeigten, womöglich jetzt benutzt wurden. Die Polizei wurde alarmiert, und diesmal schienen sie eine ganz passable Spur zu finden. Ein Kalender war von der Wand gerissen worden, und auf ihm war ganz deutlich der Abdruck eines Schuhs zu sehen.

Die Polizei meldete sich nach einigen Tagen wieder, sie wollten meine Schuhe. Es wurde immer sonderbarer, ich wurde nach Zossen bestellt, und ein Kriminalbeamter sagte mir, es wäre ohne jeden Zweifel der Abdruck meiner Schuhe auf dem Kalender gewesen, welche Erklärung ich dafür hätte.

»Von meinen Schuhen? Das kann doch gar nicht sein«, sagte ich.

»Es besteht kein Zweifel, überhaupt kein Zweifel«, sagte der Beamte, »Natürlich fragen wir uns, wie sie dorthin gelangt sind.«

»Aber ich war seit dem Herbst letzten Jahres nicht mehr dort. Ich bin auch nicht auf den Kalender getreten. Es kann gar nicht von meinen Schuhen sein.«

»Wir haben sie doch verglichen, es ist von Ihren Schuhen. Wenn Sie mit der Sache zu tun haben, dann wär jetzt der Moment, es zu erzählen.«

»Ich weiß nicht, ich habe keine Ahnung. Sind Sie auch ganz sicher? Vielleicht sind es nur dieselben Schuhe, aber nicht meine.« Sie nahmen mir die Fingerabdrücke ab mit schwarzer Stempelfarbe. Hätte ich nicht bei allen Einbrüchen, die auf mein Konto gingen, Handschuhe benutzt, hätte ich es jetzt mit der Angst bekommen müssen.

Ich durfte dann wieder gehen. Ich hatte immer noch keine Erklärung, keinen Schimmer, wie mein Fußabdruck auf diesen Kalender geraten war. Erst später kam mir die Idee, dass es eine Falle gewesen sein könnte. Aber das ergab auch keinen Sinn, was für eine idiotische Falle hätte das sein sollen?

7   Es war ein Dilemma, ich wollte nicht Schriftsetzer werden, hatte aber auch keinen Schimmer, was sonst. Konsequent wäre gewesen, nach der ersten Woche aufzugeben. Doch ich machte weiter, Tag für Tag. Es gab ein paar Punks an der Berufsschule, sie hatten bunte, verfilzte Haare, zerrissene Lederjacken, auf denen mit weißer Farbe die Namen von Bands wie »Dead Kennedys« aufgemalt waren. Diese Punks schienen mir so viel vernünftiger und logischer als alle anderen. Im Unterricht saß ich neben einem. Ich fragte ihn:

»Wieso bist du Schriftsetzer geworden?«

»Na ich hab überlegt, was ich werden soll. Und da hatte ich so ein Buch in der Hand und kuckte rein, und da sah ich die Schrift, und da hab ich mich für Schriftsetzer beworben.« Er erschien mir cool und witzig und den anderen überlegen, ich fragte weiter:

»Sag mal, wo geht ihr denn so hin, am Wochenende, ihr Dreckpunks?«

»Jugendclub Fritz Schmenkel, in der Baumschulenstraße.« Am nächsten Freitag war ich auch dort. Es war gerammelt voll, alle tranken Cola-Whisky oder Gin-Tonic, rauchten Zigaretten, und man konnte sich kaum bewegen. Ich drängte mich durch die Massen. Eine Band spielte schnellen Punk und manche tanzten wild, versuchten, sich zu schubsen, umzustoßen und mit Bier zu bespucken.

Ich drängelte wieder zurück, in einen anderen Raum, in dem ein Mann von über 40 versuchte, Klavier zu spielen. Ihm wurde der Klavierdeckel auf die Finger geschlagen, und dann ging er. Ich drängelte noch ein paar mal hin und her, ich wollte das Geheimnis der Punks lüften. Da musste doch was sein, was sie so cool, anders, besser machte, als die Masse der vielen. Es konnte doch nicht sein, dass es nur der Irokesenschnitt, das Bier und die Schnäpse waren, die schnelle Musik und der brutale Tanz. Ich schob mich durch die Menschenmassen, versuchte mitzutanzen, trank Whisky-Cola, aber ich fand es nicht heraus.

8 Ich begann, an der Abendschule in Rangsdorf mein Abitur zu machen. Sicher wollte ich studieren, alles mögliche, nur dieser Stupidität entrinnen. Man sah die Studenten in Berlin, sie hatten grüne Parkas an und Nickelbrillen auf. Sie tranken viel Bier und unterhielten sich bei einem Kännchen Kaffee ganze Nachmittage über Literatur. Das schien mir eine erträgliche Möglichkeit, dem Setzen zu entkommen.

Eigentlich war Setzen gar nicht so schlimm, selbst damals mit den Bleilettern und den heißen gegossenen Zeilen aus der Setzmaschine. Es erfordert mehr Konzentration als Anstrengung. Mich störte, dass man nicht in Ruhe nachdenken konnte, weil das Setzen zuviel Aufmerksamkeit erforderte. Man konnte nicht fernsehen, undenkbar. Die Arbeit machte einen müde und schlapp.

Auch war die Qualität der Drucksachen, die in meiner Druckerei hergestellt wurden, sehr zweifelhaft. Es gab die Wochenzeitung »Volksarmee«, die keiner der Soldaten las und die die gesamte Armee trotzdem Woche für Woche geliefert bekam. Meist wanderten die Stapel mit dem Blatt bei den Soldaten direkt in die Mülltonnen, und das war das Beste, was man damit machen konnte.

Aber aus irgendeinem im System liegenden Wahnsinn musste die Zeitung trotzdem jede Woche hergestellt werden.

Die Überschriften musste ich mit Hand setzen, der Fließtext war Maschinensatz. Weil die Druckerei der Armee unterstellt war, hatten sie noch alle möglichen anderen obskuren Blätter zu produzieren. »Der Militärmediziner« mit ekligen Fotos und wirren Texten, die von unnötigen Fremdwörtern wimmelten. Einmal war die Rede von »oraler Flüssigkeitsaufnahme«, und wir überlegten lange in der Setzerei, was der Autor damit anderes gemeint haben könnte außer »trinken«.

Es gab in dieser Wochenzeitung »Volksarmee« auch ein recht schlichtes Kreuzworträtsel. Einmal, so erzählte mir Herr Süß, mein Mentor, wäre nach einer Sitzgelegenheit gefragt worden, »Hocker«. Bei der Auflösung eine Woche darauf hatte der Setzer aus Versehen »Hoecker« gesetzt, was der Korrektor las und es in »Honecker« verbesserte. Nun stand also in der »Volksarmee« als Auflösung für Sitzgelegenheit »Honecker«. Es schlug große Wellen, die Partei witterte eine riesige, reaktionäre Verschwörung, und alle Beteiligten bekamen viel Ärger. Sie bedachten nicht, dass niemand außer ihnen diese Zeitung las.

Eine andere Geschichte, die vor meiner Zeit spielte, war der Mauerbau. Damals war die Druckerei des MfNV hermetisch abgeriegelt. Die Setzer, Drucker, Buchbinder und Putzfrauen kamen also eines morgens im August des Jahres 1961 in die Druckerei, und durften über Tage nicht mehr heraus. Sie durften auch nicht telefonieren, nichts. Sie waren, abgesehen von der Führung, die einzigen, die vom geplanten Mauerbau wussten, denn sie mussten die ganzen Befehle, Anweisungen und Schießbefehle drucken.

Sie waren die einzigen, die vorher davon wussten, aber sie konnten nicht weg, weil sie in dieser Druckerei eingesperrt waren. Sie konnten nicht mal Freunden Bescheid geben oder Verwandten. Sie mussten im Keller auf Feldbetten schlafen, und durch irgendwelche Klauseln im Arbeitsvertrag war alles ganz legal.

Es gab noch viele kleine und große Formen von Wahnsinn in der Druckerei. Der sonderbare Kaderleiter, der durch seine dicken braunen Brillengläser sah und von der Verantwortung der Gesellschaft gegenüber erzählte. Der Chef der Druckerei, ein Feldwebel oder Obermaat, der durch das Fenster seines Büros jede meiner häufigen Verspätungen sah und den Chef der Setzerei darauf ansprach. Diese riesigen Berge von Papier, die durch Bedrucken mit Schwachsinn in Altpapier verwandelt wurden. Das Verbot, das es für alle Mitarbeiter bis hin zu den Putzfrauen gab, mit Menschen aus dem Westen zu sprechen. Wenn man in der Druckerei blieb, dann würde es irgendwann zu einem Trabbi reichen und zu einem Wochenendgrundstück. Ich hoffte auf einen Ausweg.

Ich hatte begonnen, an der Abendschule mein Abitur zu machen.

9 Rangsdorf war von der Druckerei in Schöneweide eine knappe halbe Stunde mit der Bahn entfernt. Die Schule ging bis nach 8 abends, dann gingen wir Schüler meist noch Bier trinken, und am Morgen musste ich, um nicht allzu spät zu kommen, um 4 aufstehen.

Ich schlief immer auf der knapp halbstündigen Fahrt. Ich brauchte fünf bis zehn Minuten um wegzudösen und hatte dann eine süße Viertelstunde im Reich der Träume und war erfrischt, wenn ich wieder ausstieg. Aber oft unterhielten sich die Leute laut, spielten Musik auf ihren Kofferradios und Kassettenrekordern, und ich verfluchte sie, während ich sitzend mit geschlossenen Augen versuchte einzuschlafen. Dann nahm ich in Gedanken ein Maschinengewehr zur Hand, lud es mit hörbarem Knacken durch und erschoss die Störenfriede. Ich knallte sie ab, das Blut spritzte gegen die Fenster. Ich merkte, wie ich erleichtert müder wurde, obwohl sie sich in gleicher Lautstärke weiter unterhielten, und immer erwachte ich pünktlich, Sekunden bevor der Zug in Rangsdorf zum Stehen kam.

Erquickt und guter Dinge stieg ich aus und ging zur Laube meiner Mutter. Dort machte ich mir einen Kaffee, sah mir im Fernsehen noch Zeichentrickfilme an und ging dann zur Schule. Sommers war das alles überhaupt kein Problem, nur als es kalt wurde und Frost begann, musste in der Laube das Wasser abgestellt werden, weil es sonst eingefroren wäre.

Der größte Vorteil an der ganzen Sache war, dass ich nicht mehr bei meiner Mutter wohnte, denn sie blieb die Woche über in Ludwigsfelde, und ich war in der Laube ganz allein. Wir hatten uns so viel gestritten. Nicht wegen meiner kriminellen Aktivitäten, von denen sie nur den geringsten Teil mitbekommen hatte, sondern wegen allgemein unterschiedlichen Vorstellungen vom Leben. Wegen meiner Unordnung, wegen meiner pampigen Antworten. Seitdem wir nicht mehr unter einem Dach lebten, uns nur noch selten am Wochenende sahen, war der ewige Streit vorbei. Es war ein kleines Wundermittel, wie es ja auch schon bei meiner Mutter und meinem Vater gewirkt hatte. Ein geniales Rezept, seither verstanden sich meine Eltern vorzüglich, und bei mir und meiner Mutter ging es plötzlich auch.

10 Ich schlief also auch im Winter in der Laube, obwohl es kein fließendes Wasser gab und ich es in großen Eimern von den Nachbarn holen musste. In den vergangenen Jahren war in diese Laube regelmäßig eingebrochen worden, auch in der Nachbarschaft. So war ich gleichzeitig ein menschlicher Wachhund.

Es war mitten in der Nacht und schon so kalt, dass ich mit eingeschalteter Heizung schlief. Ich wachte auf, es klapperte sonderbar an den Fensterläden. Ich dachte kurz an einen Sturm oder an eine verzweifelte Nachbarin im Nachthemd, die Hilfe brauchte. Ich war viel zu müde, um Angst zu haben, ich schaltete das Licht ein, ging zur Tür und öffnete sie. Ein Mann von vielleicht 30 Jahren mit einer Pudelmütze rüttelte wieder an einem Fensterladen, dann sah er mich einige Sekunden an.

Plötzlich lief er davon, so schnell, als wäre er in einem zu schnell abgespielten Stummfilm. Noch niemals hatte ich jemanden so schnell rennen sehen. Er rannte zum Gartentor, sprang darüber und rannte im Spurt die Straße hinunter. Mir schien, als sei erst ein Augenblick vergangen. Ich war überhaupt nicht auf die Idee gekommen, ihm zu folgen, er war so schnell gewesen.

Ich war immer noch müde, trotz der aufregenden Ereignisse. Ich legte mich wieder hin zum Schlafen. Warum hatte er es nicht an der Tür probiert? Sie war offen gewesen, ich war bis jetzt nicht auf die Idee gekommen, aber von nun an schloss ich die Tür in der Nacht ab.

11 Es war Sommer, öde, langweilig und nervtötend schien mir meine Lehre. Ein anderer Lehrling riet mir:
»Sag einfach, du hast Magenschmerzen. Das können sie nicht überprüfen und schreiben dich erstmal eine Woche krank.« Das klang gut, ich stand dort zwischen den Bleiregalen in der Berufsschule. Draußen schien die Sonne, und ich setzte sinnlose Lehrtexte, Buchstabe um Buchstabe. Das Schlimme war, es war immer was zu tun. Es war nicht so, dass irgendwann die mehr oder weniger sinnvolle Arbeit geschafft wäre. War man mit irgendwas fertig, und sie hatten tatsächlich keine Arbeit bei der Hand, dann musste man Setzkästen entfischen.

Die Setzer hatten sich schon immer für was Besseres gehalten. Sie hatten sich als eine Art Adel des Proletariats gefühlt und sich auch so aufgeführt. Sie hatten in schwarzen Anzügen und mit Bindern an den Setzkästen gestanden, die von der Druckfarbe schwarzen Hände in weißen Manschetten. Sie hatten sich ihre eigenen Wörter ausgedacht, nur damit kein normal Sterblicher sie verstehen konnte. Eine Ausgangszeile, die auf einer neuen Seite oder Spalte stand, hieß »Hurenkind«, vergessene Wörter waren »Leichen«, doppelte dagegen »Hochzeiten«, ein Buchstabe der falschen Schrift in einem Text, oder aber auch in einem Setzkasten war ein »Zwiebelfisch«, und so hieß das Säubern eines Setzkastens »entfischen«.

Dazu musste man Fach nach Fach ausschütten und die Lettern in den Minischraubstock legen, Stück um Stück, und überprüfen, ob einer der Bleibuchstaben von einer anderen Schriftart wäre. Ich schüttete die Lettern hinter die Regale, manche warfen sie aus den Fenstern oder spülten sie im Klo runter. Es war eine besonders unangenehme, eintönige Arbeit. Alle suchten nach Löchern, Hohlräumen und verborgenen Plätzen, wo man die Buchstabenhäufchen loswerden könnte, ohne sie einzeln durchsehen zu müssen.

Mein Mentor erzählte mir, wie eines Tages Dielen einer Lehrsetzerei entfernt wurden, und man unter einem Astloch einen großen Haufen Buchstaben gefunden hatte, wie eine runde Pyramide sich verjüngend bis zu dem Loch. Mich wunderte das kein bisschen. Manchmal versuchten die Lehrmeister in der Berufsschule, die Stimmung etwas aufzulockern, indem sie die seit Jahrhunderten üblichen Setzerscherze machten.

»Geh doch mal runter in die Druckerei und hol den Spatienhammer!« wurde so einem armen Wicht gesagt, der neu war. Wäre er schon länger dabei gewesen, hätte er sich vielleicht gefragt, was es für ein Hammer sein sollte für Spatien, waren Spatien doch winzige hauchdünne Bleibleche, 0,3 Millimeter dick. Doch wer traut sich schon zu fragen, und so lief derjenige die ganzen vielen Treppen hinunter in die Druckerei.

»Ich soll den Spatienhammer holen«, sagte er da unten. Dann wurde ihm vom Drucker ein riesiges, unförmiges Maschinenteil auf die Schulter gepackt, mit dem der Neuling die ganzen Treppen wieder nach oben steigen musste. Dort war dann die Schadenfreude groß, und der Unglücksrabe musste, außer den Spott zu ertragen, auch noch das schwere Teil wieder runterschleppen. Ein andermal fragte unser Lehrmeister in der Berufsschule eine Mitschülerin neben mir:

»Sag mal, du lernst ja hier schon eine Weile. Hast du schon mal Bleiläuse gesehen?«

»Bleiläuse? Wollen Sie mich etwa veralbern? Nein, habe ich noch nicht gesehen«, antwortete sie. Der Lehrmeister holte 20 Maschinensatzzeilen, stellte sie auf ein Tablett, schüttete etwas Wasser auf den Boden des Tabletts und fächerte die Zeilen so auf, dass zwischen ihnen je einige Millimeter Abstand war.

»Da! Sieh! Die Bleiläuse, sie kommen!« sagte der Lehrmeister und zeigte zwischen die Zeilen. Das Mädchen kuckte, ging immer näher ran. Zack! Mit einem Ruck hatte der Lehrmeister die Zeilen zusammengeknallt. Das Wasser spritzte ihr in die Augen und ins Gesicht. Von dieser Qualität waren die jahrhundertealten Setzerscherze.

12 Dann war es wieder öde, tagelang, wochenlag. Kästen entfischen, Regale aufräumen, Anzeigen setzen. Ich merkte, dass das normale Setzen genauso langweilig war, wie das Entfischen der Kästen oder jede beliebige stupide Tätigkeit. Draußen schien die Sonne, jetzt in der Sonne liegen, lesen können, das müsste das Paradies sein.

Am nächsten Morgen ging ich in eine Poliklinik zu einer Ärztin, ich klagte über Magenschmerzen. Doch ich war wohl nicht glaubhaft genug, sie schrieb mich nur für denselben Tag krank. Aber immerhin, ich hatte diesen Tag frei. Ich ging, es war immer noch morgens, durch die Prenzlauer Allee, alle aus meiner Klasse standen zwischen den Bleiregalen, setzten langweilige Visitenkarten oder entfischten fast vergessene Setzkästen.

Ich hatte heute frei, den ganzen Tag! Ich schaute auf den Krankenschein, ich war krankgeschrieben vom 15. Juni bis zum 15. Juni. Es war großartig, ich war frei, konnte durch die Straßen laufen. Ich trank in einer Imbissstube einen Kaffee und aß eine Bulette, es war toll. Dann fuhr ich wieder raus nach Rangsdorf, legte mich in die Sonne und las.

Ab und zu sah ich auf die Uhr, jetzt hatten sie gerade Pause, durften die Gassen aus Bleiregalen verlassen, in der Kantine essen und noch schnell hinten in der Raucherecke eine rauchen. Ich las weiter in der Sonne. Die Vögel zwitscherten, es war ein wunderschöner Tag. Ich hatte noch genug Zeit, die Hausaufgaben für die Abendschule zu machen, und als ich dann nachmittags dorthin ging, keimte ein Gedanke in mir auf. Auf dem Krankenschein stand vom 15. bis 15., wenn ich die zweite 15 einfach mit einem Strich in eine 16 verwandelte, dann hatte ich einen Tag gewonnen, dann war ich noch einen weiteren Tag von dieser Sklavenarbeit befreit.

Während des abendlichen Unterrichts in der Abendschule nahm diese Idee immer konkretere Gestalt an, bis ich am Ende völlig sicher war. Ich würde es tun, wie meist gingen wir noch Bier trinken, und ich achtete nicht auf die Zeit. Am nächsten Morgen würde ich nicht kurz nach 4 aufstehen müssen.

Am nächsten Tag machte ich es, zog den Strich und verwandelte die 5 in eine 6. Ich war nicht richtig zufrieden damit, es sah nicht richtig echt aus. Ich legte den Krankenschein beiseite, noch konnte ich zur Bahn und in der Berufsschule erzählen, ich hätte verschlafen. Ich schaute wieder auf den Krankenschein. Nun ja, wenn man nicht genau hinsah, dann fiel es einem nicht so auf. Und warum sollten sie schon genau hinsehen, bei dem einen Tag? Ich faulenzte den Tag, und am nächsten fuhr ich wieder zu meinen Bleiregalen und gab den Krankenschein ab.

Es fiel sofort auf, es fiel jedem auf, der auch nur einen flüchtigen Blick auf diesen Krankenschein warf. Es ging durch verschiedene Instanzen, es war ja immerhin Urkundenfälschung oder sowas, es wurde eine Versammlung einberufen, auf der alle sagen mussten, dass sie es schlecht fanden, dass ich meinen Krankenschein gefälscht hatte. Ich bekam einen Tadel, und damit war die Sache ausgestanden.

13 Die DDR versuchte alles, was sie konnte, um die Jugend für sich zu gewinnen. Sie holten Bob Dylan, Bruce Springsteen, sogar Udo Lindenberg ins Land. Die Karten wurden über FDJ-Gruppen verteilt, und an sie heranzukommen war für Normalbürger ohne tagelange Wartezeiten so gut wie unmöglich. Und genauso war es bei Rio Reiser.

Es waren nicht seine netten Schlager, die auf allen Sendern gedudelt wurden, es war seine Vergangenheit, die ihn für uns interessant machte. Es waren Songs wie »Keine Macht für niemand« oder »Nicht so werden wie mein Alter ist«, es war seine Gegnerschaft zu den Mächtigen, die genau passte für jedes Land der Welt und so auch für die DDR.

Aber das Dilemma mit den Karten: Sie waren einfach nicht zu kriegen. Es gab einige über meine Druckerei. Aber ich war in der FDJ nicht aktiv genug, als dass ich berücksichtigt worden wäre. Reiser sollte in der Werner-Seelenbinder-Halle spielen, und mit einem Mitlehrling kamen wir von der Dimitroffstraße und sahen schon den Ärger: Die Polizei kontrollierte. Sie kontrollierten schon einen halben Kilometer vor der Halle, sie hatten alle Straßen abgesperrt, und hindurch kam nur, wer eine gültige Eintrittskarte hatte. Aber wir hatten keine.

»Los komm!« sagte ich und rannte in einen Hauseingang. Wir liefen durch den dunklen Hof, kletterten über eine Mauer und kamen auf der anderen Seite des Blocks wieder heraus. Die Straßensperre war noch immer zu sehen, aber wir hatten sie überwunden. Wir gingen weiter, kamen bis zum Eingang, der letzten Barriere vor dem Gelände der Halle, das mit einem Drahtzaun abgegrenzt war.

Wir gingen etwas zur Seite, sprachen einen durch den Zaun an:

»Sag mal, kannst du uns nicht deine Karte geben? Wir haben keine.« Er lehnte ab, wir fragten noch einen, beim dritten klappte es. Er reichte uns eine abgerissene Karte durch. Mit der ging mein Kollege rein, reichte sie mir dann wieder durch den Zaun und ich folgte ihm. Wir waren drin, ich hatte das Gefühl, ich könnte überall hineinkommen.

Das Konzert war spitze, Reiser sang weiche Liebeslieder, dann etliche »Scherben«-Titel, Zugabe um Zugabe wurde ihm abverlangt, und als sich die Halle schon fast geleert hatte, sang er doch noch mal weiter. Als wir dann mit den letzten Leuten die Halle verließen, waren wir froh. Es war alles so kompliziert, aber ein paar einfache Antworten gab es doch: Keine Macht für niemand.

14 Das erste Jahr der Lehre ging zu Ende. Meine Schwester, die eine ziemlich gute Wohnung in einem wunderbaren Hinterhof in der Schönhauser Allee hatte, zog zum Studium nach Halle. Diese Wohnung könnte ich bewohnen, das war für mich die ersehnte Gelegenheit, ganz selbständig zu werden. Ich meldete mich auf eine Berliner Abendschule für mein Abitur um, und wieder drohte vor den Ferien ein Wehrlager, diesmal von der Berufsschule aus.

Es war genauso sinnlos, nervend und absurd wie das der Schule. Wieder mussten wir die Uniformen tragen, im Gleichschritt zum Essen und auf alberne Wiesen laufen, robben, Klimmzüge, Liegestütze. Eines Tages sollten wir schießen, es war mit Luftgewehren, mit denen man wohl kaum eine Taube ernsthaft verletzen konnte. Es war irgendein absurder Wettbewerb der »Jungen Welt«, bei dem alle Lehrlinge der DDR versuchen sollten, möglichst gut zu schießen. Wir marschierten zu einem Schießstand, die ersten begannen zu schießen, da sagte einer aus unserer Kompanie: »Wieso sind das menschliche Zielscheiben? Ich bin Christ, ich will nicht auf eine menschliche Zielscheibe schießen.« Tatsächlich war auf den Zielscheiben je der Schattenriss eines Menschen abgebildet, der Kopf war deutlich zu erkennen. Ich überlegte kurz, sagte dann: »Ich find' das auch doof, ich will auch nicht auf eine menschliche Zielscheibe schießen.«

»Noch jemand?« fragte der Gruppenführer. Es meldete sich noch jemand, wir mussten ihm folgen, es ging zu einem höheren Vorgesetzten. Wie damals im Wehrlager der Schule, wo viele Lehrer beteiligt waren, so waren es hier Lehrausbilder der Berufsschule, die sonst im Blaumann an den Druckmaschinen standen oder unterrichteten. Unser Gruppenführer war ein Druckerlehrling, der im 3. Jahr seiner Ausbildung mit Abitur stand. Und auch den Mann, zu dem er uns brachte, kannte ich flüchtig.

»Die weigern sich, auf die Zielscheiben zu schießen«, sagte er zu dem Vorgesetzten, der außer durch sein Alter durch rote Bündchen auf den Schultern als solcher zu erkennen war. Unser Gruppenführer ging zurück, und der Vorgesetzte begann einen merkwürdigen Monolog zu halten:

»Meine Großmutter war im KZ. Kommunisten, Juden, alle wurden umgebracht. Und der Schoß ist fruchtbar noch, es kann wieder passieren. Wir müssen bewaffnet sein, und der Feind muss wissen, dass wir die Waffen im Ernstfall auch benutzen können. Sie würden nicht zögern, uns auf bestialische Weise umzubringen, es ist nur unsere Stärke, die sie davon abhält. Wenn sie Schwäche sehen, dann kennen sie kein Erbarmen. Der Friede muss bewaffnet sein, ihr kennt doch sicher die Geschichte von Igel und Fuchs?« Natürlich kannten wir sie. Es war ein Gedicht von Wilhelm Busch, das in Millionen Exemplaren als Poster vertrieben wurde, weil es nach der Meinung irgendwelcher hirnloser Funktionäre so wunderbar die Weltlage beschrieb. Wir nickten traurig, er erzählte weiter:

»Der Faschismus war die schrecklichste Zeit in Deutschland. So etwas darf sich nie wiederholen. Wir verstehen uns? Ihr wisst, was ihr zu tun habt?«

Wir nickten, denn immerhin wussten wir, was er von uns wollte. Er zeigte uns drei verschiedene absolut tödliche Bajonett- uns Spatenangriffe, die wir einzeln wiederholten. Dann ging er mit uns zurück zur Schießstelle, wir legten an, einer nach dem anderen und schossen auf die menschlichen Umrisse. Er nickte zufrieden und verschwand wieder.

»Das ist ja sehr traurig mit seiner Großmutter«, sagte der Christ, »aber was können wir dafür?«

15 Es war 1988, und im Palast der Republik war eine Ausstellung von und über Loriot: Bücher, Zeichnungen, Skizzen, Bühnenbilder, Fotos von ihm als Holzfäller, als Lokführer, als Prof. Grzimek mit der Steinlaus. In einem Fernseher liefen ununterbrochen seine Sketche. Dicht an dicht standen die DDRler davor und starrten, so wie ich auch.

Loriot wurde zwar in der DDR verlegt mit dicken und dünnen Büchern. Doch die Buchverkäuferinnen ließen sie sich lieber mit Gold aufwiegen oder irgend etwas anderem, was knapp war, anstatt sie in die Hände von normal Sterblichen kommen zu lassen. Loriot war eine legendäre Figur, seine Knollennasen, seine Geburtstage im Fernsehen, seine merkwürdigen Sketch-Konstruktionen, bei denen sich die Komik zur Mitte steigerte wie eine Sinuskurve, und dann wieder abflachte, so dass man am Ende wieder in der Normalität angekommen war. Alle Zeitungen der DDR berichteten: Loriot sei in Berlin, der Hauptstadt der DDR. Die »Junge Welt« sogar mit einer ganzen Sonderseite samt einer handschriftlichen Widmung des Meisters. Er war also hier in Ostberlin, nicht nur wegen dieser Ausstellung, nein, er würde auch zweimal auftreten, an zwei Abenden im TIP, dem Theater im Palast.

Dafür Eintrittskarten zu bekommen, war völlig ausgeschlossen. Die wenigen davon, die in den freien Verkauf kamen, ergatterten die ersten Glücklichen einer wahrscheinlich seit Tagen wartenden Menschenmenge. Und vermutlich nicht mal einer von denen hatte eine Karte bekommen, denn Loriot, das war die Welt, das war die BRD. Da war es wie mit den Büchern, selbst wenn von der SED geplant worden wäre, einige der Karten ans Volk zu geben, dann hätte die Kartenverkäuferin es immer noch vorgezogen, sie unter ihrer Unterwäsche herauszuschmuggeln, als sie an die Parka tragenden Stinos vor der Kasse zu verschwenden.

Doch es war Loriot! Ich hielt ihn für einen der zweifellos größten lebenden Deutschen, und ich wollte ihn sehen, erleben. Irgendwann würden mich wohl meine Enkel fragen: »Was? Da war Loriot in Ostberlin und du hast nicht mal versucht, ihn zu sehen?« Sie würden mich anstarren und nicht verstehen können. So wie ich es als Kind nie verstehen konnte, dass mein Großvater, obwohl er alt genug dafür gewesen war, nicht versucht hatte, mit Karl May Kontakt aufzunehmen. Ich war entschlossen und mir sicher: Ich würde Loriot sehen, ich würde es irgendwie schaffen, mich in die Vorstellung zu mogeln.

Am Abend der letzten Vorstellung von Loriot in der DDR war ich im Palast und sah mich um. Auf der einen Seite ging es hoch, erst zu der Ausstellung und dann noch eine Etage höher, da war dieses Theater, das ich von einer schrecklichen Gisela-Steineckert-Lesung kannte. Die andere Seite war mit einer armdicken Kordel abgesperrt. Ich schlenderte einige Minuten in dem großzügigen Foyer herum, das sich langsam leerte. Ich griff in meine Tasche, da hatte ich den zum Dietrich umgebogenen Schraubenzieher. Ich schlenderte zurück, und dann stieg ich schnell über die Kordel und lief die Treppe hoch. Oben wartete ich eine Weile, es war kurz vor 7 und bald würde die Vorstellung beginnen. Niemand war mir gefolgt, es blieb ruhig, und ich war jetzt sicher, dass ich es schaffen würde, mich in die Vorstellung zu mogeln.

Ich stieg in die nächste Etage und dann noch eine schmalere Treppe hoch, bis in einen Saal, der von einem Raumteiler begrenzt wurde. Ich horchte an dem Holz, Beifall war zu hören, und dann hörte ich die Stimme von Loriot. So nah war ich also schon. Ich probierte, mit dem Dietrich den Raumteiler aufzuschließen, doch er passte nicht. Ich wurde langsam unruhig, ich wollte nicht nur den Schlussapplaus mitbekommen.

Aber ich kriegte den Raumteiler einfach nicht aufgeschlossen. Ich wollte es noch an einer anderen Stelle probieren, es musste doch noch einen Eingang geben. Immerhin war es ein Theater, das musste doch noch entsprechende Fluchtwege haben, falls es brannte oder bei einem Atomangriff. Ich ging die erste Treppe wieder runter und dann links zu einer anderen Tür. Die war verschlossen, aber ich fummelte eine Weile mit dem Dietrich und bekam sie so auf. Hinter der Tür war ein riesiger Saal. Ich hätte hineinlaufen können, aber es schien mir, als würde mich das von meinem Ziel eher entfernen. Ich zog die Tür hinter mir zu und ging wieder die Treppe hinauf, als von unten jemand rief:

»Stehenbleiben! Keine Bewegung!« Ich blieb stehen, und mit gezogenem Revolver kam ein Soldat die Treppe hoch. »Hände hoch!« fügte er noch hinzu. Er sprach in sein Funkgerät von einem Eindringling und dass er jetzt kommen würde. Ich musste vor ihm hergehen, die Hände weiter erhoben, und mir wurde klar, dass die Wahrscheinlichkeit für einen Loriot-Abend stark gesunken war.

16 Es ging durch allerlei geheime Gänge und Flure. Ich hatte keine Ahnung, warum ich hier mit gezogener Waffe abgeführt wurde. Natürlich, Loriot war ein großer Mann, aber war das nicht etwas übertrieben? Es ging weiter durch einen langen Gang, und da waren noch mehr Soldaten. Es wurde telefoniert nach irgendeinem Vorgesetzten, und alle schienen ziemlich aufgeregt. Erst allmählich dämmerte mir, was passiert war: Der große Saal, in den ich geraten war, das war die Volkskammer gewesen.

Ich erklärte, so gut ich konnte, dass alles ein Versehen wäre. Dass ich ins Theater gewollt hätte. Aber das hielt sie nicht davon ab, ihren Vorgesetzten zu holen. Es war eine ernsthafte Sache, soviel war klar. Ich durfte mich hinsetzen, sie ließen mich auch rauchen, und einer bewachte mich. Es passierte nichts mehr, sie ließen mich warten, und ich saß da, und die Zeit verstrich. Jetzt gab Loriot, keine 500 Meter von hier entfernt, vermutlich gerade eine Zugabe nach der anderen, und ich saß hier und konnte nichts tun, als auf den Soldaten zu starren, der mich bewachte.

Glücklicherweise hatte ich einen Beutel mit einem Buch dabei, »Die Buddenbrooks«, und ich laß darin. Ich hörte, wie der eine Soldat telefonierte: »Er liest!« Eine Pause, dann kam er aus seinem Raum und nahm mir das Buch weg, ich hörte ihn weiter: »Thomas Mann, *Die Buddenbrooks*, ein bürgerlicher Autor.«

Dann war es still, und ich konnte mir in etwa denken, was sie sich zusammenreimten. Klar, da liest jemand bürgerliche Autoren, kein Wunder, dass er vorhat, sich in der Volkskammer zu verbergen, um dann den Staatsratsvorsitzenden in aller Öffentlichkeit mit der bürgerlichen Schwarte zu erschlagen. Doch der Soldat kam aus seinem Raum und gab mir das Buch zurück, ich durfte weiter lesen.

Die Stunden verstrichen, ich stellte mir vor, wie Loriot, gerührt von dem fabelhaften Applaus hier, die Zuschauer noch zu einer kleinen Feier einlüde, sich mit ihnen unterhielt und sicher auch noch seltene und nicht erhältliche Bücher signierte und verschenkte. Es dauerte noch lange, es war schon nach Mitternacht, als endlich der herbeitelefonierte Vorgesetzte auftauchte und begann, mich zu verhören.

Ins Theater also hätte ich gewollt, ich wüsste doch, dass ich in der Volkskammer gewesen wäre? Was ich dazu zu sagen hätte. Aha, wer wäre denn dieser Loriot. Soso, ein westdeutscher Künstler. Wieso ich denn keine Eintrittskarte gekauft hätte. Das könne man doch nicht machen, wenn man keine Karte bekäme, könne man halt nicht rein. Ab und zu tippte er etwas in eine Schreibmaschine, und er fragte weiter, immer weiter. Die Zeit verging, was ich lernte, aha, Schriftsetzer, bei der Druckerei des Ministeriums für Nationale Verteidigung, soso. Dann schrieb er wieder und fragte und tippte, und die Zeit verging.

Nach Stunden musste ich das sechsseitige Protokoll unterschreiben, ich blickte es nur kurz durch, um Gottes Willen! Was da geschrieben stand: zu einer Vorstellung »des Künstlers der BRD Lorio« stand da geschrieben, Loriot ohne das »t« am Ende. Überhaupt hatte er das ganze Verhör in die absonderlichsten verqueren Sätze übersetzt. Alles, was da jetzt stand, wirkte irgendwie verdächtig und dubios. Doch wenn ich ihn bitten würde, es zu verbessern, dann würde es noch Stunden dauern, bei der Zeigefingertipptechnik des Verhörers.

Also unterschrieb ich es.

Der Soldat oder Polizist oder was das war, ermahnte mich, nicht wieder zu versuchen, in die Volkskammer einzubrechen, und dann konnte ich gehen.

Es war noch dunkel, aber bald würde es hell.

Die Straßen waren leer, und ich ging am Marx-Engels-Forum vorbei nach Hause. Es hatte keinen Sinn, auf eine Straßenbahn zu hoffen oder ein Taxi um diese Uhrzeit in Ostberlin 1988.

17 Es gab eine Art Organisation, so hatte ich von Matze, mit dem ich auch bei dem Rio-Reiser-Konzert gewesen war, erfahren, eine Art Zusammenschluss von Verweigerern des Militärdienstes, von Leuten also, die auch den Dienst als Spatensoldat ablehnten. Eigentlich kam man dafür ins Gefängnis, das war bekannt. Ich hatte mit einem aus meiner Klasse in der Berufsschule darüber gesprochen, wir wollten nicht ins Gefängnis, aber diese Spatensoldatengeschichte gefiel uns auch nicht. Es war unglaublich albern: Da verweigerte man aus Gewissensgründen den Dienst, weil man im Ernstfall nicht mit einem Maschinengewehr andere Menschen erschießen wollte, und hob stattdessen Gräben aus und baute Brücken, über die dann die Panzer rollten.

Es war absurd, so als würde man die Waffen ölen und reinigen, die Patronen nachfüllen, aber das Schießen, das war schlimm, das würde man nicht tun. Bausoldat war inkonsequent und absurd, aber Gefängnis war wiederum noch unangenehmer, als inkonsequent zu sein.

Wir fuhren nach Rummelsburg, in der dortigen Erlöserkirche sollte der Kopf dieser Organisation arbeiten.

Wir waren zwei Schriftsetzerlehrlinge, die versuchten herauszufinden, welchen Preis Heldentum kostet.

Wir fragten rum, klopften an die Tür des Pfarrhauses, endlich kam ein Langhaariger mit blondem Vollbart aus dem Garten, wo eine ganze Familie beim Mittag saß. Ja, sagte er, er wäre es, diese Kampagne gegen Zwangsdienste und Militär hätte er angeleiert.

»Wie ist es,« fragte ich, wir standen am Gartenzaun, »wenn man total verweigert, also auch den Dienst als Bausoldat, kommt man dann ins Gefängnis?«

»Offiziell schon«, sagte der Bärtige, »aber was tatsächlich geschieht, also, es sind so wenige. Seit mir, das war Anfang der 80er Jahre, ist keiner mehr ins Gefängnis gekommen. Das lohnt sich für die nicht, wegen den paar Leuten internationale Verwicklungen zu riskieren. Tatsächlich war ich der Letzte in der DDR, der wegen Totalverweigerung gesessen hat.«

»Und«, fragte mein Mitlehrling, »kann es nicht andere geben, die im Knast sitzen und von denen du nichts weißt?«

»Nicht auszuschließen, aber unwahrscheinlich. Es ist eine Art Stillhalten, es ist nicht offiziell. Das heißt, sie können jederzeit wieder anfangen, die Leute einzusperren.«

»Wie lange warst du im Knast?« fragte ich.

»Über ein Jahr. Und es ist keine leichte Zeit. Ihr müsst euch das überlegen, sie können damit jederzeit wieder anfangen. Und im Knast ist es schwierig. Ich meine, die anderen sitzen da, weil sie was ausgefressen haben. Aber wenn du wegen Totalverweigerung sitzt, du bist ja quasi unschuldig. Du musst das aushalten, die halten dich doch da drin alle für einen Idioten.« Wir bedankten uns bei ihm, gingen wieder zur S-Bahn. Mein Mitlehrling sah mich an und sagte:

»Also ich hab mich entschieden, ich verweiger' auf jeden Fall!«

18 Es war eine schreckliche Zeit. Sicher, wir saßen in Cafés und Kneipen und philosophierten was das Zeug hielt. Aber es war wie in einem engen Käfig. In jeder Diskussion kam man immer schnell zu dem Punkt, an dem man zugeben musste, dass die DDR einfach schlecht war. Sicher hielten wir sie alle für das bessere System, aber die DDR war schlecht, im kleinen, im mittleren, im großen.

Wir waren alle links, selbst wer rechts war, war oftmals noch der Meinung, dass die Planwirtschaft AN SICH natürlich das bessere Wirtschaftssystem sei. Denn wir wussten, technisch gesehen konnte man schon längst Autos, Waschmaschinen und Glühbirnen bauen, die niemals kaputt gingen. Nur der Kapitalismus, der machte das natürlich nicht, weil es sich nicht rechnete.

Warum nun aber auch der Ostblock nicht die ewig haltenden Glühbirnen, Autos und Waschmaschinen baute, warum die Ostprodukte sogar alle um Klassen SCHLECHTER waren als die westlichen, das war ein Geheimnis, das wir nicht aufzuklären vermochten, und die Auflösung stand auch nicht in der Zeitung. In unserer politischen Grundüberzeugung, dass der Osten dem Westen irgendwie überlegen war, erschütterte es uns trotzdem nicht. Ja, der Osten war schon irgendwie überlegen, aber wie genau, das war so verdammt schwer zu sagen.

Und dann war da diese Tagung des IWF, des Internationalen Währungs-Fonds, in Westberlin. Da war natürlich die Mauer, und es hätte uns alles nichts anzugehen brauchen. Aber es gab das Gerücht, vielleicht stimmte es auch, dass Ostberliner Hotels Zimmer vermietet hätten an IWF-Leute. Und das war frech, immerhin waren das ja unsere Feinde, trotz allem und gerade. Sie waren es, die die dritte Welt ausbeuteten, diese vielen Länder in Knechtschaft hielten, die natürlichen Feinde eines wie auch immer gearteten Sozialismus.

Es gab alle möglichen Organisationen oder Zusammenschlüsse. Es gab die Kirche von unten, es gab Leute, die mit verbotenen Aufnähern herumliefen, auf denen »Schwerter zu Pflugscharen« stand. Es gab den »Frieden«, eine Gruppe von Oppositionellen, die in der Nähe meines Onkels am Teutoburger Platz wohnten, der von seinem Fenster aus immer wieder die unauffälligen weißen Ladas stehen sah, in denen Männer tagelang saßen.

Es gab merkwürdige Rempeleien, Proteste gegen den IWF in Ostberlin, von der Kirche so gut es ging geschützt. Das Westfernsehen berichtete, nur dadurch bekam man etwas mit. Manche waren verhaftet worden, und irgendwo schnappte ich was auf von einem Unterstützungsgottesdienst in der Sophienkirche, und mehr aus Neugier ging ich dorthin. Natürlich war ich gegen den IWF, keine Frage, das waren die Bösen. Je näher ich der Sophienkirche kam, desto voller wurde es. Menschen und immer mehr Menschen. Ein westliches Kamerateam wurde mit Laub beworfen. Ich ging in die Kirche, sie war voll. Ich fand gerade noch einen Sitzplatz.

Eine Predigt begann, der Pfarrer erzählte, dass man für alle beten sollte, für die, die im Gefängnis wären, für die wilden Jugendlichen, für die Polizisten, und alle lauschten andächtig. Dann spielte die Orgel, und alle sangen. Ich sah mir die Gesichter der Leute an, wie sie da saßen mit den Gesangbüchern und sangen. Ob sie wirklich daran glaubten, ob sie wirklich glaubten, dass irgendwas von der Beterei und Singerei besser würde? Sie sahen aus wie normale Menschen, aber irgendwas stimmte nicht, sie schienen sich was vorzumachen. Ich ging raus und sah, wie wieder ein Kamerateam mit Laub beworfen wurde.

»Hey!« rief der eine Kameramann, »Was meint ihr, was hier los wäre, wenn es uns nicht gäbe?« Natürlich hatte er recht, damals war es so. Damals hatte jeder recht.

19 Es gab Wahlen in der DDR, aber sie waren eine Farce und jeder wusste es. Es gab überhaupt nicht die Möglichkeit, eine Gegenstimme abzugeben. Das einzige, was es gab, waren ungültige und gültige Stimmen. Und sie hatten immer 99 Komma irgendwas gültige Stimmen. Man hatte keine Auswahl zwischen verschiedenen Kandidaten, und man konnte nicht dagegen stimmen, es war ein Block. Sie hießen die »Kandidaten der Nationalen Front«. Mit einem Klassenkameraden von der Abendschule, der im selben Wahlbezirk wohnte, ging ich zum Wahllokal. Wir wollten alles tun, was möglich war, um dagegen zu stimmen. Es war meine erste Wahl, die Jahre davor war ich noch zu jung gewesen.

Die meisten Leute falteten einfach die Zettel, die sie ausgehändigt bekamen und steckten sie in die Urne. Manche sagten auch »falten gehen«. Die DDR-Führung war ganz normal alterssenil, sie merkten nicht, dass sie diesen ganzen Zirkus gar nicht zu machen brauchten. Durch die 40jährige Herrschaft war die Bevölkerung schon so verängstigt, dass auch bei einer ziemlich reellen Wahl eine siebzig bis achtzigprozentige Mehrheit zustande gekommen wäre. Aber die verdummten SEDler in allen wichtigen Positionen waren vernünftigen Argumenten oder Gedanken noch nie zugänglich gewesen.

Da die Wahlen selber abgekartetes Spiel und Gegenstimmen praktisch unmöglich waren, sah die SED ihren Ehrgeiz allein darin, eine möglichst hohe Wahlbeteiligung zu erreichen. Wer nicht zur Wahl ging, wurde am Abend besucht, sie kamen tatsächlich in die Wohnungen der Leute, die noch fehlten, und die mussten dort den vorbereiteten Zettel in die Urnen stecken.

Mit dem Klassenkameraden war ich also im Wahllokal, es war in einem Raum des Rathauses Prenzlauer Berg. Pro forma hatten sie sogar mit Tüchern eine Art Wahlkabine vorbereitet, obwohl völlig unklar war, was man darin überhaupt machen sollte. Da der einzige Grund, in eine solche Wahlkabine zu gehen, eine Gegenstimme sein musste, war es ein komisches Gefühl, die Blicke der Parteileute zu bemerken, die einen auf dem Weg dorthin verfolgten.

Ich strich jeden Kandidaten einzeln durch. Es gab die aberwitzigsten Gerüchte und vermutlich stimmten sie alle: Wenn man einfach alle Kandidaten mit einem großen Kreuz durchstrich, wurde die Stimme gültig gerechnet, wenn man den Zettel zerriss und die Schnipsel den Wahlleitern ins Gesicht schmiss, wurde die Stimme auch für gültig gerechnet. Wenn man auf den Zettel schrieb: »SED-SÄUE SIND ROTE NAZI-FASCHISTEN!« wurde dieser Zettel ebenso als gültige Stimme gerechnet.

Die einzige Möglichkeit, so wurde erzählt, eine ungültige Stimme abzugeben, wäre es, jeden Kandidaten einzeln durchzustreichen, und so tat ich es. Am nächsten Tag titelten die Zeitungen: »Rekordergebnisse für die Kandidaten der Nationalen Front«.

20 Mit Freund Harald fuhr ich in die Prignitz, dort wohnten seine Eltern und sein Bruder, der ein Neo-Nazi war. Sie verstanden sich aber trotzdem ganz gut. Wir gingen am Nachmittag seinen alten Dorfschullehrer besuchen. Der hatte im Dorf die Stimmen ausgezählt, er erzählte:

»Wir hatten hier im Dorf fünf Gegenstimmen, in einem Dorf von 68 Einwohnern fünf Gegenstimmen. Und im Kreis von insgesamt 50 000 Einwohnern stand in der Zeitung 12 Gegenstimmen.« Er sah uns wohl als die Hoffnung des Landes, als die nächste Generation. »Ich habe korrekt gezählt, wir haben hier unsere Arbeit ordentlich gemacht. Der Betrug muss auf

Kreisebene passiert sein. Wir haben von hier die Zahlen korrekt weitergegeben. Wir haben hier alles gemacht, was wir tun konnten. Jetzt seid ihr an der Reihe, ihr in Berlin, ihr müsst was machen!« Er sah uns an, tatsächlich, er glaubte, dass wir was machen könnten. Aber leider sagte er nicht, was.

Wir borgten uns ein Moped und fuhren zu einem Bauernhof. Dort hatte sich ein Berliner ein Domizil aufgebaut und große Pläne: Proberäume für Bands, Bauernwettläufe, Rallyes über die Felder und nächtliches Schlammringen.

»Die gehen alle von hier nach Berlin.« sagte er uns, »Da sind sie dann so deprimiert, dass sie nur noch in den Westen wollen. Dabei ist es doch schön hier.« Er machte eine vage Handbewegung, und er hatte recht, es war schön. Das Wetter, die Bäume, die Bahnlinie, auf der jede Stunde ein roter Schienenbus vorüberfuhr und der Bauernhof selber mit seinem Haus, seinen Scheunen und verrosteten Gerätschaften.

»Dabei kann man auch hier was machen. Man kann auch auf dem Land was Tolles machen. Man muss nur wollen.« Wir fuhren mit dem Moped wieder zurück zu Haralds Elternhaus, wir tranken Bier, rauchten Zigaretten und hörten uns mit seinem Nazi-Bruder Kassetten mit Nazi-Liedern an.

21 »Bücher aus der Bundesrepublik Deutschland«, so hieß eine Ausstellung in der Stadtbibliothek. Es bildete sich eine lange Schlange, man stand zwei Stunden an, es war Winter und eiskalt. Den Katalog gab es gratis. Aber dieser Katalog war ein Witz: je ein nichtssagendes Grußwort von einem Ost- und einem Westbonzen und dann ein Titelverzeichnis, mehr stand nicht drin. Die Wirkung, die diese Ausstellung hatte, war merkwürdig. Nette ergraute Herren, SED-Mitglieder, Sekretärinnen, die noch nie bei Rot über die Ampel gegangen waren und ähnlich harmlose Menschen höhlten diese Kataloge zu

Hause aus, dann passte ein kleines Taschenbuch hinein. Sie stellten sich an, gingen in die Ausstellung und packten ein kleines Buch in den ausgehöhlten Katalog. Damit verließen sie die Schau, wie beliebige Ladendiebe. Draußen wurde das Buch in Sicherheit gebracht und sich wieder neu angestellt.

Die Bücher wurden in die Hosen gestopft, unter Hemden, in die Strümpfe. Die Jacken musste man abgeben, deshalb stopfte ich Taschenbücher unter meinen Pullover. Denn es war eine Frechheit, sie zeigten einem nicht nur den Schinken, nein, sie legten einem den Schinken noch kurz in den Mund und nahmen ihn dann wieder heraus. Die Ausstellung würde danach in Rostock gezeigt werden, dann wohl noch nach Dresden und Weimar. Aber schon in Berlin mussten sie die Bücher täglich nachfüllen wegen des großen Schwunds. Sie hatten es ja, es war der westdeutsche Börsenverein, und vielleicht trösteten sie sich damit, dass wenigstens die großen teuren Bildbände nicht geklaut werden konnten. Ich beschloss, mich in der Bibliothek einschließen zu lassen. Raus würde ich schon irgendwie kommen. Man kommt immer irgendwie raus.

Ich kam mit meinem Rucksack zu der Ausstellung, es war schon dunkel. Die Bibliothek selber hatte geschlossen, nur vorne im Foyer waren die Stellwände und Regale der Bücherausstellung. Die Garderobe der Bibliothek war verwaist, es war zwei Stunden vor endgültiger Schließung des Hauses. Niemand kuckte, ich ging hinter die Garderobentheke und hockte mich unter sie. Der Platz war perfekt, die Toiletten würden sie bestimmt durchsuchen, aber hier würde keiner nachsehen. Ich wartete, ich hörte die Leute vorbeigehen, die Zeit verging normal, nicht schneller, nicht langsamer als sonst.

Dann war es ganz still, die Lichter wurden ausgeschaltet. Ich hörte noch einige hin und her gehen, tatsächlich schaute jemand in den Toiletten nach. Es wurde still, ich war allein.

Ich wartete noch. Ich stand auf und schaute mich um, es war niemand da. Ich ging in die Ausstellung und begann, einzupacken. Einen fetten Dalí-Band, eine riesige Ausgabe mit Bildern von Edgar Ende, eine Pappkassette mit Nietzsches sämtlichen Briefen in Dünndruck. Gedichtbände von Erich Fried, Comics von Walter Moers, ich packte alles in meinen Rucksack, bis nichts mehr hineinging. Er war ziemlich schwer und prall gefüllt.

Da hielt ein Polizeiauto vor der Bibliothek. Ich war mir völlig sicher, es war aus. Das würde Ärger geben, oh oh, viel Ärger. Ich verhielt mich ganz still, ich hatte keinen Zweifel, dass sie da waren, weil sie wussten, dass sich gerade jemand mit Büchern des Klassenfeindes eindeckte. Ich hatte keine Chance, zu entkommen. Ich blieb ganz still hinter einer dieser Ausstellungswände sitzen und wartete, dass die Tür aufgehen würde und sie mit ihren Taschenlampen herumleuchteten.

Ich wartete, es würde noch etwas dauern, vermutlich müssten sie erst den Bibliotheksdirektor aus dem Schlaf klingeln für den Schlüssel. Vorsichtig lugte ich an der Holzwand vorbei auf die Straße. Nichts war zu sehen auf der leeren Straße als einige Schneeflocken, die matt leuchteten, wenn sie an den Laternen vorbeiflogen.

Ich hatte Glück gehabt, sie waren weg. Ich nahm den Rucksack und suchte nach dem Ausgang. Durch ein Klofenster ging es nicht, die waren zu klein. Die Türen am Haupteingang zog ich gar nicht in Betracht, da würde mich jeder zufällige Passant sehen können. Eine Glastür zum Hof ließ sich mit einem Ruck öffnen, ich war draußen. Ich ging über den Hof, in dem ein Bauwagen stand und kam in einen weiteren. Da war eine riesige Durchfahrt, die mit einem schmiedeeisernen Tor verschlossen war. Links ging noch eine verglaste Tür ab. Durch sie sah ich ein Pförtnerhäuschen und einen bewaffneten Soldaten.

22 Es war vorbei, es gab keinen anderen Ausweg. Der einzige Ausgang wurde von einem Soldaten bewacht. Es war aus, ich hatte zu hoch gepokert. Das war kein kleines Dorfkino, in das man unbemerkt hinein und wieder heraus gelangte. Es war die Stadtbibliothek, und die war gut bewacht. Ich könnte versuchen, die Bücher zurückzulegen, aber vielleicht gab es doch noch eine andere Möglichkeit. Ich ging durch die Höfe wieder zurück in die Bibliothek und versuchte, doch noch die Türen des Haupteinganges zu öffnen, aber sie waren sicher verschlossen. Ich hätte riesige Glasscheiben einschlagen müssen, das wäre mit Sicherheit aufgefallen. Ich ging wieder auf die Höfe und schaute mich um, aber es gab keinen anderen Weg nach draußen, als den an dem Soldaten vorbei.

Unter dem großen schmiedeeisernen Tor war ein dünner Spalt, vielleicht ginge das ja. Ich zog meine Jacke aus und versuchte, darunter hindurchzukriechen, doch ich steckte gleich fest. Ich atmete die Luft aus, ich kam noch ein Stück weiter, aber dann erstickte ich fast. Ich kroch wieder zurück, nein, keine Möglichkeit da unten durchzukommen. Selbst wenn ich mich nackt ausziehen und einölen würde. Ich musste alles auf eine Karte setzen, ich musste an dem Soldaten vorbei. Aber ich durfte den Rucksack nicht dabei haben, das würde auffallen. Ich versuchte ihn unter dem Torspalt durchzuschieben, aber er war zu dick. Ich musste die Hälfte der Bücher auspakken und dann ging es. Ich ließ ihn so mit den Büchern da liegen, jetzt musste es passieren. Der erste, der draußen vorbeilief würde die Bücher sonst sehen, und dann wäre ich geliefert.

Ich machte die Tür auf und ging in den Durchgangsraum, in dem der Soldat Wache stand. Ich blieb stehen, welchen Sinn sollte es auch haben, gegen einen bewaffneten Soldaten einen Gewaltdurchbruch zu versuchen? Der Soldat sah mich an, ich stand einfach da. Es war eine unmögliche Situation, die Sekunden vergingen.

»Ich bin Bauarbeiter«, sagte ich, der Soldat sah mich weiter an.

»Ich wohne dahinten in einem der Bauwagen« Der Soldat sah mich weiter an.

»Ich wollte nochmal raus«, sagte ich, der Soldat sah mich weiter an.

»Meine Freundin wohnt hier in Berlin, die will ich noch besuchen« Er schaute mich weiter an.

»Vielleicht noch was trinken gehen.« Er sah mich weiter an und ich dachte an das, was passieren würde: Polizei, Verhöre, Stasi, all das. Der Soldat stand da und sah mich an. Ich könnte vielleicht an ihm vorbei rennen, aber ich hätte keine Chance, eine Verfolgungsjagd durch Berlin. Er sah mich an und ich hatte das Gefühl, als würden wir uns schon zehn Minuten schweigend gegenüber stehen.

»Und?« fragte der Soldat.

»Na, ich will noch rausgehen.« Wieder Schweigen. Es war aus, ich war geliefert, er hatte mich mit allen Beweisstücken in wenigen Metern Entfernung. Dann sagte der Soldat:

»Na, dann geh doch!« Wie in Trance ging ich raus.

»Tschüss!« rief er mir noch nach. Draußen nahm ich den Rucksack, packte die Bücher wieder ein und ging durch die Nacht nach Hause. Die Polizei konnte mich immer noch anhalten. Sie könnten meinen Rucksack kontrollieren, und sie würden mich fragen, wo ich diese Bücher her hätte. Es ging auf Mitternacht zu, und ich ging und ging, und niemand kontrollierte mich. Ich ging die Treppe hoch, schloss die Tür ab, zog die Vorhänge zu und schaute die Bücher an.

23 Es gab so viele Möglichkeiten, halbwegs über die Runden zu kommen. Ich hatte Leute kennengelernt, die billige Hemden durch selbstgebastelte Pappschablonen mit nackten Frauen bemalten und damit sehr viel mehr verdienten, als meine beiden Eltern nach ihren vielen Berufsjahren zusammen. Andere nähten Taschen und Hosen aus Leder. Man konnte versuchen, sich einen Bauernhof zu kaufen und auszubauen. Einer aus meiner Abendschulklasse arbeitete als Friedhofsgärtner. Aber ich hatte keine Vorstellung, was ich einmal tun würde.

Die Lehre ging zu Ende, es waren noch verschiedene Prüfungen, ich musste eine Facharbeiterhausaufgabe schreiben. Ich machte das alles so, wie ich die ganze Lehre hinter mich gebracht hatte, ohne Einsatz mit mittelmäßigen Ergebnissen in allen Fächern. Glücklicherweise musste ich niemandem gegenüber Rechenschaft ablegen, was ich vorhatte, denn ich wusste es nicht und hatte nur sehr verschwommene Vorstellungen.

In der Druckerei, in der ich lernte, gab es noch alle möglichen Relikte aus einer Zeit, als man jederzeit damit rechnete, dass es Krieg mit den Amerikanern geben könnte. So durfte man eigentlich nicht mit Leuten sprechen, die aus dem kapitalistischen Ausland waren. Es war nur nicht ganz klar, ob man, von solchen nach dem Weg gefragt, noch mit dem Kopf schütteln durfte, oder ob man sich direkt umdrehen und davonlaufen musste. Aber das war kindisch, niemand hielt sich daran, es waren sowieso nicht allzuviel Menschen aus dem kapitalistischen Ausland unterwegs in der DDR.

Eine dieser Regeln, die allerdings tatsächlich von Belang war, war die mit dem Reisen in den Westen. Die ganzen Jahre war es für einen aus der Militärdruckerei völlig utopisch gewesen, jemals vor dem Rentenalter in den Westen zu kommen.

Doch es hatte sich schon das Gerücht verbreitet, und dann war da diese große Betriebsversammlung, auf der der Chef der Druckerei verkündete, dass auch unsere Betriebsangehörigen in den Westen fahren dürften, wenn sie die entsprechenden Verwandten und Einladungen vorweisen könnten.

»Aber,« sagte der Chef, er stand hinter seinem Pult und sprach durchs Mikrofon, »es ist ja wohl klar, dass wir bei jemandem, dem hier sowieso alles mögliche nicht gefällt, bei jemandem, dem der ganze Sozialismus nicht passt und der immer zu meckern hat, dass wir bei einem solchen so eine Reise auch nicht unterstützen werden.« Diese Logik war natürlich völlig unverständlich, denn eigentlich müsste doch jemand, der von den Vorzügen des Sozialismus noch nicht restlos überzeugt war, gerade zur Aufhellung seines Verstandes in den Westen geschickt werden. Es war unverblümt vorgetragen, eine primitive, freche Drohung. Wer nicht kuscht und buckelt, der kommt auch nicht in den Westen, und wenn er noch so viele Verwandte mit goldenen Hochzeiten und 80. Geburtstagen hat. Sie saßen fest im Sattel, sie waren sich sicher: Egal wie primitiv wir drohen und einschüchtern, es funktioniert.

Es gab so viele Möglichkeiten: Hemden mit nackten Frauen oder Mickymäusen bedrucken, Taschen oder Hosen aus Leder nähen, arbeiten als Friedhofsgärtner, ein Bauernhof. Das einzige, was ich sicher wusste, war, dass ich nicht in der Setzerei bleiben wollte, nicht in diesem Betrieb, dessen Chef seine Arbeiter öffentlich erpresste. Ich ging ins Büro des Kaderleiters und kündigte.

24 Einige Monate arbeitete ich bei einer Campingmöbelfirma, dann bekam ich einen Job als Pförtner an der Akademie der Künste. Es gab zwar nur 600 Mark im Monat, aber das reichte dicke, und es war die reine Erholung nach der Maloche in der Metallmöbelfabrik. Es war ein schöner Sommer, ich hatte diesen Prima-Job als Pförtner, es war das Paradies.

Wenn ich Frühschicht hatte, dann kamen morgens viele Leute an meinem Fenster vorbei und sagten eine Nummer. Ich musste meinen Arm ausstrecken und von einem Schlüsselbrett den Schlüssel mit der genannten Nummer nehmen und demjenigen reichen. Das war die Frühschicht, dann gab es noch die Spätschicht, da musste man die ganzen abgegebenen Schlüssel wieder an das Schlüsselbrett hängen, und schließlich gab es noch die Nachtschicht, die war mir von allen die liebste. Ich musste 22 Uhr dort sein, um die Spätschicht abzulösen und schaute noch etwas fern. Danach legte ich mich schlafen und wurde morgens um 6 von der Frühschicht geweckt.

Es war ein wirklich Prima-Job, tagsüber konnte ich meine Hausaufgaben fürs Abitur machen, mich auf dem Fensterbrett sonnen und rumtelefonieren. Und nachts konnte ich in Ruhe schlafen. Sie hatten einen Neubau errichtet für alle möglichen wichtigen Archive und die modernste Brandschutzanlage von Robotron, dem ostdeutschen High-Tech-Konzern, eingebaut. Die Zentrale dieser Brandschutzanlage war in dem Pförtnerkabuff und blinkte ständig. Am Anfang ging ich noch nachsehen, ob es wirklich in dem angegebenen Raum brannte, doch bald ließ ich das sein und drückte einfach irgendeinen Knopf.

Man konnte auch im Hauptgebäude Dienst haben, das lag direkt im Charité-Gebiet. Dort war die Arbeit schon etwas anstrengender als in dem Neubau, weil man, um den geforderten Schlüssel zu holen, aufstehen musste und zum Schlüsselschrank gehen. Irgendwann kam dort ein merkwürdiger alter Mann zu mir in den Pförtnerraum, der eine Narbe quer durchs Gesicht hatte, als hätte ihm jemand vor Jahrzehnten mit der Axt hineingeschlagen.

»Das war früher das Langbeck-Virchow-Krankenhaus. Damals habe ich hier gearbeitet.« sagte er. Vermutlich bevor ihn dieser Irre mit der Axt angegriffen hatte. Aber in diesem Gebäude war wirklich viel passiert, Wilhelm Pieck und Otto Grotewohl hatten hier Polka getanzt, Heiner Müller rauchte Zigarren und trank Whisky, es gab einen Kinosaal, in dem heimlich Pornofilme gezeigt wurden, und manchmal gab es auch mich, den Pförtner, der in seiner Pförtnerbude saß und die Schlüssel herausreichte.

Den Hauptschlüssel musste man morgens aus irgendeinem unerforschlichen Grund von der Polizei holen und auch dort wieder abgeben. Man musste noch viele merkwürdige Sachen machen, jeden Tag musste man die Feuerwehr anrufen, die riefen dann zurück. Anscheinend nur um zu überprüfen, ob das Telefon ging. In diesem Hauptgebäude in der Luisenstraße kam auch die Post an, so morgens 6.30 Uhr, und das war einfach das dollste. Es waren nämlich WESTZEITUNGEN dabei, nicht solche von vor einem halben Jahr, nicht jene aus der letzten Woche, sondern die VOM SELBEN TAG!

Aber man hatte nicht viel Zeit, die Zeitungen kamen 6 Uhr 30 und wurden vom Pförtner, also von mir, in Empfang genommen. Schon 7 Uhr 30 kam die Mitarbeiterin des Archivs, die diese Zeitungen mitnahm. Eigentlich hätte ich nicht hineinsehen dürfen, aber ich hatte eine Stunde Luft. In dieser einen Stunde am Morgen war ich, außer bestimmten Stasi-Leuten, der bestinformierte Mensch der DDR. Es waren etliche Tageszeitungen, dazu kamen SPIEGEL, Stern, Geo, alles mögliche.

Wir Pförtner waren alle jung, so knapp unter 20. Wir waren alle auf dem Abstellgleis, weil wir dahin wollten. Wir hörten Tom Waits und gingen in merkwürdige Kneipen, wir kamen oft zu spät, manchmal wusste niemand, wo der Hauptschlüssel abgeblieben war, und es bildeten sich morgens Trauben von missmutigen Mitarbeitern vor den verschiedenen Gebäuden, bis dann von irgendwoher der herbeitelefonierte Vorgesetzte kam, der mit einem Zweitschlüssel aushelfen konnte.

25 Wir wollten für ein Wochenende nach Prag fahren, Freund Sause und ich. Er war älter, schon über 30, ein exmatrikulierter Philosophiestudent, den ich über einen Mitschüler von der Abendschule kennengelernt hatte. Er war ein lustiger Bursche mit dünnem, wirren Vollbart und merkwürdigen Sprüchen, die nicht verrieten, ob sie weise waren oder nicht. So hatte er das ewige »Hamwanicht!«, das man in Läden und Restaurants zu hören bekam, in ein Kurzdrama »Omlett? Hamlett!« verwandelt.

Die Tschechoslowakei war das einzige Land, das man einfach so besuchen konnte. Wir hatten Probleme mit dem Geldumtauschen. Wo wir es versuchten, hatten sie keine tschechischen Kronen, und die nächste Bank war schon geschlossen. Dann müssten wir es halt in Prag erledigen. Wir wollten Abenteuer, doch auch nicht zu viel Geld ausgeben und deshalb zurück trampen. Wir hatten beide obskure Jobs, ich war Pförtner an der Akademie der Künste, und er arbeitete im VEB Metallurgiehandel und jammerte immer über seine schrecklichen Kollegen. Wir kauften die Fahrkarten und fuhren los.

In Bad Schandau an der deutsch-tschechischen Grenze holten uns die Grenzer aus dem Zug. Wir sahen noch, wie der Zug in der Ferne verschwand und standen da, es war Januar, und es lag Schnee. Wir wurden in einen Raum geführt, ein Uniformierter bewachte uns. Wenigstens ließ er uns rauchen.

Die Stunden vergingen, es war merkwürdig. Es war nicht herauszubekommen, worum es ging, bis wir schließlich zu einem Barkas, dem ostdeutschen Kleinbus, geführt und über eine Brücke in die Kleinstadt gefahren wurden. Wir fuhren zu einem Plattenbau, dem deutlich anzusehen war, dass er offiziell war, obwohl keine Fahne davor wehte, obwohl nirgends eine Aufschrift war. Es war klar, dass es ein Regierungsbau war. Der Spaß war vorbei, ich wurde verhört. Dem Mann hing die eine Hälfte der Unterlippe so runter, als hätte er einen Schlaganfall gehabt oder eine teilweise Lähmung im Gesicht. Der Spaß war wirklich vorbei, der Mann sagte:

»Major Sommer, Ministerium für Staatssicherheit.« Und er begann zu fragen, wer von unserer Reise wüsste, warum wir kein Geld umgetauscht hätten, wie die Telefonnummer wäre von dem Bekannten in Prag, warum wir kein Rückticket hätten, nochmal warum wir kein Geld umgetauscht hätten, woher ich meinen Begleiter kannte, wo ich wohnte, was ich arbeitete, wer noch alles von unserer Reise wüsste, wo mein Begleiter wohnte, wo er arbeitete. Er fragte alles mehrere Male, um Widersprüche aufzudecken. Er fragte und fragte, dann beugte er sich über die Schreibmaschine, und sein rechter Mundwinkel hing herunter. Es sah aus, als ob ihm der Sabber gleich in die Schreibmaschine tropfen würde. Wir wollten doch sicher in die Botschaft, fragte er, in die westdeutsche Botschaft, oder? Nein? Er tippte mühsam und verwandelte meine Antworten in komische, hölzerne Sätze, wie sie niemals jemand benutzen würde. Er fragte alles nochmal, und die Stunden verstrichen.

Dann, es war längst dunkel geworden draußen, und Schnee stob am Fenster vorbei, war er endlich fertig. Ich musste einen riesigen Stapel Papiere unterschreiben, es war das sechsseitige Verhör in drei Durchschlägen. Schrecklich, was sie diesen Stasi-Leuten beibrachten. Es war ein grauenhafter Mix aus »Vorhalt«, »Frage«, manche Textteile nannte er auch »Einlassung«. Da wimmelte es von Rechtschreib- und Grammatikfehlern. Es war entwürdigend und eine Schande, doch ich unterschrieb es. Es war schon nach Mitternacht, und wir waren noch immer im gottverlassenen Bad Schandau.

Ich sah Sause wieder, er sah mich bedeutungsvoll an. Dann ließen sie uns hinaus in die dunkle Nacht. Ganz davon abgesehen, dass wir uns ein Hotel nicht leisten konnten, war um diese Zeit auch mit Sicherheit keins mehr zu finden. Wir wanderten mit unseren Rucksäcken über die windige Brücke zum Bahnhof. Doch der war verschlossen, nicht mal ein Warteraum war geöffnet, der uns vor der Kälte ein wenig geschützt hätte. Auf dem Fahrplan sahen wir, dass der nächste Zug erst am Morgen fahren würde. Nicht einmal eine Kneipe oder Imbissbude war offen, aus der man sich etwas Schnaps zum Aufwärmen hätte holen können.

Wir wanderten wieder zurück über den dunklen Fluss, der Wind blies den Schnee in Wolken vorbei, und ich sah uns schon als steif gefrorene Körper am Straßenrand liegen. Wir waren zurück in Bad Schandau. Sause begann bei wildfremden Leuten zu klingeln. Uns wäre ja schon geholfen mit einem Flur, einem Fußboden irgendwo drinnen. Es musste ja nicht einmal ein Teppich drauf liegen. Die Fenster blieben dunkel. Dann ging doch irgendwo ein Licht an, Sause erklärte unsere Notlage, und eine nette Zöllnerin ließ uns in ihrem Wohnzimmer schlafen und machte uns am Morgen sogar noch Kaffee.

Wir wollten nicht aufgeben, aber an diesem Morgen sah es erst einmal dumm aus. Die Züge nach Prag hielten nicht offiziell in Bad Schandau, sondern nur, wenn sie Verdächtige oder

Schmuggler der Stasi übergeben mussten. Wir konnten unsere Reise nach Prag nicht fortsetzen. Wir mussten mit einem Zug, der auf jeder kleinen Station hielt, »Lumpensammler« hatte ihn die Zöllnerin genannt, zurück nach Dresden fahren.

Von dort nahmen wir dann den nächsten Zug nach Prag, prellten irgendwo die Zeche und trampten zurück.

26 »Wir müssen eine Eingabe schreiben!« sagte ich Sause. Eine Eingabe war eine schriftliche Beschwerde, nur dass sie Eingabe hieß. »Das war doch eine Riesenschweinerei, uns da einfach über Stunden zu verhören und dann mitten in der Nacht auf die Straße zu setzen, wo kein Zug mehr fuhr und kein Hotel oder Quartier geöffnet war. Bei der Eiseskälte!«

»Es hat doch keinen Sinn«, sagte Sause.

»Aber wenn man sich nicht mal beschwert, dann machen die immer so weiter!« Doch er wollte nicht. Er blieb dabei, dass es keinen Sinn hätte, und ich fand das ziemlich schwach von Sause. Ich schrieb meine Eingabe, und nach einigen Tagen klingelte es an meiner Tür. Zwei Männer in den üblichen hässlichen Kunststoffanzügen standen vor mir:

»Major Klein.« sagte der eine, »Leutnant Winter, Ministerium für Staatssicherheit«, der andere ergänzte: »Es geht um Ihre Eingabe.« Ich stand da und wusste nicht, was ich sagen sollte, ob ich sie hereinbitten sollte, ich blieb einfach stehen und sagte nichts.

»Wir wollten Ihnen nur sagen, dass Ihre Eingabe ordnungsgemäß eingegangen ist. Einen schönen Tag noch!« Damit machten sie auf dem Absatz kehrt und gingen wieder. Sie waren verrückt, keine Frage, das Ministerium für Staatssicherheit hatte eine ziemliche Schraube locker. Statt eine Karte zu schreiben, kamen sie zu zweit vorbei. Eine riesige Institution, die komplett wahnsinnig war. Verfolgungswahn, der sie denken ließ, zu zweit vorbeizukommen wäre logischer, als irgendwas Schriftliches rauszurücken.

Einige Wochen später bekam ich eine Vorladung. Immerhin, jetzt war es eine Karte, mit Datum, Uhrzeit und Raumnummer. Ich verabredete mich mit einem Freund, ich wollte einen Zeugen haben, für was auch immer. Wir wollten behaupten, dass er mein Bruder wäre. Um ganz sicher zu sein, dass wir damit nicht gleich aufflogen, würden wir sagen: Halbbruder. Doch er kam trotz der Verabredung einfach nicht, ich lief zehn Minuten hin und her vor dem Gebäude am Alexanderplatz. Dann ging ich alleine rein und suchte den Raum. Es öffnete ein Mann, der schon äußerlich nett war. Er war der perfekte Mann für solche Fälle:

»Ich bin Hauptmann Klein, bitte nehmen Sie doch Platz!« Es war verwirrend, sie stellten sich immer vor, aber sie hießen alle Klein, Sommer, Winter oder nochmal Klein. Ich setzte mich und sagte:

»Eigentlich wollte mein Bruder noch mitkommen, aber ihm muss was dazwischen gekommen sein.«

»Sie haben einen Bruder? Das wusste ich gar nicht.« Ich hatte es geahnt, ich hatte mir die Antwort bereitgelegt:

»Es ist ein Halbbruder.«

»Ach so.« Er war beruhigt, seine Akten stimmten. »Ja, es geht um Ihre Eingabe. Ich kann Sie da völlig verstehen. Ach, haben Sie übrigens die Karte, die wir Ihnen geschickt haben?« Ah, es war ihnen aufgefallen: Sie hatten einen Fehler begangen, sie hatten etwas SCHRIFTLICHES rausgegeben, das mussten sie unbedingt zurückhaben.

»Nein, tut mir leid«, sagte ich, »hab ich vergessen.« Er war nicht erfreut, verbarg seinen Ärger aber gut: »Ja, wie gesagt, Ihre Eingabe, ich verstehe Sie da vollkommen. Wäre mir das passiert, ich sage es so, wie es ist, ich wäre auch verärgert gewesen.«

»Schön.«

»Ja, also wär das mir passiert, wäre ich so kontrolliert worden, ich wäre genauso verärgert, ich hätte mich genauso beschwert.«

»Aha.«

»Aber die Kollegen, die kann ich auch verstehen. Sehen Sie, Sie kamen ohne umgetauschtes Geld und ohne Rücktikket, was sollten die denn denken, was Sie vorhaben?«

»Keine Ahnung.«

»Also, ich muss Ihnen sagen, wäre ich an Stelle dieser Kollegen gewesen, ich hätte sie genauso vernommen.«

»Soso.«

»Ich verstehe, wie gesagt, Ihre Verärgerung völlig. Aber ich sehe auch, dass sich die Kollegen völlig korrekt verhalten haben.«

»Und dass sie uns in der Eiseskälte einfach raussetzen, ohne dass irgendwas noch offen hat oder ein Zug fährt, das ist auch korrekt?«

»Ich verstehe Ihre Verärgerung, und natürlich war dieses Verhalten etwas unglücklich. Aber völlig korrekt. Sie waren in keiner Weise verpflichtet, Ihnen ein Quartier zu organisieren. Wie gesagt, ich verstehe völlig Ihre Verärgerung. Ich sage es Ihnen, wie es ist, wäre mir das passiert, ich hätte mich genauso beschwert.« Ich verabschiedete mich und ging wieder raus aus dem Gebäude am Alexanderplatz. Im Westen hat jede Ladenkette, jedes Atomkraftwerk und jedes Gefängnis diese Leute, die sagen: »Ich verstehe Sie VOLLKOMMEN. Also ich an Ihrer Stelle, wäre GENAUSO verärgert.« Aber damals in der DDR war es einmalig, da hatten sie diese Leute nur bei der Stasi. Es hatte wirklich keinen Sinn, Sause hatte recht gehabt.

27 Erstaunliches tat sich in Ungarn, ich sah es im Fernsehen. Der amerikanische Präsident schnitt sich als Andenken große Stücke aus dem Stacheldraht an der Grenze zu Österreich, und sie sagten, dass die Selbstschussanlagen alle abgebaut wären.

Es war in Rangsdorf, ich fuhr mit dem Fahrrad zu Franz Frühling rüber, mit dem ich damals gemeinsam auf den Westmüll gefahren war.

»Kommst du mit, ein Bier trinken?« fragte ich ihn. Was ich mit ihm besprechen wollte, wollte ich ungestört besprechen. Vermutlich ahnte er schon, um was es ging. Es war Frühling 1989 und die ungarische Grenze war auf. Wir fuhren ins »Seebadcasino« und saßen bei Bier und Zigaretten an einem Tisch in der Nähe eines kleinen Goldfischteichs mit Wasserfall.

»Ja«, sagte ich, »wenn man jemals in den Westen will, dann ist dieses Jahr wohl die letzte Chance.« Franz nickte. Es war ja auch klar, ohne jeden Zweifel. Die Mauer war auf in Ungarn, es war ja in den Nachrichten gekommen. Es war bloß merkwürdig, dass die Leute nicht gleich massenhaft abreisten. Vielleicht schien es ihnen zu unglaublich. Die Mauer war in Ungarn auf, also würden sie als nächstes Ungarn dichtmachen für DDR-Bürger. Aber noch war es offen, also musste man es probieren in diesem Jahr 1989. Denn im folgenden Jahr wäre die Welt der DDR-Bürger noch ein wenig kleiner, dann wäre Ungarn mit Sicherheit verboten.

»Ich will es auf jeden Fall probieren«, sagte Franz Frühling »So oder so, ich werde in den Westen abhauen.« Es gab da so einen Freund seiner Familie, der jedem, der es in den Westen schaffte, 1000 Mark versprochen hatte, Westmark. Ich sagte:

»Ich will es mir ansehen, es ist ja keine richtige Gefahr dabei. Wenigstens ansehen will ich es mir. Wollen wir es zusammen probieren?« Franz Frühling nickte. »O. K., wir probieren es zusammen.« Wir verabredeten uns für einen bestimmten Tag im Sommer am Hauptbahnhof in Budapest, den 12. August 1989.

28 Mit der RT, diesem uralten langsamen Motorrad mit zwei Sitzen und drei Gängen, fuhr ich viel herum, doch immer wieder stoppte mich die Polizei. Bremslicht funktioniert nicht, Reifen abgefahren, zu schnell in der Ortschaft, sie fanden immer etwas.

Eines Tages fuhr ich durch Ludwigsfelde, ein Polizei-Lada überholte mich und aus dem Fenster winkten sie mit ihren schwarz-weißen Stäben. Ich hielt an, sie stiegen aus, verlangten meine Papiere zu sehen, mäkelten irgendwas an der RT herum und wollten wissen, wohin ich fuhr. Ich war etwas verwirrt und der Meinung, dass es die Verkehrspolizei doch nichts anginge, wohin ich wollte. Und wenn es keine Verkehrspolizei war, dann durfte sie doch auch nicht mein Motorrad kontrollieren.

»Geht Sie das überhaupt was an? Ich meine, Sie sind doch Verkehrspolizei, da geht es Sie doch nichts an, wohin ich fahre!« Das waren sie nicht gewohnt, sie schubsten mich gegen den Lada, es kam zu einem Gerangel. Jemand drehte mir schmerzhaft den Arm um, und ich wurde auf die Rückbank ihres Wagens geschubst. Dann fuhren sie mich zur Dienststelle, genau zu dem Haus, in dem ich vor so vielen Jahren das erste mal für Stunden hinter Gittern gesessen hatte.

Es ging alles glimpflich ab. Ein Kollege schob das Motorrad schwitzend durch die ganze Stadt, und die Polizisten waren wohl selber von dieser Eskalation einer harmlosen Verkehrskontrolle erschrocken, so #dass nichts weiter folgte. Denn die 5Möglichkeit, mir viel Ärger zu machen, gab es auf jeden Fall:

Widerstand gegen die Staatsgewalt, Behinderung der Arbeit staatlicher Organe. Sie hatten so viele Gesetze und Möglichkeiten, die DDR war ein Paradies für Polizisten.

29 Nachmittags ging ich immer noch zur Abendschule, ich wusste nicht genau warum. Wahrscheinlich, weil ich keine Ahnung hatte, was ich sonst tun sollte. Die Prüfungen rückten näher und dabei hatte ich, jedenfalls in der schriftlichen Deutschprüfung, unglaubliches Glück. Ich hatte eine uralte Dünndruckausgabe von Goethes »Faust«, da war alles drin, der Urfaust, erster Teil, zweiter Teil und am wichtigsten: Anmerkungen und Kommentare. Ich hatte es geahnt, es war auch nicht schwer, jedes zweite Jahr kam »Faust« dran, und das Jahr davor war er nicht dran gewesen.

Tatsächlich, als ich in das Prüfungsblatt sah, da war es: Man sollte die Hochgebirgsszene aus Faust, zweiter Teil, interpretieren. Ich schrieb alle Anmerkungen und Kommentare dazu ab, die Aufsicht habenden Lehrer schienen es nicht zu bemerken, dass ich da dieses ganz besondere Buch hatte. Ich schrieb noch hahnebüchenen Unsinn dazu über Sozialismus, Thomas Mann und sonstwas, gab es ab und bekam eine Eins.

30 Es war Sommer, und bald konnte der Urlaub beginnen. Das würde ein doller Urlaub werden, denn ich wollte in den Westen. Nicht für immer natürlich, nein nein. Ich litt nicht wirklich in der DDR. Ich wollte nur mal gucken, Westdeutschland, Holland, vielleicht Dänemark. Ich würde die einzigartige Möglichkeit ergreifen, ich wollte nicht bis zur Rente warten.

Nur mal ansehen das Ganze, es war die reine Neugierde. Zwar waren viele Verwandte und Bekannte meiner Eltern schon mal im Westen gewesen, zwar kamen fast jedes Jahr mein Onkel und meine Tante zu Besuch und brachten dabei Fotos, Zeitungen und Zigaretten mit. Doch trotzdem war mir der ganze Westen rätselhaft geblieben. Trotz der vielen Filme im Kino, trotz des Westfernsehens. Ich wollte wissen, wie er schmeckt, wie er riecht, wie er sich anfühlt, der Westen. Ich hatte manchmal merkwürdige, beunruhigende Träume. Ich fand irgendwo einen unentdeckten Durchgang durch die Mauer, ging durch und war drüben. Ich konnte hin und her. Manchmal fuhr ich mit einem Bulldozer durch die Mauer, manchmal flog ich in einem Luftschiff darüber weg.

Ich wollte wirklich nur gucken, mir das anschauen und dann wieder zurück. Wenn man unbemerkt von Ost nach West kommen konnte, und das wollte ich, dann würde man doch wohl erst recht unbemerkt wieder zurück kommen können. Das war mein Plan, der durch die offene ungarische Grenze plötzlich nicht mehr völlig aberwitzig war. Es sollte die Krönung eines denkwürdigen Urlaubs werden. Vorher wollte ich mit Freunden ins rumänische Donaudelta fahren, mit Faltbooten.

31 Ich hatte alles organisiert, die Faltboote, Landkarten oder vielmehr Kopien davon, und das Wichtigste: meine Mitstreiter. Es waren Ben Graal aus Ludwigsfelde, ein Mitlehrling und ein weiterer Klassenkamerad von der Abendschule. Wir wären zu viert, wir würden viel erleben. Wir hatten zwei Faltboote.

Es war nur noch wenige Wochen bis zur Abfahrt, und es war absurd. Man brauchte für Ungarn und Rumänien kein Visum, stattdessen musste man einen Antrag stellen »für den visafreien Reiseverkehr«. Nein nein, wir haben kein Gefängnis, stattdessen haben wir hier dieses Haus mit vielen kleinen vergitterten Räumen, in die wir die Leute einsperren, wir nennen es »Haus für den gefängnisfreien Haftvollzug«. Ich hatte den Antrag gestellt und die Unterlagen problemlos bekommen. Es war ein langer, gefalteter Zettel, den die Polizei in den Personalausweis klebte. Es war ihnen wohl noch nicht klar geworden, dass die Mauer ein Loch namens Ungarn hatte.

Ich traf Ben Graal in Ludwigsfelde und er sagte mir, dass sein Antrag abgelehnt worden wäre. Oh, das würde knapp werden.

»Du musst eine Eingabe schreiben!« sagte ich ihm, »Das habe ich damals bei dem Ärger mit meinem GST-Führerschein auch gemacht.«

»Ooch nee.« antwortete er, »Ich will mir keinen Ärger einhandeln.«

»Aber da handelst du dir doch keinen Ärger ein. Das ist doch ein ganz normales Recht.«

»Nee, ich denke, die registrieren das schon. Und ich habe doch Verwandte im Westen, die will ich mal besuchen, und wenn ich da schon irgendwo so Ärger gemacht habe, da lassen sie mich bestimmt nicht raus.«

»Ey«, sagte ich, »du kannst uns doch hier nicht so hängen lassen. Die ganze Fahrt platzt doch, wenn du nicht mitkommst. Wir können doch die Boote zu dritt gar nicht transportieren.«

»Nee, trotzdem, es geht nicht. Wenn du mich für ein Arschloch hältst, dann kann ich das schon verstehen.« Ich war tatsächlich wütend auf ihn, und ich glaubte ihm nicht. Ich hielt es für einen Vorwand, nicht mitzukommen. Und statt es zu sagen, hatte er diese Räuberpistole erfunden. Niemand bekam in der DDR Ärger, weil er eine Eingabe schrieb.

32 Es war alles schwierig jetzt. So kurzfristig war weder Ersatzmann noch Ersatzfrau aufzutreiben. Unser Gepäck überstieg samt den Booten bei weitem das, was man in einem Abteil mitnehmen konnte. Wir mussten die Boote aufgeben, dadurch würden sie Wochen später ankommen als wir selbst. In Ungarn fiel mir von der Gepäckablage im Zug ein Rucksack auf den Kopf und alle lachten. In Siebenbürgen sagte uns ein Wahnsinniger Ceausescus Sturz voraus. Wir bestachen die rumänischen Schaffner mit Pfeffer und Kaffee, weil wir keine Fahrkarten hatten. Die rumänische Polizei verhaftete uns wegen illegalen Handels, weil wir Tütensuppen und Kenton-Zigaretten verkauften.

»No Kommerz!« sagte der dicke Polizist, ließ uns aber wieder frei. Kenton, die Taubstummenzigarette wurde sie genannt. Wegen »Keen Ton«. Sie schmeckten abscheulich, es gab sie in drei Farben, rot, grün und blau. Es hatte eine besondere Bewandtnis damit, einmal sahen sie ziemlich westlich aus, und dann gab es diese unerklärliche Besonderheit von Rumänien und »Kent«. In Rumänien war die Zigarettenmarke Kent so etwas wie eine Zweitwährung, und das ist das Verrückte: Nirgends auf der ganzen Welt war diese Marke bekannt, außer in Rumänien. Und da klang »Kenton« eben etwas ähnlich, und das war der Trick dabei.

Schließlich waren wir am Donaudelta und unsere Boote auch. Wir plünderten die Reusen von Fischern, kauften für eine Schachtel Kenton fünf Flaschen besten Bienenhonig, der so gut schmeckte, dass wir ihn aus der Flasche durch unsere Kehlen rinnen ließen. Für eine weitere Schachtel füllte der Bauer uns ein ganzes Faltboot mit großen Melonen, die nach Banane schmeckten.

Dann fuhren wir über Bukarest zurück.

33 Bukarest war ein Alptraum in Beton. Es war heißer Sommer, aber die Stadt schien so kalt wie Eis. Das scheußlichste der Ostarchitektur war verbunden mit dem unappetitlichen Größenwahn eines Idioten. Wir hatten es überall gesehen: Die Buchläden waren voller Bücher von Ceausescu, die Plattenläden voller Sprechplatten von Ceausescu, die Wände der Fabriken, der Häuser, die Straßenlaternen, vermutlich noch das jämmerlichste Plumpsklo. Überall waren rote Transparente, auf denen das Genie Ceausescus in weißen Lügen gepriesen wurde. Und das in einem Land, in dem es allenfalls zwei Stunden pro Tag Strom gab, Waisenkinder in Gruben lebten und die Kinder und Jugendlichen überall nach etwas Rätselhaftem bettelten, das sie »Guma!« nannten.

Rumänien war schon starker Tobak, auch wenn man aus der DDR kam. Und Bukarest war die Krönung von allem. Wir hatten uns getrennt und wollten uns vor Abfahrt des Zuges wieder im Hauptbahnhof treffen. Ich lief durch die Straßen, einen schnurgeraden Kanal entlang. Alles war voller potthässlicher Neubauten, und nur sehr selten sah ich eine alte Kirche, die die Geheimpolizei zu sprengen vergessen hatte.

Dann war da dieser Palast, so groß wie die ägyptischen Pyramiden. Er war noch ein paar Kilometer entfernt, und doch konnte man seine gewaltigen Dimensionen erahnen. Er war voller Fensterchen und Türmchen, eine Fahne so groß, dass sie ein Haus hätte einhüllen können, flatterte auf dem obersten Turm. Eine breite Prachtstraße und viele kleine Wege führten zu dem riesigen Schloss. Zwischen ihnen war Rasen, ich war müde geworden. Ich zog mir meine Sandalen aus und legte mich auf das kühle Gras für ein Nickerchen.

Jemand stieß mich an, ich wachte auf. Zwanzig Leute standen um mich rum und meine Sandalen waren weg. Einige wiesen sich aus, sie waren von der Securitate, dem brutalsten und bösartigsten aller Geheimdienste, gegen den die Stasi eine Baby-Krabbelgruppe war. Sie hatten auch meine Schuhe versteckt. Sie hielten mich wegen meiner kurzen Hosen für schwul und also aidskrank. Sie kontrollierten meinen Ausweis und gaben mir zu verstehen, dass es verboten wäre, auf dem Rasen vor dem Palast zu schlafen. Dann begleiteten mich einige, schoben mich durch eine Geheimtür zu einem U-Bahnhof, begleiteten mich auf der Fahrt von einigen Stationen und verschwanden wie Geister, als ich die Rolltreppe zum Hauptbahnhof hochfuhr.

Wir hatten kein Geld mehr und auch keine Fahrkarten, aber wir stiegen einfach in den Zug und hofften, dass sich die Schaffner weiterhin mit unseren Pfeffer- oder Kaffeeresten bestechen lassen würden. Das ging auch einige Zeit gut, doch dann kam einer, der nicht mitspielen wollte. Er krakeelte rum und wollte uns aus dem Zug werfen.

Da sagte eine ältere Dame, die mit uns im Abteil saß, einige Worte, und der Schaffner verdrückte sich schnell. Sie konnte auch deutsch und erzählte uns danach, was sie ihm gesagt hatte:

»Ich bin Rumänin. Ich schäme mich für mein Land, ich schäme mich für Sie. Verschwinden Sie!«

34 So kamen wir in Budapest an, der westlichsten Stadt im Ostblock, und es war August 1989. Ich verabschiedete mich von den Freunden und traf tatsächlich Franz Frühling am Hauptbahnhof. Die Nacht blieben wir noch in Budapest, schliefen auf einem Gratis-Zeltplatz, der vor DDR-Bürgern fast platzte.

Am nächsten Tag trampten wir in Richtung der österreichischen Grenze. Wir kamen in einer Kleinstadt an, die der Grenze schon ziemlich nah war. Wir hatten es uns auf der Karte angeschaut, wir konnten es zu Fuß schaffen. Es war kein Risiko, die Selbstschussanlagen waren abgebaut, selbst der Stacheldraht. Wir hatten es gesehen im Frühjahr im Fernsehen, der amerikanische Präsident selbst hatte sich ein Stück vom Stacheldraht mit einer Zange abgeknipst.

Wir warteten, bis es richtig dunkel war, dann gingen wir los. Unser Plan war, einfach an der Straße entlang zu gehen, bis wir die Grenzanlagen und die Scheinwerfer für die Autokontrollen sehen konnten. Dann wollten wir uns in die Büsche schlagen und versuchen, abseits der Grenzstation in den Westen zu kommen. Nach einer halben Stunde, die wir parallel zur Straße auf einem Feld gelaufen waren, hatten wir genug davon. Es war so viel anstrengender als auf der Straße, und wir würden schon früh genug sehen, wann das Grenzgebiet begann. Dann könnten wir immer noch im Feld weiter laufen. So taten wir es, liefen immer weiter durch die milde ungarische Nacht mitten auf der Straße. Dann machte die Straße einen Knick, wir kamen um die Ecke und ich sagte:

»Scheiße!« Da war eine Baracke, da war ein kleines Häuschen. Vor diesem Häuschen stand ein ungarischer Soldat, der uns ungläubig ansah.

35 Wir drehten uns um und wollten zurücklaufen, »Stop!« schrie der Soldat und wir stoppten. Er hatte sein Gewehr herunter genommen, wir mussten vor ihm her gehen. Er sperrte uns in einen Raum, dann kam ein Vorgesetzter von ihm, bekleidet mit einem Trainingsanzug. Wir sagten »Bratislava.« Es war eine plumpe Lüge. Niemand würde uns glauben, dass wir ins tschechoslowakische Bratislava gewollt hätten und nicht nach Österreich.

»Wir wollten nach Bratislava, Tschechoslowakei«, behaupteten wir trotzdem, der Mann im Trainingsanzug wurde wütend:

»Bratislava, ha ha ha. Österreich, ha ha ha.« Er verschwand wieder, war wohl wütend, dass seine Nachtruhe in letzter Zeit so häufig gestört wurde. Die Lage erschien uns nicht allzu gut, was würde weiter passieren? Würden sie uns an die DDR ausliefern? Wir warteten, es gab nicht viel zu besprechen. Wir stellten Vermutungen an, eigentlich glaubten wir nicht so richtig, dass sie uns einfach den DDR-Behörden übergeben würden. Aber wer konnte das schon wissen. Die Stunden vergingen, wir rauchten Zigaretten und warteten, was passieren würde.

Schließlich wurden wir herausgeführt, in ein Büro. Dort saß ein Mann in einem feinen Anzug, dem man ansah, dass er von der Regierung war und nicht von der primitiven Polizei. Als hätten 40 Jahre Kommunismus nichts daran ändern können, dass Diplomaten aus uralten Adelsgeschlechtern kämen.

»Pass auf!« sagte er in perfektem Deutsch mit diesem breiten, ungarischen Akzent, der es noch ein bisschen perfekter klingen lässt, »Bratislava, das vergessen wir mal gleich. Bratislava! Wir machen einen Handel. Wir liefern euch nicht der Staatssicherheit aus. Wir sagen der Botschaft nichts. Wenn wir euch nochmal erwischen, dann gehts direkt zur Stasi. Ihr fahrt wieder nach Haus, und niemals erfährt jemand was. Aber nur, wenn ihr es nicht wieder probiert. Einverstanden?« Ich nickte, dann durfte ich rausgehen, und Franz war an der Reihe.

Ich konnte mir vorstellen, wie sich dieser Beamte von der ungarischen Regierung fühlte. Er musste die ganzen Nächte die Grenze hoch und runter fahren, sich immer wieder völlig unglaubwürdige Geschichten von DDRlern über Bratislava erzählen lassen, oder wie sie sich beim Pilze suchen mitten in der Nacht verirrt hätten. Dann musste er ihnen verraten, dass alles gut wäre, wenn sie nur nicht wieder versuchten, in den Westen abzuhauen.

Es war immer noch Nacht, er hatte Franz wohl denselben Text erzählt, mit dem Auto brachten sie uns zurück in die Kleinstadt, von der wir aufgebrochen waren. Gefeixt habe er, sagte mir Franz, als wir wieder alleine waren. Gefeixt, als ihn der Beamte gefragt habe, ob wir es auch nicht nochmal probieren wollten. Denn, das war uns beiden völlig klar, wir würden es nochmal probieren, und nochmal würden wir nicht dem bewaffneten Posten direkt in die Arme laufen.

36 Wir hatten in einem Wald geschlafen, am nächsten Tag stellten wir uns wieder auf die Straße und versuchten, ein Auto anzuhalten. Wir wollten es weiter südlich probieren. Da war eine Stadt, Sopron hieß sie, und auf der Landkarte sah das Gebiet dort für unsere Zwecke ziemlich günstig aus. Einer hielt an, tatsächlich fuhr er nach Sopron, und er konnte auch ganz passabel deutsch. Er sah uns an, grinste, und sagte:

»Sopron? Urlaub?« Er grinste weiter, »Morgen dort Paneuropäisches Picknick. Müsst Ihr Euch ankucken! Sehr gut!« Er fuhr weiter, als eine Polizeisperre den Weg versperrte. Uns war etwas klamm zumute. Die Freundlichkeit des Autofahrers, wir waren nicht sicher, was wir davon zu halten hatten. Er fuhr langsamer, die Polizisten sahen, dass es ein ungarisches Auto war und winkten uns durch. Wir kamen in Sopron an, der Mann ließ uns am Marktplatz raus:

»Paneuropäisches Picknick! Nicht vergessen!« Dann fuhr er davon, und wir gingen durch die Stadt. An jeder Hauswand, überall waren Zettel und Plakate, die in deutsch und ungarisch das «Paneuropäische Picknick« anpriesen. Eine Art

Volksfest wohl, das mitten auf der Grenze zwischen Ungarn und Österreich stattfinden sollte. Morgen Mittag, am 16. August 1989.

Wir besprachen uns und waren einer Meinung: Das war einfach unglaubwürdig. Sopron wimmelte von DDRlern, die hofften, auf egal welche Weise hinüberzukommen, und dann war es hier in der ganzen Stadt angeschlagen. Wir hielten es für eine Falle, entweder würden sie die Teilnehmer vorher kontrollieren und DDRler gar nicht erst dazulassen, oder es war ein anderer Haken dabei. Wir waren vielmehr der Meinung, dass VOR diesem Picknick die letzte Möglichkeit einer Flucht liegen würde und nicht danach.

Wir wanderten weiter durch die Stadt, es war viel Betrieb, alle Arten von Motorrädern rauschten durch die engen Straßen: Harleys, Awos, normale MZs, russische, japanische Hondas, Goldwings, Indians, es war doll. Wir fanden heraus, dass auf einem Feld vor der Stadt ein Motorradtreffen war und gingen dahin. Es waren sehr viele DDR-Maschinen dabei, sie hatten sich Spoiler, Plexiglasscheiben und lange Antennen mit Fuchsschwänzen an ihre MZs gebastelt, aber sie waren immer noch leicht zu erkennen zwischen den riesigen westlichen Maschinen. Einer hatte sich für seine Tour nach Bulgarien einen zweiten Tank raufgeschraubt, andere waren mit uralten, museumsreifen Zweirädern gekommen.

Das Gelände war perfekt gelegen. Es war außerhalb von Sopron, noch näher an der österreichischen Grenze. Wir kamen mit einer Gruppe Westdeutscher ins Gespräch. Wir enthüllten ihnen bald, dass wir vorhatten, abzuhauen. Sie boten an, bestimmte schwere Sachen für uns bis nach unserer erfolgreichen Flucht aufzubewahren, was wir dankbar annahmen. So gab ihnen Franz seine Fotoausrüstung, Schlafsack und allen Ballast, ich machte es ebenso.

Wir tranken Bier und rauchten Zigaretten, wurden dazu von den Westdeutschen eingeladen, was uns sehr recht war. Es wurde langsam abend und dunkel. Sie fuhren uns mit ihren Motorrädern auf der Straße Richtung Österreich noch einige Kilometer bis zu einer Stelle, von der aus man die hellen Flutlicher der Grenzkontrolle schon sehen konnten. Links davon wollten wir uns durch die Büsche schlagen. Wir verabschiedeten uns schnell, der Mond schien, und wir liefen über ein Feld in ein kleines Wäldchen.

37 Wir kamen über ein ausgetrocknetes Flüsschen, liefen durch Gestrüpp und hatten die ganze Zeit den Mond als Orientierung. Dann waren da Drähte, ich war sicher, dass es Stolperdrähte waren, die in irgendeiner Kaserne oder Wachstube in der Nähe Alarm auslösten. Denn Selbstschussanlagen, das war das eine. Aber von Alarmanlagen und dass sie die abbauten, hatten sie nirgends was gesagt. Wir liefen weiter in die Richtung, in der wir Österreich vermuteten, immer weiter, über einen kleinen Stacheldrahtzaun, durch Gebüsch und über alte Baumstämme, wieder durch Gebüsch, wieder Drähte und schon wieder Stacheldraht.

Dann wurde der Wald lichter, wir liefen über ein Feld, es war kein Licht weit und breit zu sehen. Wir gingen weiter, jetzt sahen wir Lichter, es war ein Dorf. Ich war ziemlich sicher, als wir näher kamen war ich völlig sicher, das musste Österreich sein. Die Häuser waren weißer, die Gärten ordentlicher und der Rasen besser gemäht und dann tatsächlich, österreichische Nummernschilder an den Autos. Franz schien noch zu zweifeln. Wir gingen durch das Dorf, kamen zu einer Hauptstraße. Dann war da das Ortsausgangsschild, in deutsch. Es war kein Traum, wir hatten es geschafft, wir waren in Österreich.

Drei

1   Wir gingen durch das Dorf, es war völlig still, und auf der Hauptstraße war kein Auto zu sehen. Wir wollten erstmal nach Wien, dort würden wir weitersehen, vielleicht bekam man dort etwas Geld geborgt von der westdeutschen Botschaft. Wir gingen durch die Nacht. Ab und an kam uns ein Auto entgegen oder überholte uns. Dann hielten wir den Daumen raus, aber keines hielt an.

Aber wir hatten keinen Zweifel, wenn wir es bis nach Österreich geschafft hatten, dann würden wir es wohl erst recht bis nach Wien schaffen. Wir gingen weiter, hielten die Daumen raus und winkten bei den Autos und kamen so durch ein nächstes Dorf. Wir gingen weiter, wieder Dunkelheit und seltene Autos. Dann wieder ein Dorf. Dort setzten wir uns auf eine Bank, die an einem Baum stand, um auszuruhn. Wir überlegten, ob wir noch versuchen sollten, in der Nacht weiterzukommen, oder ob es vernünftiger wäre, hier in der Nähe eine Stelle zum Übernachten zu suchen. Da raste ein Auto mit Blaulicht um die Ecke, »Gendarmerie« stand daran, und der Gendarm bremste, dass es quietschte wie in einem amerikanischen Film. Er kurbelte sein Fenster runter:

»Ihr seid aus der DDR«, stellte er fest, ohne sonderlich auf unser Nicken zu achten. »Wartet hier! Bewegt euch nicht weg! Ihr habt ein Hotelzimmer, Bahnticket zur Botschaft nach Wien, wartet hier! Ich bin gleich wieder zurück.« Dann raste er weiter. Er hatte wohl hier einen ähnlich aufreibenden Job, wie der Beamte vom ungarischen Innenministerium auf der anderen

Seite. Wir warteten, vorher waren wir uns unsicher gewesen, ob die Österreicher nicht an die DDR auslieferten. Bei Westdeutschland war ja klar, dass sie es nicht machten, aber bei Österreich? Doch jetzt war es anders, der Gendarm war so Vertrauen erweckend gewesen, dass wir ihm glaubten und einfach nur warteten, was weiter geschehen würde. Nach einer halben Stunde kam er zurück:

»Rein! Los, steigt ein!« sagte er, wir taten, wie geheißen. »Glückwunsch! Ihr habt es geschafft. Jetzt macht alles die Botschaft: Hotel, Bahnticket. Ihr habt es geschafft!« Unsere Stimmung verbesserte sich weiter. Wir selber hatten uns noch gar nicht genug beglückwünscht und auf die Schulter geklopft. Mein Plan, nach einigen Besichtigungen heimlich in die DDR zurückzukehren begann, mir irreal vorzukommen.

Während wir durch die burgenländischen Dörfer fuhren, fielen sie mir ein, die vielen, die an der Mauer verblutet waren, die in der eiskalten Ostsee erfroren oder mit selbstgebauten Ballons abgestürzt waren, die für Jahre in den Knast gekommen waren wegen »Republikflucht«. Meine Idee, nur den Urlaub im Westen zu verbringen, begann mir absurd vorzukommen.

Es war ein großartiges »Hallo!«, als der Gendarm uns in den Gasthof brachte. Die Wirtin zeigte uns unser Zimmer, und unten im Gastraum war noch ein sächsisches Pärchen, deren Augen vor Glück und Bier schwammen. Es war alles gratis für uns, wir waren Helden, hatten es geschafft. Wir tranken und feierten, und die Bauern tranken und feierten mit. Wir waren für sie merkwürdig geknechtete Rebellen, Partisanen der Freiheit, und ich erzählte ihnen, wie billig alles gewesen war in der DDR, die mir schon jetzt erschien wie ein ganz unglaubliches Fantasieland.

Die Bauern erzählten auch etwas, anfangs war es wegen ihres Dialekts nicht zu verstehen. Schnell kamen auch noch die

Artikulationsschwierigkeiten durch das viele Bier hinzu, und dann gingen wir alle schlafen.

2 Am nächsten Morgen brachte uns der Wirt zur Bahn. Wir fuhren nach Wien und gingen dort zur Botschaft. Es war ein Gedränge, es waren Massen, und es wurden immer mehr. Sie hatten für die Massen Essen gemacht. Von dem Bundesbesteck, auf jedem Teil war der Bundesadler drauf, steckten sich die DDRler als Andenken ein, soviel sie konnten.

Seit Wochen kamen jede Nacht zwischen 30 und 60 Menschen rüber. Wir wurden zu einem Hotel in einen Vorort gebracht, in dem ein großer Papagei den ungewohnten Betrieb bekrächzte. Eigentlich sollte es bald weitergehen, als die Meldungen im Fernsehen kamen: Beim paneuropäischen Picknick war das erste Mal in der Geschichte seit dem Mauerbau eine Massenflucht geglückt, mehr als 200 DDR-Bürger gingen einfach über die Grenze.

Dadurch verzögerte sich alles für die vorher Angekommen, zu denen wir gehörten. Doch die größeren Massen hatten Vorrang. Erst am nächsten Tag bekamen wir etwas Bargeld ausgehändigt und ein Bahnticket nach Gießen. Wir setzten uns in den Zug und fuhren los. Es war alles unübersichtlich, aber es war wohl so, dass wir machen konnten, was wir wollten. Wir hatten zwar unsere Namen in der Botschaft in irgendwelche Listen eingetragen, aber ich hatte keine Lust, nach Gießen zu fahren, ich kannte da keinen. Aber in Köln, da lebte der Onkel, der Westfernsehen machte. Da wollte ich hin, Franz fragte, ob er mit könne, und es sprach nichts dagegen.

Bis Frankfurt am Main fuhren wir mit der Bahn, wir hatten ja die Fahrkarten bis Gießen. Ich sah aus dem Fenster, selbst die Böschungen schienen mir so sorgfältig gepflegt, sogar an

Stellen, wo einfach Gestrüpp war, schien es extra so angelegt zu sein. Es wurde dunkel und auch wieder nicht, die Neonreklamen, die riesigen Leuchtkästen von Baumärkten, manchmal schien es mir, als würden selbst Bäume einfach so von Scheinwerfern angestrahlt, es wurde nie richtig dunkel im Westen.

Je mehr Zeit verging, umso absurder kam mir mein Plan vor, nämlich den Westen anzukucken und dann wieder heimlich zurückzureisen in die DDR. Selbst wenn es klappte, und dafür standen die Chancen ja gar nicht schlecht, selbst dann war es so absurd. Ich könnte ja dann niemandem davon erzählen. Immerhin hatte ich mit meinem eigenmächtigen Verlassen des Ostblocks nach irgendeinem ihrer sonderbaren Gesetze ein Verbrechen begangen, für das ich Jahre hinter Gitter wandern konnte.

Und selbst wenn ich dann meinen engsten Freund ins Vertrauen ziehen würde, nach etlichen Gin-Tonic, Cola-Whiskys und ein paar Bieren. Selbst wenn ich ihn dann ins Vertrauen ziehen würde: »Du, jetzt sage ich Dir was. Aber Pscht! Niemandem weitererzählen! Ich war schon mal im Westen. Du erinnerst Dich? Damals '89? Da bin ich heimlich abgehauen, war in der BRD und sogar in Dänemark. Aber erzähl es ja niemandem weiter!« Nein, es war zu absurd, und was konnte man schon sehen vom Westen in ein paar Tagen?

Wir waren in Frankfurt angekommen, jetzt zweigte die Strecke nach Gießen ab, für die Weiterfahrt nach Köln galt unser Ticket nicht. Wir wagten es nicht, schwarz zu fahren und trampten. Ein Opernsänger in einem riesigen amerikanischen Wagen nahm uns mit, er fuhr über 200 Sachen und machte immer wieder die Musik lauter, um nicht einzuschlafen. Es war früher Morgen, als wir in Köln ankamen. Der Opernsänger brachte uns bis vor die Haustür meines Onkels.

3 Vorerst war die Aufregung groß, mein Onkel hatte in Erwartung von uns die Nacht bei viel Bier durchgewacht. Er rief jetzt alle möglichen Boulevardzeitungen an und erzählte von diesen tollkühnen Jugendlichen, die mit dem Faltboot durch die Donau entkommen seien.

Wirklich tauchten dann zwei Journalisten auf, die Franz und mich zum Dom fuhren und uns dort mit zwei halbbekleideten Damen für den »Express« fotografierten. Alles war neu für uns: die schlanken kleinen Kölschgläser, die Gitter in den Pinkelbecken mit kleinen Seifenstücken darin, die Wasserhähne, die sich von alleine anschalteten, wenn man die Hände ins Waschbecken steckte, die riesigen Kaufhallen und Märkte, die Buchläden mit den ganzen Büchern, die man in der DDR nicht lesen durfte. Gerade diese Buchläden und ihre Auswahl waren es, die ich am meisten bewunderte. Franz und ich zogen in eine sündhaft teure, winzige Wohnung. Ich suchte mir Arbeit bei einer Zeitarbeitsfirma, mein Onkel hatte mir gesagt: »Du musst Arbeit haben, sonst bleibst Du immer außen vor.«

Und ich hatte ihm geglaubt. Ich schuftete in Kartonfabriken, in Lagern von Lebensmittelketten, schob stumpfsinnige kleine Wägelchen durch lange hohe Regalreihen und packte auf das Wägelchen: 20 Flaschen Ballantines, 24 Packungen Whiskas, 23 Flaschen Jack Daniels, 56 Packungen Lenor. Den ganzen Tag, und ich hasste es, und ich hasste meinen Onkel wegen seiner idiotischen Ratschläge.

Denn es gab etwas, eine Institution, eine unglaubliche Erfindung, etwas, was sie sich in der DDR niemals getraut hätten. Sie bezahlten einem Geld, ohne dass man arbeiten musste: das Arbeitsamt. Kurzzeitig hatte ich Geld bekommen von diesem Amt, dann aber meinem Onkel geglaubt, dass mir irgendwelche wichtigen Zusammenhänge verborgen bleiben würden, wenn ich nicht arbeitete. Ich schob Wagen um Wagen durch die Regalreihen: 19 Flaschen Ballantines, 13 Packungen Whiskas, 54 Flaschen Jack Daniels, 28 Packungen Lenor. Es war traurig und zum Verzweifeln. Da draußen waren die Buchläden, die Bibliotheken, das Leben. Und ich füllte einen neuen Wagen: 25 Flaschen Ballantines, 28 Packungen Whiskas, 13 Flaschen Jack Daniels, 37 Packungen Lenor.

4 Es kam, wir wir vermutet hatten: Die DDR machte für ihre Leute erst Ungarn, schließlich sogar die Tschechoslowakei dicht, als sie bemerkten, dass sonst die DDR-Bevölkerung einfach verschwinden würde.

Aber noch etwas geschah, etwas, mit dem ich nie im Leben gerechnet hätte: Es gab Demonstrationen in der DDR, sie gründeten Parteien, und kurzzeitig sah es aus, als würde die SED alles zusammenschießen lassen. Ich saß vor dem Fernseher, sah die verwirrenden Fernsehberichte und begann wirklich zu bereuen, abgehauen zu sein. Dieser ganze Stillstand, diese Lähmung, die jedes Stäubchen befallen hatte, das alles schien beendet zu sein, und schließlich waren die Leute in der DDR einfach netter als im Westen.

Warum also sollte sich da nicht ein Land machen lassen, dass die Vorzüge aller Länder miteinander vereinigte? So frei wie Amerika, so guter Wodka wie Russland, Autos wie von Mercedes, die Freundlichkeit Asiens, mit der Effizienz Westdeutschlands und das gute Bier der Tschechei, warum sollte es nicht möglich sein, ein solches Land aufzubauen? Ich hatte das Gefühl, am falschen Ort zu sein, hier vor diesem Fernseher in Köln, ich müsste bei diesen Demos in der DDR sein, Parteien aufbauen, Transparente hochhalten auf denen stehen müsste: »SED? Nee!«

Doch dann kam ich nach Frankfurt am Main zur Buchmesse.

5 Über eine Zeitungsannonce hatte ich mir ein Quartier besorgt, ein Bekannter hatte mir erzählt:
»Wenn Du auf dem Gelände von der Buchmesse bist, dann kannst Du zu den Ständen von den Verlagen gehen und Dir einfach Rezensionsexemplare geben lassen. Ich mache das seit Jahren.« Das klang paradiesisch. Ich war nach Frankfurt gefahren, derselbe Bekannte hatte mir eine Pressekarte besorgt. Ich betrat das Messegelände, und es war wie im Traum.

Riesige, nicht enden wollende Hallen mit Straßen darin, und da waren Stand an Stand, Verlag um Verlag mit Büchern über Büchern. Ich ging durch die erste Straße, dann durch die zweite, ich schaute in das Orientierungsbüchlein, da waren sie alle verzeichnet, alle Verlage, von denen ich jemals gehört hatte und Abertausende, von denen ich nichts wusste. Allein an deutschen Neuerscheinungen hatten sie 180 000. Es war ein Delirium, ein völliger Wahnsinn, ein SEHR fleißiger Leser konnte in seinem Leben vielleicht 10 000 Bücher lesen, aber nur, wenn er 70 Jahre ununterbrochen alle zwei Tage eins durch hätte. Und hier waren 180000, die NEU herausgekommen waren, es waren also nicht einmal alte Bücher mitgezählt. Ich lief durch die Gassen, durch die Hallen. Es waren 10 Hallen. Jede Halle hatte wiederum zwei oder drei Stockwerke, und in jedem Stockwerk waren 10 lange Straßen mit Verlagsständen auf beiden Seiten. Es war wie Weihnachten und Ostern und Geburtstag und 1. Mai zusammen.

Nach Stunden erinnerte ich mich, warum ich da war, ich wollte mir Rezensionsexemplare geben lassen. Ich ging an einen Stand, fand ein Buch, das mich interessierte und blieb da stehen, bis mich der Mann hinter dem Schalter ansah. Ich merkte, wie ich rot wurde. Ich sagte:

»Ich hätte gern ein Rezensionsexemplar von diesem Buch.«

»Aha,« sagte der Mann, »wofür schreiben Sie denn?« Ich wurde noch röter, verdammt, dass ich mir nichts ausgedacht hatte. Die einzige Zeitung, die mir einfiel, war der Kölner Stadt-Anzeiger.

»Für den Kölner Stadt-Anzeiger.«

»Ja, dann schicke ich es Ihnen an die Redaktion. Haben Sie eine Karte?« Ich fühlte mein Gesicht brennen, mir schien es, als würden schon kleine Adern darin platzen.

»Ich habe meine Karten vergessen.«

»Ja, wie ist denn Ihr Name? Schreiben Sie doch die Adresse hier in das Büchlein!«

Er reichte mir ein Büchlein. Verdammt, wie sollte ich die Adresse dieser Zeitung wissen? Glücklicherweise erinnerte ich mich wenigstens an die Straße. Ich schrieb meinen Namen und die Adresse mit Fantasiezahlen hin.

»Wir schicken Ihnen das Buch dann zu«, sagte der Mann, ich bedankte mich kurz und ging weiter.

Fehlschlag auf ganzer Linie, falls das Buch jemals eintreffen sollte, was bei der falschen Adresse nicht so sicher war, dann würde niemand wissen, was es damit auf sich hatte. Das mit den Rezensionsexemplaren war doch nicht so einfach.

6 Ich machte, dass ich außer Sichtweite kam, so eine Pleite. Ich hätte es mir doch denken können, dass sie solche grundsätzlichen Sachen fragen würden. Ich versuchte es trotzdem wieder an einem neuen Stand, an dem ich ein attraktives Buch entdeckt hatte.

»Guten Tag,« sagte ich, »ich schreibe für den Kölner Stadt-Anzeiger und wollte fragen, ob ich von diesem Buch ein Rezensionsexemplar bekommen könnte.«

»Ja,« sagte die Dame, »sollen wir es Ihnen an die Redaktion schicken? Ihre Karte bitte!«

»Meine Karten habe ich leider vergessen. Und wie gesagt, also ich schreibe frei für den Stadt-Anzeiger. Deshalb ist es besser, wenn Sie mir das Buch an meine Privatadresse schikken.«

»Ja bitte,« sagte die Dame, »wenn Sie die hier aufschreiben könnten.« Es war ein Buch, in dem Visitenkarten klebten und manchmal Adressen mit Hand eingeschrieben waren. Ich schrieb meine Adresse ein, sie schrieb noch den Titel des Buches dazu.

»Sie bekommen es dann nach der Messe zugeschickt«, sagte sie. Ich bedankte mich und ging froh weiter. Ich verließ das Messegelände, fuhr zum Bahnhof und ging zu einem Visitenkartenautomaten. Auf einem kleinen Bildschirm gab ich meinen Namen ein, schrieb darunter »Journalist« und meine Adresse. Für 5 Mark ließ ich mir 200 davon ausdrucken und fuhr damit zurück aufs Messegelände.

Jetzt bekam ich allmählich eine gewisse Routine, wurde sicherer und sicherer.

»Ja, Hennig mein Name, ich bin freier Journalist, hauptsächlich Kölner Stadt-Anzeiger, ja, kann man von diesem Buch ein Rezensionsexemplar bekommen?« Dabei reichte ich eine der Visitenkarten rüber.

Und da stand tatsächlich »Journalist« drauf. Manche sahen mich kurz forschend an, als ob sie was vermuteten. Andere sagten gleich zu, ich ging weiter, und meine Tasche wurde schwer von Prospekten und Büchern, die ich sofort mitnehmen konnte.

Es war auch nicht so schwierig, sich umsonst durchzuschlagen auf der Messe. Es gab zwar Kioske mit dünnen Miniwürstchen für 8 Mark und dünnem Kaffee für 4,50 den Becher, aber wenn man durch die Hallen an den Verlagsständen vorbeiging, dann hatten immer wieder kleine Verlage Kekse ausgelegt, um Leute anzulocken. Fast alle schenkten Kaffee aus, Sekt oder Kognak. Manche hatten belegte Brötchen, bei einem Verlag, der »Raider« hieß, wie die Schokoriegel, konnte man sich mit den Süßigkeiten eindecken. Am Stand der Guiness-Brauerei, die für das Buch der Rekorde Werbung machte, gab es gratis das dunkle irische Gebräu in Plastebechern.

Am Stand des Börsenvereins des deutschen Buchhandels gab es zwar nur trockene Vollkornbrötchen, aber dafür einen leckeren Apfelwein, der erfrischend schmeckte wie Saft. Aber er wirkte doch anders als Saft, ich merkte es, als ich nach etlichen Bechern aufstand. Ich schwankte dem Ausgang zu und schlief in meinem Quartier meinen Rausch aus. Der nächste Tag würde wieder anstrengend werden.

7 In der DDR, ich sah es im Fernsehen, schien Bürgerkrieg zu herrschen. Massenhaft wurden Leute eingesperrt und zusammengeschlagen. Ich saß vor dem Fernseher und hatte trotzdem noch das Gefühl, am falschen Ort zu sein.

Dann begannen die Päckchen und Pakete der Verlage zu kommen, Frucht meiner Bemühungen auf der Buchmesse. Und als ich mir das hochglänzende Papier, den sauberen Druck, die hervorragenden Fotos ansah und die Bücher durchblätterte, war ich doch wieder sicher, auf der richtigen Seite der Mauer zu sein.

Gutes Papier bekamen in der DDR nur die öden, schlecht geschriebenen Aufsätze der SED-Theoretiker, die keinen lesbaren Satz aufs Papier bringen konnten. Die Buchläden dort waren immer voll gewesen von Broschüren über die Theorie der Hauptaufgabe und mit Anmerkungen zum 8. Plenum der 36. Versammlung der SED. Jeder kleine Bandit, der mit Mielke ein paar Leute erschossen hatte oder an anderen Säuberungen beteiligt gewesen war, bekam geschönte Biografien mit Fotos und vielen Anmerkungen. Selbst für DDR-Literatur war es hier im Westen ein besserer Ort. Hier standen die Bücher ja in den Regalen der Buchläden: Volker Braun, Stefan Heym, Erich Loest, mit all den Texten, die in der DDR verboten waren.

Dennoch, wenn ich im Fernsehen die Lastwagen der Volkspolizei mit Demonstranten durch die Berliner Straßen fahren sah, dann hatte ich das Gefühl, dass ich dort oben mit sitzen müsste auf der Ladefläche, einem ungewissen Schicksal entgegen.

Aber ich war für die schlicht ein Verbrecher, in der DDR drohte mir Gefängnis. Dann trat endlich Honecker zurück. Krenz übernahm den Laden und verkündete eine Amnestie. Ich besorgte mir ein Flugticket nach Berlin, in ein paar Tagen war es soweit, ich konnte zurück.

8   Es war November, sie machten eine riesige Demo auf dem Alexanderplatz. Abends waren dann die Oppositionellen im DDR-Fernsehen. Ich fuhr weiter jeden Morgen in das große Lager: 24 Flaschen Ballantines, 10 Packungen Whiskas, 14 Flaschen Jack Daniels, 9 Packungen Lenor, doch in Gedanken war ich längst wieder in der DDR.

Ich schaute alles im Fernsehen, nach Feierabend, wenn ich zerschlagen und erschöpft nach Hause gekommen war. Der Tag meines Abflugs rückte näher, und dann war da diese unverständliche Pressekonferenz mit einem SED-Funktionär. Inhaltlich war sie lapidar und besagte nichts weiter, als dass Ausreisewillige bei der Polizei einen Antrag stellen könnten.

Doch aus irgendeinem Grund sammelten sich an der Ostberliner Seite der Mauer Menschen an, im Radio wurde darüber berichtet, und noch mehr Menschen kamen dazu. Schließlich waren es so viele, dass sie die Grenzübergänge öffneten, die Trabbis knatterten über den Kudamm. Es war der Abend des 9. November, ich schaute auf mein Flugticket, um mich zu vergewissern. Es galt für den 10. November 7 Uhr morgens.

9 Das Flugzeug schwebte in einer Schleife über Ostberlin ein, man konnte die Autoschlangen an den Grenzübergängen sehen. Dann landete es in Tegel. Ich hatte noch meinen blauen DDR-Personalausweis, es war nicht zuletzt eine Geldfrage. Denn als Westdeutscher zu Besuch in Ostberlin müsste ich noch immer diese 25 Mark im Verhältnis 1:1 umtauschen, der ungünstigste aller Wechselkurse.

Aber es war so voll, ich war auf direktem Weg zum Grenzübergang am Moritzplatz gefahren, auf Ostberliner Seite hieß er Heinrich-Heine-Straße. Die Menschenmenge wurde dichter und dichter, und ich war immer noch unsicher. Was, wenn sie mich kontrollierten und meinen westdeutschen Pass fanden? Andererseits die Scherereien, die ich als Westdeutscher durchstehen müsste: Visum ausstellen lassen, der Zwangsumtausch, womöglich noch blöde Fragen. Ich zeigte den blauen Personalausweis hoch, niemand kontrollierte, niemanden interessierte er auch nur. Die Grenzer hatten vor den Massen aufgegeben und winkten nur noch durch, ich war wieder in Ostberlin.

Es war eine großartige Stimmung, die Mauer war allen über die vielen Jahrzehnte so normal geworden, dass es wie Irrsinn, wie ein Erwachen aus einem totenähnlichen Schlaf schien, dass sie nun offen war. Ich versuchte, einige Freunde von früher zu erreichen, doch die waren alle weg, ich konnte mir schon denken wo.

Schließlich traf ich doch einen Mitschüler von der Abendschule und seine Freundin, Peter und Simone, wir fuhren hin und her, nach Westen und Osten. Man konnte in Westberliner Kneipen mit Ostgeld bezahlen, wir feierten das Wiedersehen, den Fall der Mauer. Wir nahmen ein Taxi:

»Oranienburger Straße!« sagte der Peter, der schon den halben Tag Westberlin ausgekundschaftet hatte. Der Fahrer fuhr uns, es begann waldig zu werden.

»Fahren Sie auch wirklich zur Oranienburger Straße in Kreuzberg?« fragte Peter.

»Ihr meint die Oranienstraße?« fragte der Taxifahrer.

»Jaja, genau, so war der Name.« Der Fahrer schaltete die Taxiuhr aus, wendete, fuhr abrupt bei einer Kneipe rechts ran und sagte:

»Endstation! Alles aussteigen!«

Wir stiegen verdattert aus, wir waren in einem völlig fremden Stadtteil. Der Taxifahrer gab Peter einen 20-Markschein und sagte: »Hier! Nehmt Euch ein Taxi!« Damit verschwand er in der Kneipe.

10 Der Westen zeigte sich spendabel für die DDRler: Jeder von ihnen bekam 100 Mark West. An den Westberliner Banken, die das Geld verteilten, bildeten sich lange Schlangen. In den Banken versuchten sie, sicherzustellen, dass jeder DDR-Bürger nur einmal Geld bekam, indem sie den Personalausweis abstempelten. Es war zwar nicht so viel Geld, aber leicht verdient. Nach einer halben Stunde Anstehen war ich um

100 Mark reicher und hatte in meinem Ost-Personalausweis auch so einen Stempel.

Die Freunde von mir in Ostberlin arbeiteten mit allen Tricks: Sie meldeten ihre Personalausweise als gestohlen um neue ausgestellt zu bekommen. Das kostete 20 Mark Ost und brachte bei der erstbesten Westberliner Bank 100 Westmark. Sie rissen sich die Seiten mit dem Bankstempel heraus. Wenn der Bankbeamte nicht die Nummerierung des Ausweises überprüfte, dann waren auch das wieder 100 leicht verdiente Westmark. Manche arbeiteten mit verschiedenen Ausweisen, von denen sie Seiten hin- und herklebten.

Ostberlin, Westberlin, es ging hin und her, U-Bahnstationen, von deren Existenz man nie geahnt hatte, wurden auf Ostberliner Seite eröffnet und verwandelten sich so in Grenzübergänge. Und da, es war die U-Bahnstation Jannowitzbrücke, geschah es, als ich nach Westberlin wollte, um mein Flugzeug zurück nach Köln zu nehmen. Ein Grenzbeamter hatte meinen blauen DDR-Personalausweis in der Hand und forderte mich auf, meine Taschen zu leeren.

Dort war er dabei, unübersehbar, ein roter nagelneuer westdeutscher Pass. Der Grenzbeamte nahm ihn von dem Tischchen, verglich ihn mit dem Personalausweis, kein Zweifel, es war dieselbe Person.

»Da können Sie aber nur einen von haben,« sagte er, »Sie müssen sich schon entscheiden!« Ich überlegte, einerseits der Personalausweis, doch andererseits wollte ich nach Holland, nach Norwegen, sonstwohin. Da bekam ich sicherlich Probleme mit einem blauen DDR-Personalausweis. Das Begrüßungsgeld hatte ich auch.

»OK«, sagte ich, »ich nehme den Westpass.«

11 Das Arbeitsamt in Köln hatte mir eine Fortbildung zugesagt, und ich war sehr froh darüber. Keine Schule konnte so schrecklich eintönig und nervend sein, wie der Gang durch die Regalreihen mit dem kleinen Wägelchen: 24 Flaschen Ballantines, 10 Packungen Whiskas, 14 Flaschen Jack Daniels, 11 Packungen Lenor.

Die Schule war in Biberach an der Riß, DER Hauptstadt des mittleren Oberschwaben.

Ich kaufte mir einen alten VW Käfer und fuhr fast jedes Wochenende nach Berlin. Es gab noch Grenzkontrollen, die DDR existierte ihr letztes halbes Jahr, eine chaotische Zeit. Ostberlin war voller Kneipen, die in umgebauten Wohnzimmern betrieben wurden. Es war das anarchistische halbe Jahr von Berlin. Ich schlief an den unmöglichsten Orten und die Polizei traute sich nicht, ernsthaft aufzumucken, selbst wenn man betrunken gefahren war.

Mit Freund Sause fuhren wir einmal aus Dresden heraus, es krachte, und irgendwas schleifte mit ekligem Geräusch auf der Straße. Wir stiegen aus, und es sah gar nicht gut aus. Das hintere rechte Rad war komisch abgespreizt. Wäre es ein Fuß gewesen, hätte ich gedacht, er sei ausgerenkt. Aber es war das Rad. Wir versuchten, das Auto anzuheben und das Rad irgendwie wieder zu richten, aber es ging nicht.

Ein paar Meter konnte ich fahren, aber das Geräusch war nervlich nicht zu ertragen. Wir gingen ins nächste Dorf in einen Sportlertreff, tranken Bier und unterhielten uns mit den Leuten. Sie hatten alle in der DDR im Gefängnis gesessen oder waren gefoltert worden oder sonstwas. Wir schliefen irgendwo und bemühten uns, einen Fahrzeugmechaniker aufzutreiben. Aber es war noch DDR, und man fand einfach keinen, und so schraubte ich dann die Nummernschilder ab und fuhr mit dem Zug zurück nach Biberach an der Riß.

Ich kaufte da bei einem Schrotthändler einen metallic-blauen VW Käfer, viel moderner als der alte. Ich schraubte die Nummernschilder an den neuen Käfer. Ich kam mir ziemlich schlau vor, aber natürlich wäre ich bei jeder Verkehrskontrolle aufgeflogen, Urkundenfälschung, was weiß ich.

12 Mein Vater half mir dann einige Wochen später bei der Reparatur des anderen Käfer. Ich bemalte eine Pappe mit den Kennzeichen auf dem Nummernschild, die echten Nummernschilder waren noch an dem blauen Käfer, der in Biberach stand. Ich schrieb die Nummer rauf und machte das Pappschild hinten ran, an der Grenzstation sagte ich, die richtigen Nummernschilder wären mir gestohlen worden. Die Papiere stimmten ja.

Ich fuhr auf der Autobahn. Ich liebte es, nachts zu fahren, auch wenn kein Radio funktionierte. Es war das Licht des Tachos, das Geräusch des Motors, ich fuhr sehr gerne Auto. Ich war auf dem Weg nach Ulm, vielleicht 50 Kilometer davor. An den Grenzübergängen hatten sie mich noch ohne Probleme durchgelassen. Aber hier in Westdeutschland überholte mich ein Polizeiauto mit Blaulicht, stoppte vor mir, und mit ihrer Leuchtkelle brachten sie mich zum Stehen. Einer von den Polizisten kam auf mich zu, seinen Revolver auf mich gerichtet. Die Logik dieser Polizisten war vollkommen unbegreiflich. Die neue Strategie der Terroristen? Orangene VW Käfer fahren, statt Nummernschilder Papptafeln, auf die das Kennzeichen mit Kugelschreiber geschrieben ist?

Jedenfalls richtete der Polizist seine Waffe auf mich. Ich gab ihm die Papiere und erklärte ihm, daß mir meine Nummernschilder in Dresden geklaut worden wären. Meine Papiere stimmten, und so mussten sie mich fahren lassen. Doch ich hatte das Gefühl, dass sie es vorgezogen hätten, eine Schießerei zu erleben. In Biberach schraubte ich die Nummernschilder von dem blauen VW wieder ab und an den orangenen ran. So war alles wieder in Ordnung.

13 Einmal fuhr ich übers Land und nahm einen Tramper mit. Der war nett, erzählte tausend Einzelheiten und gab mir Telefonnummern und die Adresse des Instituts, an dem er studierte. Doch als ich ihn einige Augenblicke im Wagen warten ließ, war er mit meinem Geld und mit meinem schönen roten Reisepass verschwunden.

Ich Idiot hatte die Sachen bei dem Gauner im Auto gelassen. Ich hätte mich ohrfeigen können für meine Dummheit und zeigte ihn bei der Polizei an, aber sie konnten mir keine Hoffnung machen, dass sie ihn jemals bekommen würden. Der Name, den er mir gegenüber genannt hatte, war mit Sicherheit falsch.

Von jetzt an bekam ich Post aus ganz Deutschland von Leuten, die mich aufforderten, das geborgte Geld zurückzugeben. Sie schrieben, wie sehr sie von mir enttäuscht wären, ich hätte es doch versprochen. Dann schrieb die Polizei, dass ein Verfahren wegen schweren Diebstahls gegen mich liefe. Der Typ, der mir Geld und Pass gestohlen hatte, reiste durch Deutschland und nahm in meinem Namen die Leute aus. Ich fuhr zur Polizei und stellte alles richtig. Sie überprüften meine Angaben. Es ließ sich überprüfen, so war ich wenigstens von daher entlastet. Sie sagten mir, dass in der DDR jeder gestohlene Ausweis oder Pass automatisch in die Fahndung gekommen wäre, im Westen machten sie das nicht. Jaja, es war nicht alles schlecht.

Ich bekam weiter Post von verschiedensten Leuten, schrieb ihnen zurück, sie sollten den Kerl schnellstens anzeigen, und die Monate vergingen. Eines Tages nahmen ein ehemaliger Klassenkamerad von mir und seine Freundin einen Tramper mit. Er habe, so erzählte der Tramper ihnen, bei einem Skinhead-Überfall einige Vorderzähne verloren. Ob sie ihm Geld borgen könnten, er wolle zu seiner Schwester. Er könne sich ausweisen, sein Name sei Hennig.

Lustiger Zufall, dachten mein Freund und seine Freundin, derselbe Name wie der unseres Bekannten. Sie waren einverstanden, ihm Geld zu borgen. Sie fuhren den Tramper noch in die Kreisstadt, wo er ihnen seinen Ausweis zeigte. Da war mein Foto drin und mein Name.

»Den kennen wir, das bist doch nicht Du!«
»Gebt mir den Pass zurück!«
»Nein! Wir fahren zur Polizei!« Er riss sich los und rannte in die Nacht, auch die alarmierte Polizei konnte ihn nicht mehr zu fassen. Aber wenigstens bekam ich so meinen Reisepass zurück.

14 Biberach – Berlin, das waren Sechs- oder Siebenhundert Kilometer jedes Wochenende. Manchmal hatte ich vor Müdigkeit Halluzinationen, Elefanten am Himmel. In Ostberlin war es, ich fuhr aus einer Nebenstraße auf die Stahlheimer, als ich hinter mir ein lautes Klingeln hörte. Ich schaute in den Rückspiegel, und da kam eine gigantische Straßenbahn in aberwitzigem Tempo direkt auf mich zu.

Es krachte laut, und mein Auto flog auf den Bürgersteig. Alles hinten links war verbogen und kaputt, an der Straßenbahn war kaum was zu sehen. Die Leute stiegen aus, der Fahrer rief die Polizei. Die Leute warteten mürrisch und gingen dann zu Fuß weiter. Sie mußten wahrscheinlich zur Arbeit, die Wende, die ihre Jobs kosten würde, war noch nicht so weit vorangeschritten. Die Polizei kam und nahm alles auf, später irgendwann kostete es 200 Mark Strafe, Ostmark. Es war sehr läppisch, manchmal war der Kurs 1 : 20.

Bei meinem Käfer war die ganze hintere Seite kaputt, die Lampe war zerschlagen, verbeultes Blech scheuerte am Reifen. Aber der Käfer fuhr, obwohl der Motor hinten war. Ich fuhr raus zu einem Freund, einem Fahrzeugbastler südlich von Berlin. Er hatte immer eine größere Menge Schrottfahrzeuge in der Garage stehen, Awos, Fords, uralte russische Motorräder, die »Dnjepr« oder »Jenissej« hießen.

Wir banden ein Seil um einen Baum und das andere Ende durch das Loch, das vom zerschlagenen Rücklicht geblieben war. Ich fuhr ein paarmal an, bis sich das Seil straffte und die Zieharmonikafaltung ein wenig auseinanderzog. Jetzt scheuerte es nicht mehr am Reifen.

Der Bastler hatte noch eine Ellolampe, die schraubten wir statt der kaputten linken an. Alles funktionierte, Bremslicht, Blinker, normales Licht. Nur, daß beim Ello, Ello ist ein Kürzel für irgendein DDR-Fahrzeug, daß bei dieser Ello-Lampe der Blinker unten war und beim Käfer oben. Das sah dann besonders lustig aus, wenn Warnblinker an waren und sie hinten immer eine schräge Diagonale bildeten. Ich fuhr rum mit dem Käfer, bekam Strafzettel wegen der scharfen Kanten am Fahrzeug, und dann, wenige Wochen nach dem Unfall, passierte etwas Skurriles.

Die DDR-Leute rüsteten sich gerade mit westlichen Gebrauchtwagen auf, und die Vereinigung Deutschlands begann, ihre ersten Verkehrsopfer zu fordern. Es war einige Wochen, nachdem wir das Ello-Licht eingebaut hatten. Ich war wieder da, in Rangsdorf, ich wollte gerade wieder rein nach Berlin, die Straße war naß, da passierte es. Ich stand in einer Autoschlange, die sich langsam in den Verkehr der Hauptstraße einfädelte, als es krachte. Es gab einen Ruck von hinten, mein Wagen wurde gegen den vor mir gedrückt. Es dauerte nur Sekunden, alle stiegen aus.

Am Ende der Schlange war jemand mit den neuartigen Bremsen nicht klargekommen oder so, jedenfalls hatte er circa zehn Autos aufeinandergeschoben. Die Polizei kam, die Schuldfrage war eindeutig, ich fuhr später zu einem Unfallgutachter. Man könnte sich die Mühe machen auszurechnen, wie gering die Wahrscheinlichkeit für einen Unfall ist, der einen anderen frischen Unfallschaden überdeckt. Der Schaden an meinem Auto betrug nach dem Bericht des Gutachters ungefähr 8 000 Mark. Dummerweise schätzte er aber den Wert des Fahrzeuges auf nur 500 Mark. Aber ich bekam das Geld nicht, die Zeit verstrich und die Währungsunion rückte näher und näher.

15 Ich zog sofort nach Ende dieses Kurses in Biberach zurück nach Berlin, natürlich Ostberlin, Westberlin war viel zu teuer. Nur eine Meldeadresse hatte ich im Westen. Nur dort gab es ein Arbeitsamt, das einem Geld zahlte, ohne dass man arbeiten musste. Bald wurde bekannt, wann die Währungsunion stattfinden würde. Auch ich hoffte, dabei ein Geschäft zu machen.

Auf meinem Ost-Konto, das noch bestand, war noch ein Minusbetrag. Aber bald würden sie mindestens ein paar 1000 Ostmark 1 : 1 umtauschen. Es konnte ja gar nichts schiefgehen. Ich musste nur zu möglichst günstigem Kurs einige 1000 Ostmark zusammentauschen, auf mein kleines verschuldetes Konto einzahlen und dann würden daraus einige 1000 harte Westmark, die härteste Währung der Welt. Ein kleiner Zaubertrick, und man könnte einige 1000 Mark Westmark damit verdienen.

Als die Pläne für die Währungsunion bekannt wurden, sackten die Kurse. Mal bekam man für eine Westmark noch sieben, manchmal nur noch fünf Ostmark, mitunter aber auch noch 10. Rekordkurse wie 1 : 20 gab es nicht mehr. Als ich anfing, mich um die Wechselkurse zu kümmern, war die Westmark im Wert völlig abgesackt. Sie lag bei 1 : 2, ich wartete einige Wochen, aber der Kurs wurde nicht mehr besser, er wurde noch schlimmer, 1 : 1,5, 1 : 1,4. In den Tagen vor der Währungsunion war dann überhaupt kein Ostgeld für günstiger als 1 : 1 zu tauschen. Ostgeld war unglaublich knapp geworden, denn es mußte auf den Konten sein, sonst verwandelte es sich in Altpapier. Der 1. Juli 1990, der Tag der Währungsunion, kam, und ich war vielleicht der Einzige, außer ein paar Betrunkenen, der auf seinem Konto einen Minusbetrag hatte, der sich immerhin halbierte.

Für mich war die Währungsunion also ein Misserfolg. Aber einige Jahre später kam dann doch noch Post von der Allianz, die die Staatliche Versicherung der DDR übernommen hatte, mit einem Scheck über 580 DM. Immerhin, ohne die in Aussicht stehende Währungsunion hätten sich die DDRler keine Westwagen gekauft, wären mir nicht hinten reingefahren, und ich hätte gar nichts gekriegt.

16 Inzwischen fuhr ich einen Opel Manta, ein schöner Wagen, die schnittige Form fand ich fast perfekt. Es war eine alte Rostlaube, der billigste noch fahrende Wagen von einem Schrottplatz in Nordfriesland. Mit zwei Freunden fuhr ich nach Polen. Eine Art Urlaub sollte es werden, nur für ein paar Tage. Schon in der ersten Nacht landeten wir in einem Dorfgasthaus, in dem zur Krönung des Abends eine Strip-Tänzerin auftrat, wir fuhren betrunken über Felder.

Am nächsten Tag fuhren wir weiter nach Krakau, wir mieteten uns in einem Studentenhotel ein und zogen durch die Altstadt. Ein junger Pole gesellte sich uns zu, er war sehr lustig. Wir tranken in den verschiedensten Lokalen, in einem Jazzklub, in Cafés, abwechselnd Wodka und Bier. Der junge Pole behauptete, bei einer Versicherung zu arbeiten und gestohlene Wagen zurückzubringen. Er machte die ganze Zeit Späße und war irgendwann mit unserem Geld verschwunden.

Wir fuhren durch das fremde Krakau, hofften, ihn noch irgendwo zu finden. Ich bog um eine Ecke, bemerkte zu spät, dass ich in einer Einbahnstraße in falscher Richtung fuhr, in der zum Überfluss auch noch die Polizei stand. Sie hatten uns gesehen, ich dachte kurz über Flucht nach, doch das schien mir übertrieben. Andererseits würden sie mich so oder so kontrollieren, so wie ich hier mit dem Auto stand. Ich beschloss eine Vorwärtsverteidigung, stieg aus und fragte die Polizisten nach dem Weg.

Sofort bemerkten sie meinen Geruch nach Alkohol, ich musste mit zur Wache, der Opel Manta wurde beschlagnahmt. Auf der Wache musste ich in eine riesige Maschine der Firma Siemens blasen, und die Zahlenwerte, die auf einer Anzeige erschienen, waren nicht sehr günstig für mich. Ich bekam einen Termin für eine Gerichtsverhandlung am nächsten Tag, konnte dann gehen und fuhr mit einem Taxi ins Hotel.

Für die Verhandlung im Rathaus bekam ich einen Dolmetscher, ich sagte ihm, dass man in Deutschland soviel trinken dürfte wie man wollte zum Autofahren und ich gedacht hätte, das sei hier nicht anders. Die Verhandlung begann, mit zwei Richtern, Fahne und allem Brimborium. Mein Dolmetscher übersetzte meine Verteidigung. Ich wurde zu einer Geldstrafe und drei Jahren Fahrverbot in Polen verurteilt. Doch dürfe ich das Land noch mit dem Auto auf schnellstem Wege verlassen.

Ich rechnete durch, die Geldstrafe betrug umgerechnet 20 Mark. Ich bezahlte, holte den Manta ab, und wir fuhren weiter nach Warschau. Dort schlugen Automarder eine Scheibe ein, die Polizei wollte das Auto beschlagnahmen. Wir waren froh, dass sie es uns für 400 000 Zloty wieder überließen. Es war ungefähr das dreifache der Summe, die mich das Betrunkenfahren gekostet hatte. Dann fuhren wir zurück nach Berlin, das zerschlagene Fenster notdürftig mit Pappe und Klebeband geflickt.

17 Meine Autos wechselte ich so schnell in dieser Zeit, dass ich selber den Überblick verlor. Mich hatte die große Reiselust ergriffen. Mit einem anderen Freund wollten wir im Winter mit meinem Moskvich nach England fahren. Doch das russische Fahrzeug hatte schon bei Hannover einen Motorschaden, und wir trampten weiter.

Sylvester waren wir in Edinburgh, und auf dem Heimweg kamen wir nach Cambridge, wo mein Reisebegleiter jemanden kannte, bei dem wir übernachten könnten. Wir schlenderten durch die ehrwürdige Stadt und kamen zu einem großen Schreibwarenladen, der über mehrere Etagen ging. Da sah ich sie: Schwarze und braune Lederrücken, Stück an Stück, wie seltene antike Bücher mit einer feinen Maserung im Leder. Es waren Filofaxe, patentierte Ringbücher mit Kalendarium und Adressenteil, die gab es eigentlich überall. Aber nirgends waren sie mir so edel und fein vorgekommen wie in diesem Schreibwarenladen. Ich überlegte, ob es eine Möglichkeit gäbe, eines dieser Planer-Teile zu stehlen.

Was aber so gut wie unmöglich war. Sie standen in einem Extra-Regal, es wimmelte überall von Verkäufern, und vor allem waren diese Leder-Filofaxe, obwohl schon verbilligt, immer noch sehr teuer. Ich ging durch die verschiedenen Etagen des Ladens, aber diese wunderbaren Lederrücken gingen mir nicht aus dem Kopf. Wie von einer geheimnisvollen Kraft wurde ich immer wieder zu diesem Regal gezogen, nahm den einen oder anderen heraus und blätterte sie durch.

Schließlich griff ich einen, steckte ihn unter die Jacke und verließ den Laden. Ich versuchte zwar, nicht in Laufschritt zu verfallen, aber später sagte mir der Freund, dass er sich gewundert hätte, wo ich so schnell hin wollte. Jedenfalls ging ich draußen durch die Straße, schlug irgendwelche Haken, bis ich sicher war, dass mir niemand folgte. Es hatte geklappt, ich hatte einen Filofax aus Kalbsleder.

18 In Berlin suchte ich mir an der Universität eine Studienrichtung heraus, die keine Zugangsbeschränkung hatte. Mein Abitur war zu mittelmäßig, als dass ich bei einem anderen Studiengang eine Chance gehabt hätte. Das Fach hieß Humanontogenese oder Humanontogenetik, so genau wussten sie das in dem Institut dafür auch nicht. Ich hatte es mir wegen des mysteriösen Namens ausgesucht, und weil mir niemand erklären konnte, was es genau sei.

Doch auch nach einigen Wochen wurde mir noch nicht klarer, um was es sich bei diesem Studienfach handelte. Es war alles nicht uninteressant, was gelehrt wurde. Aber beim besten Willen war nicht herauszubekommen, was genau das Thema dieses Studiums war. Ich begann darüber Kolumnen in der Studentenzeitung zu schreiben. Als sie mich fragten, ob ich Redakteur werden wollte, ließ ich die Humanontogenese Humanontogenetik sein und wurde Redakteur.

Es war viel Arbeit: Schreiben, Layouten, Leute interviewen, zur Druckerei fahren, sich mit den skurrilen, politischen Aktivisten herumärgern. Bei meinen Autos hatte ich den Überblick verloren, ich bekam fast jeden Tag Briefe mit Strafzetteln aus ganz Deutschland und Rechnungen über Rechnungen.

Ich fälschte Kaufverträge und Schreiben aller Art und hatte damit immer Erfolg. Es war nichts Politisches, ich wollte nicht das System herausfordern oder es bekämpfen. Ich versuchte einfach über die Runden zu kommen, ohne auf einem gigantischen Schuldenberg sitzen zu bleiben. Aber wie sollte das funktionieren, solange ich mir alle paar Wochen ein neues Schrottauto zulegte?

19 Die Bundeswehr wollte mich zur Musterung sehen, das fehlte mir noch! Armee und Militär war für mich noch immer das Unverständlichste und Absurdeste, das ich mir vorstellen konnte. Und einen Zivildienst als ERSATZ für das Soldatenhandwerk anzubieten war eine ziemliche Frechheit.

Ich diktierte einem Freund einen Text, den er mit Hand aufschreiben sollte:

»Sehr geehrte Damen und Herren,

ich habe mit großer Überraschung den an Falko Hennig adressierten Brief in meinem Briefkasten vorgefunden, aber finden Sie nicht auch, dass Koordinierungsprozesse informationell bearbeitet werden müssten? Auch eine große Datenmenge entschuldigt doch nicht das Fehlen von kausalen Konstanten. Und ist es mit demokratischen Prinzipien zu vereinen, statistische Auffälligkeiten zu verallgemeinern? Bitte geben Sie mir umgehend Bescheid, ob signifikante Änderungen bei Novitäten wirklich mit einer völligen Überlastung von Vorgängen verbunden sein müssen.

Mit freundlichen Grüßen«

Dann unterschrieb er unleserlich, und ich hoffte, die Bundeswehr würde diesem völlig unverständlichen Brief entnehmen, dass ich ihr Schreiben niemals bekommen hatte. Ich schrieb einen frei erfundenen Absender auf den Umschlag. Ob wegen dieses Briefes oder aus anderen Gründen, die Bundeswehr meldete sich nie wieder bei mir.

20 Alle naselang musste diese Studentenzeitung fertiggemacht werden, und das, obwohl ich keinen blassen Schimmer von dieser ganzen Universität hatte. Ich war da auch mehr aus Versehen hineingeraten, eigentlich hatte ich ja studieren wollen.

Eines Tages wimmelte die Universität von Flugblättern. Auf denen waren Hitler und Stalin zu sehen und darunter stand: »Wußtet Ihr, daß Hitler und Stalin auch Corpsstudenten waren?« Angefügt war eine Einladung zu einem Treffen des »Corps Germanica«.

Ich nahm eins von den Blättern mit. Ich war neugierig, und das hier klang nach Freibier. Ich wollte mir das anschauen und fragte meine Wohnungsnachbarn, ob sie nicht mitkommen wollten. Sie waren in meinem Alter und hießen unglaublicherweise Zwiebel und Glied.

»Was sollen wir denn da?« fragte Zwiebel.

»Wir können uns die ankucken,« sagte ich, »und Bier gibts umsonst.« Wir fuhren mit meinem neuesten Trabbi nach Dahlem, wo der Corps Germanica seine Villa hatte. Wir klingelten, jemand öffnete, und wir kamen in eine große Runde, und es gab Bier. Was wir studierten, wollten sie wissen.

»Humanontogenetik«, sagte ich. Zwiebel und Glied hatten nicht mal Abitur, und ich glaube, sie wollten es auch gar nicht.

»Sozialpädagogik«, sagte Glied.

»Suaheli«, sagte Zwiebel. Ich unterhielt mich mit den Leuten am Tisch, fragte sie, warum sie diese Corpsgeschichte machten. Einfach zusammen Bier trinken, sich gegenseitig helfen, sagten sie. Nein, Frauen dürften nicht mitmachen. Vorbestraft dürfte man auch nicht sein und auch nicht kriminell werden. Dieser Corps schien nichts für mich zu sein.

Ob sie sich schlügen, jaja, das gehöre einfach dazu. Es würde niemand gezwungen, aber irgendwann macht es jeder. Ein älterer Mann war auch dabei, er erzählte, dass sie Segeln würden auf dem Wannsee. Ob sie Nazis wären? Nein nein, jeder könne bei ihnen mitmachen. Irgendwann gingen wir wieder und fuhren los. Es hatte uns nicht sehr gefallen.

21 Wir betrieben in einer leerstehenden Wohnung eine illegale Bar, die bald ziemlich gut lief. Im Haus hatte niemand was dagegen, konnten doch alle mal in der Bar arbeiten, für 10 Mark die Stunde und freie Getränke. Da wir billiger waren als jede Kneipe, wurden die Alkoholiker der Gegend schnell Stammgäste. Auch einige normale Leute der Straße kamen, weil sie bei dem Lärm, den die Betrunkenen machten, sowieso nicht schlafen konnten.

Wir waren besonders attraktiv für Obdachlose, für Verrückte aller Art, die uns ihre Romane schenkten oder im Hinterzimmer onanierten. Manche benutzten die Kneipe als Schlafquartier, andere feierten obskure Partys. Der Boden war bedeckt mit einer klebrigen Schicht aus Kerzenwachs, Zigarettenkippen, Asche, blutigen Einwegspritzen und den Zitronenschalen vom Tequila. Die Toiletten waren der Schandfleck Berlins. Es war in Wirklichkeit nur ein einziges Klobecken ohne Brille, und man brauchte wirklich starke Nerven, um da reinzugehen. Das Wasser fror bei Frost ein, und wenn kein Winter war, floss nur ein dünnes Rinnsal durch die braune Kruste.

Niemand traute sich, es sauber zu machen, und jemand vertrat sogar die Theorie, dass sich die Kruste durch das Draufpinkeln ja von alleine lösen würde. Es gab kein Toilettenpapier und keine Möglichkeit, sich die Hände zu waschen. Oftmals, wenn mich jemand nach der Toilette fragte, sagte ich lieber, dass es gar keine gäbe, besonders bei Frauen. Auf dem Hof hatte irgendjemand eine ganze Reihe von leeren Einweckgläsern hingestellt. Bald waren sie mit stinkender gelber Flüssigkeit gefüllt, deren Farbe nur nach tagelangem Regen ein wenig blasser wurde.

Eines Freitag abends lief die Bar besonders gut, es war gerammelt voll. Ich und Glied, wir kamen mit dem Öffnen der Flaschen fast nicht hinterher. Wer nach Gläsern fragte, wurde angepöbelt, und als Kaffee gab es eine bittere Suppe, die schon seit Wochen jeden Abend auf der Kaffeemaschine neu aufgewärmt wurde. Zweifellos servierten wir den schlechtesten Kaffee Berlins, wir waren rüde und schmissen jeden raus, der uns nicht passte, und es war 3 Uhr morgens und immer noch voll. Wenn sich in der Kasse ein Stapel 50 oder 100-Mark-Scheine angesammelt hatte, steckte ich ihn in die Hosentasche, aus Angst, dass uns jemand überfallen würde oder durchdrehte.

An Musik spielten wir abwechselnd eine unerträgliche Kinder-Hörspielplatte aus der DDR und eine besonders zerkratzte Version der Wolgaschlepper. Aber der Laden wurde immer noch nicht leerer. Wir tranken mit und wurden immer betrunkener, und es war 4 Uhr morgens. Ich rief: »Letzte Bestellung!«, stellte das Lied der Wolgaschlepper noch lauter, aber der harte Kern der Trinker ließ sich auch so nicht vertreiben. Sie holten so viel Bier von der Bar, dass sie noch Stunden mit diesen Getränken ausharren konnten. So setzten wir uns dazu, legten immer wieder die Wolgaschlepper auf, warfen dann 7 Uhr morgens die Horde doch noch raus und gingen schlafen.

Als ich aufwachte, schaute ich gleich nach dem Geld. Es waren nicht mal 100 Mark in der Kasse. Ach so, ich hatte die Scheine ja immer in die Hosentasche gesteckt. Ich suchte meine Hose, fand sie schließlich in der Küche und leerte die Hosentaschen. Es waren noch zwei 50-Mark-Scheine. Ich konnte mich aber an mindestens drei Hunderter erinnern, die ich mir eingesteckt hatte. Ich ging runter in die Bar und suchte dort den Fußboden ab. Aber ich fand nichts. Ich begann, mir langsam Sorgen zu machen. Es war die Nacht von Freitag zu Samstag gewesen, die umsatzstärkste Nacht der Woche, und es mussten ja auch Einkäufe gemacht werden. Der Gewinn wurde gesammelt, um Terroristen zu unterstützen.

Ich schaute nochmal genau nach, in der Küche, auf der Toilette, unter den Tischen und in den Aschenbechern. Schließlich auch in den Mülleimern, ich ging sogar raus auf die Straße und guckte da. Aber es war nichts zu finden, nur die übliche langsame Geschäftigkeit an einem Samstag Nachmittag. Ich ging hoch zu Glied, der auch gerade wach geworden war und fragte ihn:

»Weißt du, wo das Geld ist? Wir hatten doch mehr als 200 Mark!« Glied durchsuchte seine Sachen, aber auch er fand kein Geld.

»Verdammt!« sagte ich. »Ich war schon unten und hab überall gesucht. Es muss weg sein.«

Glied ging trotzdem runter. Ich trank Kaffee und überlegte, ob wir das verlorene Geld ersetzen müssten, oder ob es vielleicht niemand merken würde. Aber natürlich würde es auffallen, es war die umsatzstärkste Nacht der Woche. Wir würden mit Sicherheit Ärger bekommen mit den anderen Betreibern der Bar. Da kam Glied wieder herein, er hatte beide Hände voller zerknüllter Hunderter und Fünfziger, er packte sie auf den Küchentisch.

»Die lagen auf der Treppe, von der Bar bis hier hoch, überall verteilt.« sagte er. Ich schaute ihn ungläubig an. Es war hellichter Tag, unsere Treppe konnte jeder, der wollte, rauf und runter steigen. Nichts war da zugeschlossen. Es mussten schon etliche Besucher und Bewohner heute die Treppen rauf und runter gegangen sein, die vielen Scheine hätte doch jemand sehen müssen. Ich ging nochmal runter, tatsächlich. Überall lagen zerknüllte Hunderter und Fünfziger, ich hob sie auf und kam wieder nach oben. Wir zählten die Scheine nach: 3700 Mark. Wir beschlossen, lieber nichts davon weiterzuerzählen.

22 Sommer, es waren Ferien, ich wollte endlich wieder was von der Welt sehen. Ich hatte einen Trabant, der mir aber dem sommerlichen Wetter nicht angemessen erschien. Ich stahl von einer Baustelle ein paar Rohre und mit Freunden sägten wir das Dach ab, und einer der schweißen konnte, schweißte die Rohre als Überrollbügel ein. Ich setzte mich in den abgesägten Trabbi und fuhr los, ob Urlaub oder Weltreise wusste ich nicht.

Dabei drohte die Reise schon an der österreichisch-italienischen Grenze zu scheitern. Es war dunkel, es regnete, der Trabbi war abgesägt und ich hatte eine durchsichtige Plane übergeworfen als Verdeck. Vermutlich trauten die Grenzer ihren Augen nicht, als das Fahrzeug auf sie zukam: Eine Plane auf Rädern, an der vorne eine trübe Lampe funzelte.

»Nein, Sie dürfen hier nicht rein. Mit diesem Auto? Es funktionieren ja nicht mal die Lichter.« Leider hatte der Mann recht, die eine Glühbirne war kaputt. Glücklicherweise hatte ich einen Schutzbrief des ADAC, der auch im Ausland Unterstützung versprach. Ich rief den österreichischen Pannendienst an, und nach einer halben Stunde kam ein großer gelber Abschleppwagen. Der Fahrer gab mir eine Glühbirne. Ich schraubte sie ein, und der Abschleppwagen fuhr wieder davon.

Die Grenzbeamten hatten es gesehen und mussten uns für verrückte Millionäre halten, die sich mitten in der Nacht vom Pannendienst eine Glühbirne bringen lassen. Oder sie waren zu verdattert um nochmal nachzudenken, jedenfalls ließen sie uns durchfahren. Wir waren in Italien.

23 Es ging andauernd was an dem Wagen kaputt, die Lichtmaschine löste sich immer wieder, und ich musste ins jeweilige nächste Dorf Schrauben besorgen, um sie wieder anzuschrauben. Aber ich kam bis Bari, nahm die Fähre nach Patras, Griechenland. Ich fuhr nach Athen und von dort mit der Fähre nach Kreta. Lustig waren die Strafzettel auf Kreta, weil die Polizei mein Auto für ein einheimisches hielt. Es hatte ja noch die alten DDR-Nummernschilder, EB 12-78, die den griechischen zum Verwechseln ähnelten.

Ich fuhr Touristen herum, das Geschäft lief einigermaßen, manchmal fragte einer:

»Hey, wie hast du denn den Trabbi hier zugelassen gekriegt?«

Ich kostete samt Auto fünf Mark die Stunde oder 40 Mark am Tag, da konnte man gut von existieren. Ich fragte tagsüber rum, ob jemand irgendwohin fahren wollte. Ich war meistens in Matala, einem kleinen Touristennest. Ich schlief am Strand auf einem hohen Turm Plasteliegen und frühstückte morgens Omelett mit Tomaten.

Ich kaufte mir immer den SPIEGEL, wenn ich ihn kriegen konnte. Ich war damals der Meinung, dass mir das viel Zeit sparen würde. Denn, so mein Eindruck, die anderen Zeitungen schrieben ja nur die Woche über alles ab, was der SPIEGEL am Montag gebracht hatte. Und da las ich folgenden Bericht: Archäologen hatten in der Türkei die älteste Zivilisationsstelle der Welt entdeckt, 5000 Jahre älter als alles bisher Bekannte, samt Tempel und sonstwas. Ich wollte noch weiter, und jetzt wusste ich wohin. Aber das Geld würde nicht reichen, ich rechnete hin und her. Ich wäre gern allein gefahren, aber wie ich es auch drehte und wendete, es würde nicht langen.

Dann gab es noch ein Harley-Davidson-Treffen, zu dem ich Passagiere brachte. Es ging steinige Serpentinen nach unten zu einer menschenleeren Bucht mit gerade mal einer primitiven Taverne. Sie mussten alle ihre Harleys stehen lassen und zu Fuß weiter. Easy Rider, aber nur auf der Straße. Ich dagegen mit dem Trabbi kam problemlos runter und wieder hoch. Es musste sich nur jemand auf die Motorhaube setzen, damit die Räder nicht durchdrehten, Frontantrieb.

Aber das Geld langte immer noch nicht.

24 Ich begann rumzufragen, ob jemand jemanden wüsste, der Lust hätte, mit ins Ungewisse zu fahren.

»Ich hab den Euro-Schutzbrief! Ich komme überall hin!«
Das war mein größter Trumpf.

Würde das Auto wirklich irgendwo den Geist aufgeben, dann hatte man einen Freifahrschein zu seinem Traumziel. Es war nicht zu glauben, dass sie nicht kontrollierten, welches Auto sie da versicherten. Der Trabbi war nicht mal zugelassen.

»Ja, ich komm mit«, sagte ein junger Ostfriese, Rastalocken, einen Tigerkopf mit Rubinen um den Hals. Es war Jann Boomgarden, er wohnte hier, verkaufte Bier und Cola an einem benachbarten Strand. Er war seit Jahren im Ausland, er hatte in Ostfriesland eine Polizeistation angezündet, und seitdem war er auf der Flucht. Er wollte weiter nach Indien, wusste aber nicht sicher, ob er das schaffen würde. Er hatte immer furchtbare Angst vor der Polizei, immerhin lief ein Haftbefehl gegen ihn. Dann war da noch ein Engländer, der kam auch mit, und wir fuhren los.

Mit der Fähre nach Rhodos und dann weiter nach Marmaris, Türkei. Wir fuhren ungefähr eine Woche. Dann waren wir angekommen, schliefen auf dem Boden des ältesten bekannten Tempels nördlich von Urfa in Kurdistan. Wir hofften alle auf eine Erleuchtung, aber sie kam nicht.

Stattdessen bemerkte Jann, dass er in seinem Pass keinen Einreisestempel hatte. Er geriet in Panik und sah seine einzige Chance darin, den Einreisegrenzer in Marmaris wiederzutreffen, weil der sich womöglich noch an ihn erinnern könnte. So fuhren wir eine Woche lang wieder zurück.

Wir, der Engländer und ich, ließen Jann dann dort zurück, es schien zu klappen mit seinem Einreisestempel. Indien war ihm zu riskant, er würde wieder nach Kreta zurück. Wir fuhren mit dem Trabbi über Bulgarien, Serbien und Ungarn nach Österreich. Der Engländer wollte weitertrampen, ich fuhr zurück nach Berlin.

25 Ich hatte verschiedene kurze Affären, dann lernte ich Nelly kennen und wir wurden ein Paar. Kurz darauf erfuhr sie, dass sie schwanger war. Ich war wahrscheinlich nicht der Erzeuger, eher war das Kind eine Hinterlassenschaft von Nellys vorigem Liebhaber. Da Nelly grundsätzlich ein Kind wollte, riet ich ihr, es zu bekommen, und so entschied sie sich dafür.

Dass ich nicht der biologische Vater war, würde mir keine Probleme machen. Das bisschen Biologie. Eher machte mir Sorgen, dass es mit Familie schwierig sein würde, für längere Zeit allein zu reisen. Denn das wollte ich: Allein noch ein bisschen was sehen, wie es anderswo ist, Leute kennenlernen. Gerade in Kontakt mit andern zu kommen ist schwierig, wenn man zu mehreren reist. Ob man will oder nicht, unterhält man sich dann doch nur immer mit dem Reisepartner.

Nach der Geburt wäre mehr Arbeit zu erledigen und meine Anwesenheit wichtiger als davor. Denn bei der Schwangerschaft würde ich wenig helfen können. Auch die Länge einer Schwangerschaft war bekannt: 9 Monate. Danach wäre ich natürlich in der Pflicht, da würde viel Arbeit sein. Doch davor, genug Zeit für eine Weltreise, wie ich sie damals probiert hatte mit dem abgesägten Trabant, und die dann nur bis Kurdistan gegangen war.

Aber woher das Geld nehmen? Ich war noch immer bei dieser Studentenzeitung und fragte den Vorsitzenden des Studentenausschusses. Er erzählte mir, wie er sich in einen alten Dacia geklemmt hatte. Wie er sich ein riesiges Federkissen vor den Bauch gelegt hatte, und sich so eng angeschnallt hatte, wie es ging. Und dann von Freunden angeschleppt, der Dacia fuhr wohl schon nicht mehr von allein. Auf einer Allee, er konnte gerade noch lenken, da klinkten sie den Dacia aus und er steuerte ihn gegen einen Alleebaum. Totalschaden, ein wenig steifer Hals und die volle Versicherungssumme. Aber das hätte jetzt keinen Sinn mehr, die Preise für Dacias waren sehr gefallen und der Aufwand war einfach zu groß.

26 Aber in der Richtung konnte man vielleicht doch was machen. Ich las mir nochmal den Euro-Schutzbrief vom ADAC durch, das war ja unglaublich, was die alles versprachen. In ganz Europa und in allen Anliegerstaaten des Mittelmeeres würden sie das Auto reparieren, sie würden die Ersatzteile schicken, sie würden einem das Hotel bezahlen. Und falls man krank werden sollte, dann würden sie einen nach Hause fliegen.

Bei einem Schaden, der sich nicht am nächsten Werktag reparieren ließ, würden sie einen Leihwagen bezahlen oder die Reisekosten, ich las es mir zweimal durch, die Reisekosten für alle Insassen zum Zielort und zurück zum Schadensort. Das war großartig, doch das einzige Problem war dieser abgesägte Trabbi, er war nicht zugelassen, und der Motor war auch irgendwie kaputt. Denn, so stand es auch in dem Schutzbrief, man musste schon mindestens 50 Kilometer vom Wohnort entfernt sein, sonst würden sie nicht einspringen.

Ich fragte Zitze, einen Nachbarn, der einen großen Citroën hatte, ob er mich hinausschleppen könne bis außerhalb dieses magischen 50-Kilometer-Kreises, und er stimmte zu. Es war schon ziemlich kalt, der Winter hatte längst begonnen. Es war Nacht, und ich saß in dem abgesägten Trabbi. Der Wind pfiff mir um die Ohren. Ich hatte dicke Handschuhe an und eine Mütze auf, und trotzdem fror ich schon nach wenigen Minuten Fahrt.

Meinen Rucksack hatte ich auf dem Beifahrersitz stehen, wir rollten über die nächtliche Autobahn Richtung Dresden, bis wir endlich eine Raststätte erreichten. Zitze stoppte, wir lösten das Abschleppseil. Er wünschte mir Glück und fuhr wieder zurück nach Berlin. Ich ging mich erstmal aufwärmen in dem Restaurant. Dann telefonierte ich mit dem ADAC: »Ja, ich bin hier liegengeblieben. Mein Trabbi springt einfach nicht wieder an. Können Sie mal eine Pannenhilfe vorbeischicken?« Ich setzte mich wieder in das Restaurant, trank noch einen Kaffee und schaute durch das Fenster, ob das Fahrzeug der Pannenhilfe endlich auftaucht. Dann war es soweit, es war ein großer, gelber Abschleppwagen. Ich lief raus, winkte ihm und zeigte auf mein Auto. Der Mann stieg aus, ich sagte:

»Ja hier, der Trabbi, er lief schon vorher schlecht, aber jetzt kriege ich ihn überhaupt nicht mehr an.« Der Mechaniker beugte sich runter, drehte an dem Motor und sagte:

»Sie sind damit bis hierher gefahren? Das verstehe ich nicht, der hat ja überhaupt keine Verdichtung mehr.«

»Naja,« sagte ich, »er fuhr ja auch schon ganz schlecht.«

»Da kann ich hier nichts machen, der muss in die Werkstatt.«

»Schade, ich wollte noch weiter fahren, nach Österreich.« Er sah mich ungläubig an:

»Nach Österreich? In diesem Auto?«

»Ich will sogar noch weiter, nach Griechenland.« Er schüttelte den Kopf und hakte den Trabbi fest und zog ihn auf die Ladefläche. »Ist die Werkstatt noch besetzt um diese Zeit?«

»Nein, da ist erst morgen wieder jemand. Ich nehm Sie mit bis in die Stadt.« Wir fuhren, er brachte den Trabbi in die Werkstatt. Ich ging zum Bahnhof der Kleinstadt, legte mich in meinen Schlafsack auf eine Bank und schlief.

27 Am Morgen in der Werkstatt fragte ich: »Und? Bis wann kriegen sie ihn wieder hin?« Der Chef der Werkstatt sah mich zweifelnd an:

»Wollen Sie den wirklich reparieren lassen?«

»Das kommt drauf an, bis wann hätten Sie ihn denn fertig?«

»Na, diese Woche würde das nichts mehr.« Das war die

Antwort, auf die ich gehofft hatte. Ich ließ mir nichts anmerken und sagte:

»Das ist aber ärgerlich. Ich muss doch weiter, ich will nach Griechenland. Können Sie mir das schriftlich geben, dass Sie ihn nicht schneller repariert kriegen?«

»Wenn Sie wollen.« Er schrieb es auf einen Zettel, machte einen Stempel drunter und reichte ihn mir. »Und was soll mit dem Auto werden?«

»Ich bin dann weg für ein halbes Jahr. Da kann er ja sicher nicht bei Ihnen stehen bleiben, oder?«

»Nein, nein, auf keinen Fall.«

»Dann muss ich ihn leider verschrotten lassen.« Ich zahlte die 200 Mark für das Verschrotten und ging zurück zum Bahnhof. Ich reichte den Reisescheck aus dem Euro-Schutzbrief durch die Luke und sagte der Fahrkartenverkäuferin:

»Ich hatte eine Panne. Bitte eine Fahrkarte nach Rhodos, Griechenland.« Sie sah mich an, schaute auf den Scheck und sagte:

»Das geht hier nicht.« Sie ließ nicht mit sich reden, nein, das ging nicht, trotz Schutzbrief und Schreiben der Werkstatt. Ich stieg in den Zug und fuhr nach Berlin Schönefeld. Dort reichte ich meine Dokumente durch das Fenster und sagte:

»Zu zweit, wir sind zu zweit. Nach Rhodos wollten wir.« Wieder war die Beamtin irritiert:

»Nach Rhodos? Sie wollen nach Rhodos, Griechenland? Aber da fährt doch keine Bahn hin.«

»Aber hier steht doch in dem Schutzbrief: Reisekosten in Höhe einer Bahnfahrt für alle Insassen zum Ziel und zurück zum Schadensort. Eigentlich müssten wir schon längst unterwegs sein. Aber Ihre Kollegin in der Kleinstadt wollte uns die Tickets nicht ausstellen.« Die Beamtin telefonierte hin und her, mit Vorgesetzten, mit dem ADAC, dann begann sie die verschiedensten Papiere aneinanderzuheften, und dann reichte sie mir zwei Tickets durch die Luke, zweimal Berlin–Rhodos und zurück, Wert pro Ticket: 785 Mark.

28 Das eine Ticket verkaufte ich in Berlin, mit dem anderen fuhr ich nach Rhodos. Es war ein sehr angenehmes Reisen. Sogar die Tickets für die Fähren waren in dem Büchlein der Bundesbahn enthalten. Auf Rhodos lernte ich einen Segler kennen, der zurück nach Deutschland wollte, und so konnte ich ihm meine Fahrkarte für die Rückfahrt für 100 Mark verkaufen. Dann fuhr ich weiter mit der Fähre, nach Haifa, Israel. Ich trampte nach Tel Aviv, es war kalt und regnerisch. Ich mietete mich in eine Jugendherberge ein, die die Stadt München als Entschuldigung gebaut hatte für diesen Terroranschlag damals mit den 20 toten israelischen Sportlern bei einer Olympiade.

Ebenfalls in dieser Jugendherberge war ein Franzose, den ich auf der Suche nach Drogen begleitete. Wir kamen in ein verrufenes Stadtviertel, es hieß Jaffa, merkwürdige Gestalten lungerten herum, und ich befürchtete, dass man uns jeden Moment zusammenstechen würde. Wir fanden dann welche, die uns Drogen holen wollten, aber sie wollten vorher das Geld.

»Nirgends gibt man vorher das Geld«, sagte der Franzose, aber sie wollten sich auf nichts anderes einlassen. Sie mussten uns für total bescheuert halten, und meine Befürchtung, dass sie uns umlegen würden, wuchs. Doch wir kamen da heil raus, wir hatten auch unser Geld noch, aber keine Drogen. Wir tranken Bier und rauchten Zigaretten in einer Bar. Er gab mir eine Telefonnummer:

»Da kannst du anrufen. Du musst sagen, du willst einen *Press Collect Call* machen. Dann kannst du umsonst nach überallhin telefonieren.« Ich stand auf, ging zu einem Kartentelefon und wählte die Nummer, ohne eine Karte einzuführen. Tatsächlich, es klappte. Ich sagte der Telefonistin die Nummer meines Vaters durch, es klingelte, mein Vater nahm ab. Ich sagte, dass alles in Ordnung sei, und kam wieder an die Bar.

»Elat,« erzählte der Franzose, »da kann man am Meer liegen, baden, tauchen. Riesige Fische unter Wasser sehen.« Das hörte sich gut an, ich sah durch die Fenster auf die Straße, ein Windstoß, Sonne, große bunte Fische im warmen blauen Wasser, also nach Elat.

29 Mit dem Bus fuhr ich nach Jerusalem, fand ein kleines, billiges Hotel in der Altstadt für 10 Shekel die Nacht, je ein Raum für Männer und für Frauen mit Doppelstockbetten und eine Gemeinschaftsküche. Es hieß »New Swedish Hostel«, und ich versuchte jeden, der mir zuhörte, davon zu überzeugen, dass das Rote Meer ein historischer Irrtum wäre, weil es nirgends in der Bibel erwähnt war, die doch in der Gegend spielt. Ein Schreibfehler, ein Übersetzungs-, ein Druckfehler. Schilfmeer, Reed Sea, ein »e« vergessen, so wurde es Red Sea. Dabei war es doch gar nicht rot, kein Meer ist rot.

Aber am Roten Meer sollte es warm sein wie im Sommer, Silvester war ich noch in einer Bar in Jerusalem, in der auf einem Fernseher Benny-Hill-Filme liefen. Am nächsten Nachmittag kaufte ich mir ein Ticket zum Toten Meer, das war die halbe Strecke zum Roten Meer, und setzte mich in den Bus.

Es wurde dunkel, ich hoffte, dass der Busfahrer nicht überprüfte, ob die Leute auch an der richtigen Station ausstiegen. Tatsächlich klappte es, ich kam bis Elat am Roten Meer. Ich legte mich in ein Gebüsch schlafen. In der Nacht regnete es, und am Morgen schien die Sonne.

Merkwürdigerweise regnete es immer in der Nacht. Die Tage waren klar und wolkenlos und warm. Ich ging zum Strand, es war warm genug zum Sonnen, aber fürs Baden doch etwas frisch. In der Nähe war Jordanien, auf der anderen Seite Ägypten, und ich trank Kaffee und blinzelte in die Sonne. In der Nacht suchte ich mir wieder ein ruhiges Gebüsch zum Schlafen, und es regnete. Am nächsten Morgen war kein Wölkchen zu sehen. Und dann traf ich Fred.

30 Es gab eine Bar, in der es abends für 3 Schekel Bier und Essen gab, es war gerammelt voll, Jugendliche, versprengte Touristen, aber hauptsächlich Obdachlose aller Art, die es in der kalten Jahreszeit in den einzigen warmen Zipfel von Israel gezogen hatte.

An einem Tisch saßen zwei Sachsen, und einer von ihnen war Fred. Ich war inzwischen genervt von dem ständigen nächtlichen Regen und erfuhr, dass Fred in einem Kibbuz wohnte, heimlich und für umsonst. Jaja, da könne ich mitkommen, da finde sich bestimmt noch ein Platz. Wir gingen dann los, was mir an dem Sachsen noch sehr bemerkenswert erschien, war, dass er nicht trank. Selbst das Bier, das es zu der 3-Schekel-Mahlzeit dazugab, hatte er mir überlassen.

Wir wanderten aus Elat raus zu diesem Kibbuz, erzählten uns dabei unsere Lebensgeschichten. Er war hier zum Geld verdienen, er wollte weiter nach Indien, das Geld schickte er nach Hause, sein Vater bewahrte es in Leipzig für ihn auf. Wir kamen an das Kibbuz-Tor, konnten einfach reingehen, nichts war bewacht. Auf dem Gelände waren die verschiedensten kleinen Hütten, manche für Mädchen, manche für Jungen. Sie waren aus der ganzen Welt, schufteten auf Feldern und bekamen dafür ein Taschengeld.

Fred hatte sein Quartier in einem unterirdischen Bunker. Aus welchem Krieg auch immer dieser Bunker übriggeblieben war, er war das perfekte Versteck. Eine Leiter führte hinunter, und dort hatte er zwischen Geckos und Kerzen seine Matratze liegen. Wir legten uns schlafen. Dann wachten wir auf von lautem Krach, oben herrschte große Aufregung. Schlaftrunken kletterten wir die Leiter hoch, ein Kibbuzhaus brannte. Hell schlugen die Flammen aus einem Fenster, die Hitze strahlte 20 Meter weit. Die Kibbuzniks standen herum, von fern ertönte sowas wie eine Sirene.

»Verdammt!« sagte ich zu Fred, »wenn die uns hier sehen, dann ist für die doch völlig klar, dass wir das Haus angezündet haben. So oder so werden wir 'ne Menge Ärger kriegen. Wir müssen hier verschwinden, bevor die Feuerwehr kommt oder welche vom Kibbuz.« Das leuchtete ihm ein. Wir stiegen schnell in den Bunker, rafften unsere Sachen zusammen und hauten ab. Wir gingen die Straße nach Elat zurück, die wir gekommen waren. Wenn uns Polizei und Feuerwehrautos mit Blaulicht und Sirene entgegenkamen, kauerten wir uns neben die Straße. Sie sahen uns nicht und fuhren vorbei.

31 Es war früher Morgen, wir wussten nicht so richtig, was wir tun konnten, außer auf den neuen Tag zu warten. Die letzten Bars machten gerade zu, und der andere Sachse schloss sich uns noch an. Wir gingen am Strand entlang, wo die Wellen müde plätscherten, und da stand dann dieses gewaltige Airodrom, eine ausrangierte Flugzeugdüse, die senkrecht eingelassen die Leute hochblies. Wir hatten es gesehen, es war nach oben hin offen und man sah die Menschen in den Flatteranzügen fliegen und das Geräusch war immer ohrenbetäubend gewesen.

Wir kletterten über den Zaun, rüttelten an der Tür, doch die war dicht verschlossen, in dieser Nacht würden wir nicht fliegen. Wir kletterten wieder zurück, doch da war noch dieses Trampolin. Wieder mussten wir über einen hohen Zaun klettern, dann hüpften wir, fielen hin, hüpften weiter, begannen zu lachen, als uns schwindelig wurde und hüpften, machten Saltos, hüpften immer höher, kreischten und lachten. Dann kam die Polizei.

Sie nahmen uns mit aufs Revier, sie kontrollierten nur die Pässe, es gab keine Fragen wegen des Brandes. Ich sah mich um in dem Revier, vergitterte Fenster, Schreibmaschinen, es war wie damals in Ludwigsfelde, nur geografisch war alles etwas mehr südlich. Sie ließen uns dann wieder frei, wir gingen durch diese merkwürdig künstliche Ansiedlung mit den Palmen, Kaufhallen und künstlichen Restaurants in einer Architektur, die sehr nach Ostblock aussah. Doch wir waren in Elat, der südlichsten Stadt von Israel.

32 Fred war unglaublich, er stahl wie ein Rabe. Er stahl Fotoapparate, Walkmans, Radios aus den Geschäften. Ich konnte ihn bei der Arbeit beobachten, er ging in den Laden, schaute sich um, sprach den Verkäufer an und schaute ihn mit seinen blauen Augen treuherzig an:

»How many is diss?« Er hatte einen grünen Parka an, wie ihn in der DDR die Blueser getragen hatten. Sein Englisch war eine Katastrophe. Ich glaube nicht, dass er eine Ahnung hatte, was er sagte. Es war nur, um Geräusch zu machen. Wenn der Verkäufer auch nur die Augen verdrehte, schon hatte Fred sich einen Fotoapparat eingesteckt, oder teure Kopfhörer, ein Mini-Radio. Diese Sachen versuchte er zu verkaufen. Ich hatte nicht seinen Mut und seine Frechheit, ich wurde nur ungläubig Zeuge seiner Aktionen. Als ich einen Fotoapparat brauchte, zog ich es vor, ihm den gerade gestohlenen abzukaufen.

Bei bestimmten Aktionen half ich ihm, sie waren immer bombensicher. Ich hatte zum Beispiel den Auftrag, seinen Rucksack aus dem noch offenen Gepäckfach des Busses zu holen. Möglichst auffällig packte er seinen Rucksack hinein, sprach in seinem irren Englisch laut und tölpelhaft mit dem Busfahrer. Das war wichtig, der Busfahrer musste sich später daran erinnern, dass Fred seinen Rucksack hineingepackt hatte. Dann stieg er ein. Jetzt war ich dran.

Ich ging zu dem offenen Gepäckfach, holte Freds Rucksack heraus und verschwand damit. Es war kein Risiko dabei. Hätte mich der Busfahrer erwischt, hätte Fred bestätigt, dass es sich um eine Verwechslung gehandelt hätte, dass es schon in Ordnung wäre, dass ich sein Bruder wäre. Aber der Busfahrer sah mich nicht, und so konnte Fred am Ende der Fahrt in Jerusalem entsetzt tun, wo denn sein Rucksack abgeblieben wäre. Er bekam dann von der Busgesellschaft einen saftigen Scheck, löste ihn ein und schickte das Geld nach Hause. Er machte das bei verschiedenen Busgesellschaften, er war ständig unter Strom, dachte sich ständig neue Sachen aus. Er blickte sich um, sagte: »Da drüben, in dem Restaurant, kannst du da nachher meinen Rucksack wegnehmen? Ich sage ich gehe auf Toilette, und dem Kellner, er soll mal aufpassen. Dann nimmst du ihn weg, und das zahlt doch dann alles die Versicherung.«

Wir probierten es, aber es war zu auffällig, das klappte nicht. Unglaubliche Mengen an Lebensmitteln konnte er aus der Kaufhalle holen, er stopfte sie sich in seine Kleidung, überallhin, und ging damit einfach raus. Wenn wir durch die Stadt liefen und welche sahen, die wir von den Armenspeisungen in dem Restaurant kannten, dann schrie Fred: »Hello, who are you?«

Er rief das immerzu, bis ich ihm irgendwann sagte: »Das, was du immer schreist, heißt *Wer bist du?* Du meinst sicher *Wie geht's?*, das heißt aber *How are you?*.«

Und er war schon über ein Jahr in der Gegend. Ständig beschäftigte er sich mit Plänen, wie man was stehlen könnte, wie man Alkohol nach Ägypten schmuggeln könnte, wie man noch einen neuen Versicherungsbetrug machen könnte. Mal abgesehen von Englisch, konnte man von Fred wirklich viel lernen.

33 Wir waren viele dort in diesem letzten südlichen Zipfel der europäischen Zivilisation. Geografisch mag es zu Asien oder Afrika gehört haben, aber man brauchte nur seine EC-Karte in einen Automaten an der Wand stecken, dann kamen die Scheine heraus, wie in jeder deutschen Kleinstadt. Wir waren jung und aus aller Welt, DDRler, Engländer, Amis, Franzosen, und alle schlugen sich irgendwie durch. Manche bekamen Geld von zu Hause, viele nicht. Es war normal, niemand von uns war ausgeflippt oder nicht ganz dicht. Wir waren ganz normal, uns gab es überall, in Griechenland, in Ägypten, in Israel. Fred reiste weiter nach Jordanien mit dem Rucksack voller koscherem Wodka. Ich wünschte ihm Glück und fuhr nach Ägypten.

Schon im Augenblick des Grenzübertritts schien alles anders. Die Büromöbel und Uniformen der ägyptischen Grenzer waren zerschlissen und staubig. Die Autos und Busse alt und zerbeult und ständig hupend. Ich reise in einem Kleinbus nach Kairo, in dieses brodelnde Riesenreich, von Flüssen aus zerbeulten Autos durchströmt, alle ununterbrochen hupend. Mit dem Zug fuhr ich nach Assam, die ganze Zeit im Niltal, auf deren beiden Seiten man die beginnende große Sahara fast immer sehen konnte.

Mit einer Felucke segelte ich mit einer kleinen Gruppe süddeutscher Touristen von Assam wieder Richtung Süden, weiter mit dem Zug nach Kairo. Dort fragte ich nach Flugtickets. Ich wollte weiter, eine Weltreise endete schließlich nicht schon hier. Aber sowohl nach Hongkong wie auch nach Amerika war alles viel zu teuer. Für einen Reisenden wie mich, merkte ich, sind arme Länder viel teurer als reiche. In reichen Ländern kann man trampen, durch ganze Kontinente, ohne für die Fahrt einen Pfennig zu bezahlen. Aber in armen Ländern erwartet jeder Mitnehmer einen Benzinanteil, ganz selbstverständlich. Und auch die Flugtickets waren hier in Kairo viel teurer als noch in Israel. Ich setzte mich in den Bus und fuhr zurück in den Staat der Juden.

34 Ich war wieder in Elat, schlief wieder in einem Gebüsch. Dann begann es zu regnen, erst verkroch ich mich in meinem Schlafsack, hoffte, es würde schnell wieder aufhören. Doch es regnete weiter. Ich schaute zum Himmel, die Sterne glänzten so klar, wie in jeder Nacht unter dem südlichen Himmel.

Ich war wütend, was war nur los? Jede Nacht, die ich in einem dieser Gebüsche schlief, regnete es. Und der Himmel war so klar wie immer. Was konnte das nur sein? Ich erinnerte mich an die Morgen, die Sonne schien, alles war trocken und ich glaubte immer, diese nächtlichen Regengüsse existierten nur in meiner Fantasie. Es war wie ein Alptraum. Schlaftrunken, müde und nass schälte ich mich aus meinem Schlafsack und stand auf. Nichts, kein Regen, kein klitzekleines Tröpfchen. Nur an meinen Füßen spürte ich es weiter.

Und mir kam die Erleuchtung: Es war ja alles Wüste. Nicht ein kleines Hälmchen würde hier wachsen ohne künstliche

Bewässerung. Überall, wo diese Gebüsche wuchsen, waren auch kleine schwarze Schläuche mit vergraben, die in der Nacht Wasser verspritzten. Ich suchte mir einen anderen Schlafplatz und schlief endlich ohne Regen.

35 Tatsächlich bekam ich ein ziemlich günstiges Ticket in die USA, nach New York. Ich kaufte auch noch eine Reiseversicherung dazu, ich hatte vor, in den USA einen Gepäckdiebstahl vorzutäuschen. Von Elat nahm ich den Bus nach Jerusalem, und ich versuchte anzuwenden, was ich von Fred gelernt hatte.

Als ich meinen Rucksack in den Kofferraum des Busses packte, öffnete ich ihn, unbeobachtet, und verstreute einige Sachen zwischen den anderen Gepäckstücken. Dann setzte ich mich hinein, sah beruhigt, wie Leute in Masada ausstiegen und unbeobachtet ihre Gepäckstücke herausholen konnten. Theoretisch, das war wichtig für mich, theoretisch konnten sie also aus meinem Rucksack etwas herausgenommen haben.

In Jerusalem angekommen, starrte ich so entsetzt ich konnte auf meinen geöffneten Rucksack, holte den Busfahrer und murmelte was von einer Lederhose und Schuhen, die weg wären, die ganz oben drauf gelegen hätten. Der Busfahrer gab mir die Adresse von der Busgesellschaft in Tel Aviv, und ich fuhr dorthin. Dort musste ich rumfragen, wurde schließlich in das Büro einer Frau gewiesen und erzählte wieder meine Geschichte von meinem geöffneten Rucksack, den paar Schuhen und der Lederhose, die fehlten.

Sie wollte erst nicht bezahlen. Ich tat empört, schließlich handelten wir. Ich bekam einen Scheck über 100 $ und war zufrieden.

36 In der Boing gab es koscheres Essen, und es war voller orthodoxer Juden mit ihren schwarzen Mützen und Schläfenlocken. Die Sonne ging unwirklich langsam auf, das große Flugzeug schwebte über Amerika, landete auf dem Kennedy International Airport und alle klatschten. Von New York aus trampte ich nach Florida, dort holte ich mir von einer Tankstelle ein Bier und trank davon unter der heißen Sonne, während Auto um Auto an mir vorbeifuhr.

Ein Polizeiwagen fuhr erst an mir vorbei, wendete dann und hielt an. Ein Polizist kam und nahm mein Bier. Während er es ausschüttete sagte er:

»Wenn wir dich noch mal mit einem Bier sehen, kommst du ins Gefängnis!« In Texas fuhr einer mit meinem ganzen Gepäck davon, und ich zeigte ihn bei der Polizei an. In Austin stahl ich aus einem Geschäft eine Taschenlampe. Sie war schwarz und schwer, drei Batterien passten hinein, und man konnte sie zur Not auch als schweren Schlagstock benutzen. Ich leuchtete damit in den Himmel, und es war fast wie ein kleiner Laserstrahl oder einer von diesen Himmels-Scheinwerfern, die sie vor Kinos stehen haben, um aufzufallen.

Ich fuhr in der Nacht durch Las Vegas, Reno, San Francisco, mit einem Schwulenpärchen runter nach L. A., Los Angeles, die Stadt die so riesig und flach ist, als hätte man New York mit einem gigantischen Hammer plattgeschlagen. Doch ich wollte weiter, noch weiter südlich begann Mexiko, von Mexiko Stadt wollte ich weiter über den Pazifik, dann wäre meine Weltreise komplett. Tijuana hieß die Grenzstadt auf der mexikanischen Seite, ich versuchte zu trampen, aber nach einem Tag gab ich auf. Es war wieder das selbe: nur in einem reichen Land kommt man billig und bequem durch, hier hielt einfach keiner an. So fuhr ich dann mit dem Bus bis Amerikali, dort begann die Bahnlinie.

Der Zug fuhr einmal am Tag ab nach Guadalajara. Ich war zu spät gekommen, der heutige Zug war schon weg. Aus Mitleid ließen sie mich und eine Familie mit vier Kindern im Bahnhof schlafen, den sie nachts zuschlossen. Es war ein kühler Steinfußboden, und kaum war es ruhig, begann sich Leben zu regen. Kakerlaken wuselten über den Fußboden, es waren hunderte, tausende. Vermutlich benutzten sie sie einfach zum Saubermachen. Tagsüber sammelten sich Krümel, Hautschuppen, Haare und Dreck an, und nachts kamen die Kakerlaken heraus und machten sauber, indem sie alles auffraßen. Die Familie schlief, dann schlief auch ich.

37 Ich hatte eine Fahrkarte, und ich hatte einen Sitzplatz. Erst wollte ich was lesen, aber dann sah ich aus dem Fenster, wo Berge, Tequila-Kakteen und atemberaubende Landschaften vorüberzogen. Die Strecke war eingleisig, kam ein Zug entgegen, musste unser Zug auf ein totes Gleis fahren. Es wurde Nacht, und drei Soldaten stiegen zu. Bald schliefen alle, die Frauen mit ihren Körben und Koffern, die braunen Männer mit ihrem Bier und den gelben Zähnen, auch die Soldaten und ich.

Ich wachte auf am frühen Morgen. Zwei der Soldaten saßen auf der Sitzbank nebeneinander, hatten ihr Gewehr auf dem Schoß, sie waren im Schlaf aneinandergerutscht und ihre Gesichter waren entspannt und friedlich. Der Himmel hinter dem Zugfenster begann sich zu röten und dann ging die Sonne auf als stecknadelkopfgroßer, roter, strahlender Punkt. Das war es! Ich holte vorsichtig meine Kamera heraus, das war das Foto des Jahrhunderts! Die Soldaten, die Gewehre, das friedliche Schlafen, die aufgehende Sonne. Ich war völlig sicher, das Foto des Jahrhunderts zu schießen, da war alles drin, der

Krieg, der Frieden, die Tragik und Absurdität der Menschheit, wie die beiden da schliefen, aneinandergelehnt, als schmusten sie im Traum miteinander.

Ich fotografierte, es blitzte und der Vorgesetzte wachte auf. Jetzt gab es einen riesigen Streit, er wollte die Kamera, ich gab sie ihm nicht. Er schrie auf spanisch, und es war klar, es war verboten, Soldaten zu fotografieren. Es war ja eine Art Diktatur mit der Partei der Institutionalisierten Revolution hier in Mexiko. Ich tat, als verstünde ich nicht, und der Soldat überlegte wohl, ob er tätlich werden sollte. Er schrie weiter, fuchtelte mit seinem Gewehr herum. Ich tat, als ginge mich das alles nichts an. Irgendwann gab er dann auf, ich frohlockte innerlich, ich hatte das Foto des Jahrhunderts, und bald war ich in Mexiko Stadt.

Ich wollte nicht warten bis zu Hause, ich gab den Film gleich in Auftrag, in einem Laden, wo es nur eine Stunde dauerte. Dann wollte ich den Film abholen, aber der Film war schwarz. Das Foto des Jahrhunderts! Ich weiß nicht mehr, ob ich geweint habe, vielleicht war ich zu schockiert. Mit allem hätte ich gerechnet, aber damit? Als sie dann noch die Entwicklung bezahlt haben wollten, schrie ich und lachte wie ein Wahnsinniger, weigerte mich, und sie merkten, dass mit mir nicht zu reden war und ließen mich gehen.

38 Es war wie in Kairo, alles war teuer in Mexiko Stadt, besonders die Flugtickets. Nach Hongkong oder irgendwohin über den Pazifik, das war gar nicht zu bezahlen. Und sogar der billigste Flugschein nach Europa kostete 800 $, ich hatte gerade noch 700. Ich telefonierte nach New York und fragte, wie viel ein günstiges Ticket nach Europa dort kosten würde. Nach London gab es eins für 180 $, ich bestellte es sofort. Es war immer dasselbe, das Leben war einfach billiger in reichen Ländern.

Auch gab es in Mexiko keine *All You Can Eat* Buffets, wo man sich für 2 $ so richtig satt essen konnte für den ganzen Tag. Ich setzte mich wieder in den Zug und fuhr zurück Richtung Norden. In Guadalajara schlief ich auf einer Parkbank, in der Nacht weckten mich Polizisten, standen merkwürdig um mich herum. Ich verstand nicht, was sie wollten. Doch dann gingen sie wieder, und ich schlief weiter. Am Morgen merkte ich, dass mir in meiner Tasche eine Stange Zigaretten und die schöne schwarze Taschenlampe fehlten, die ich in Austin gestohlen hatte.

Weiter im Zug Richtung Norden, und ich wusste nicht, ob ich meinen Rückzug nach New York als Niederlage werten sollte. Die Fahrt dauerte wieder Tage, aber es war eine wunderbare Art des Reisens: Sitzen, aus dem Fenster sehen, sich auf den Bahnhöfen die eisgekühlten Drinks reichen lassen und die leckeren Dinge essen.

Auf einer kleinen Station stieg ich aus, ging zu einem kleinen Stand. Es waren in grüne Blätter eingewickelte kleine Imbisse, köstlich. Ich kaufte eins für 4 Pesos, bezahlte mit einer 100-Pesos-Münze, immerhin 20 Mark. Die Dame hinter dem Stand gab mir heraus, doch was war das? Sie hatte mir nur sechs Pesos zurückgegeben, als hätte ich ihr einen Zehn-Pesos und nicht ein 100-Pesos-Stück gegeben.

Ich versuchte, ihr den Irrtum zu erklären, doch sie stellte sich taub. Sie sah mich an, lachte und sagte: »Police!« Sie wusste genau, dass kein westlicher Reisender wegen dieser Summe einen Zug verpasste. Außerdem war mein Gepäck noch im Waggon, es war zum Verzweifeln. Mein Geld ging zur Neige, und die Summe, um die es hier ging, reichte mir für mehrere Tage. Ich beugte mich über ihre Theke, sah das Hundert-Pesos-Stück liegen und griff es mir schnell, ehe die Frau es verhindern konnte.

»Haha, dann ruf doch die Polizei!« sagte ich voll Triumph und lachte jetzt meinerseits und schon in der Gewissheit meines Sieges. Denn jetzt hatte sie das Problem, mich festzuhalten oder der Polizei zu erklären, wie ein Reisender auf die Idee kommen könnte, ihr einfach Geld zu stehlen. Sie sah mich böse an, fluchte auf spanisch und spuckte mir ins Gesicht. Ich spürte ihre Spucke und wusste, ich hatte diesen kleinen Kampf gewonnen. Ihre Spucke in meinem Gesicht war meine Medaille, der Beweis, dass sie verloren hatte.

39 Ich war wieder in den USA, nicht weit von der mexikanischen Grenze irgendwo im Niemandsland zwischen Kalifornien und Arizona. Ich wartete an einer Bahnlinie, bis einer der vorbeifahrenden, fast unendlich langen Züge sein Tempo soweit drosselte, dass ich aufspringen könnte. Denn ich hatte keine Lust, als Andenken an meine Reise ein Bein oder einen Arm hier zu lassen, abgetrennt von einem Zug der Southern Pacific.

Doch ich hatte Pech, manchmal war ein Zug fast schon langsam genug, doch dann beschleunigte er auch gleich wieder. Ich blieb sitzen, wartete, bis er außer Sicht war und der nächste kam. Manchmal sah ich einen anderen auf einem Waggon sitzen, ich winkte ihm dann müde zu und er winkte müde zurück. Es wurde dunkel, ich hatte mir vorher Bier, Kartoffelchips und Zigaretten besorgt, aß einige Chips, legte mich mit meinem Schlafsack in den staubigen Wüstensand und schlief.

Da war ein Geräusch, ich öffnete die Augen und sah nichts außer blendenden Scheinwerfern und einen Reifen ganz dicht vor meinem Gesicht. Ein Motor heulte auf. Jemand war auf meinen Schlafsack gefahren, so dass ich mich nicht befreien konnte. Ein Ranger stieg aus, blendete mich noch zusätzlich mit einer Taschenlampe und verlangte meinen Ausweis zu sehen. Es gelang mir, mich soweit unter dem Geländewagen zu befreien, dass ich ihm meinen Pass reichen konnte. Der Mann von der Border Patrol hätte wohl seinen Kopf verwettet, dass ich ein illegaler Mexikaner wäre, der gerade über den Rio Grande geschwommen war. Aber jetzt konnte er mich sehen und hatte auch das Dokument in seinen Händen, nach dem ich Deutscher war.

»Was machst du hier?« fragte er mich.

»Urlaub«, sagte ich, dazu fiel ihm nichts weiter ein. Er fuhr davon, und ich schlief weiter.

40 Ich sah es schon von weitem, das war mein Zug. Er kam näher, er fuhr in die richtige Richtung, und vor allen Dingen war er schön langsam. Es war heiß, ich hatte genug Chips, Wasser und Bier mit, um, wie ich hoffte, einige Tage auf dem Zug bleiben zu können. Die drei hintereinandergeschalteten Loks brausten an mir vorbei und dann der Zug, sein Ende war noch nicht zu sehen.

Der Zug wurde noch langsamer, dann fuhr er fast Schritttempo. Ich konnte neben ihm hergehen, ich musste nicht einmal rennen. Die Bremsen quietschten, jetzt hielt er sogar ganz. Ich hievte meine Tasche rauf und sprang hinterher, da fuhr der Zug auch schon wieder an. Ich fühlte den Triumph, ich hatte es geschafft, ich fuhr auf einem Güterzug Richtung Osten. Ich machte es mir bequem, jetzt konnte die Reise ja Tage dauern.

Der Zug fuhr weiter im Schritttempo, seitlich der Gleise begannen Betonwände hochzusteigen, der Zug fuhr durch eine

Art riesigen Betontrog. Ich lag da mit dem Kopf auf meinem Seesack und schaute nach oben, genau in das sonnenbebrillte Gesicht eines dicken schnauzbärtigen Polizisten, der über die Betonwand sah. Er sprach etwas in sein Funkgerät, der Waggon, auf dem ich saß, fuhr noch 100 Meter weiter aus dieser Betonwanne heraus, und dann stoppte der Zug quietschend. Der Polizist kam mit seinem Polizeiauto, winkte mir, von dem Waggon herunterzusteigen und verlangte das Übliche:

»You have any ID?« Irgendwelche Papiere? Ich reichte ihm meinen Reisepass, er blätterte ihn durch. »Germany?« Er sah mich durch seine Sonnenbrille hindurch an. »See, boy, it's not allowed here to ride freight trains.« Deutschland? Verstehe mal, Junge, es ist hier nicht erlaubt, auf Güterzügen mitzufahren. Ich sah ihn an und bemühte mich, sehr überrascht auszusehen.

41 Ich trampte also auf die normale Art weiter. Ein Polizeibeamter nahm mich ein ziemliches Ende mit. Er erzählte wilde Geschichten von Vergewaltigern und Mördern, die er ins Gefängnis oder zum Geständnis gebracht hatte.

Der nächste, der mich mitnahm, war gerade aus dem Gefängnis entlassen worden. Er verstieß eigentlich gegen seine Bewährungsauflagen, weil er in einem anderen Bundesstaat war. Er hatte einen roten, alten Sportwagen, den man anschieben musste. Immer wenn ich schob und der Wagen anfuhr, hatte ich Angst, dass der Knasti mit meinem Rucksack losfahren würde, wie damals dieser Typ in Texas, mich auf irgendeinem gottverlassenen, südlichen Parkplatz ohne irgendwas zurücklassend. Ich erzählte ihm von meiner Angst. Er sagte, das würde er niemals tun, aber meine Angst blieb.

Bis hinter Austin, Texas, kam ich ziemlich problemlos. Dann stand ich dort an der Auffahrt zum Highway, hielt den

Daumen raus und wartete. Ich stand lange da, und die Stunden vergingen, und hunderte von Autos fuhren an mir vorbei. Ich bekam Hunger, ging in einen McDonalds in der Nähe, aß ein Fischbrötchen, trank einen Kaffee und ließ mir den Becher ein paar Mal wieder auffüllen. Ich stellte mich mit meinem Rucksack wieder hin, und die Autos fuhren weiter an mir vorbei.

Und dann kam da dieser Schulbus, man kennt sie aus Filmen, diese gelb-schwarz gestreiften Dinger mit den großen Lampen auf der Rückseite. Aber diese Busse halten niemals, wie auch die Wohnmobile der amerikanischen Rentner. Die fahren, und fahren immer weiter, ohne anzuhalten, vielleicht glauben sie zu sterben, wenn sie nicht mehr in Bewegung sind.

Der Bus kam näher, er sah etwas anders aus als die üblichen Busse. Am Kühler war ein grün bemaltes Geweih, und an der Seite des Busses war mit roter Farbe »LOVE« rangesprayt. Tatsächlich bremste der Bus, die Tür ging auf. Ich griff mir meinen Rucksack, lief hin und stieg ein. Im ersten Moment dachte ich, ich hätte es mit einer durchgeknallten Punkband zu tun. Am Steuer saß ein langhaariger Hippie, wie ich später erfuhr, der Besitzer des Busses.

Der Bus fuhr los auf den Highway, alle Plätze waren besetzt. Jugendliche von 15 bis 25, sie waren voller Schwielen, blauer Flecken, Tätowierungen und hatten Ringe durch Nasen, Lippen, Ohren. Ich ging durch die Sitzreihen und machte es mir hinten auf meinem Rucksack bequem. Hinter den letzten Stuhllehnen lagen die Teile eines Schlagzeugs durcheinander und dazwischen zwei Schlafende, einer von ihnen mit knallrotem Kopf. Später erfuhr ich seinen Namen, seinen Spitznamen, Sobriety: Nüchternheit, Mäßigkeit. Weil er niemals nüchtern oder mäßig war, er war ein Trinker vor dem Herrn. Als er aufwachte, zitterten seine Hände.

»Wo fahrt ihr hin?«, fragte ich ein Mädchen.
»Atlanta, Georgia. Woher bist Du?« antwortete sie und das übliche Gespräch entsponn sich.
»Deutschland.«
»Aah, daher Dein Akzent.« Ich sah mich weiter um. Eigentlich wirkten nur ein Mädchen und der Fahrer normal, jedenfalls hatten sie saubere Sachen an. Er hatte langes, blondes Haar, und er sah aus, als ob er frisch geduscht und geföhnt wäre. Er wollte mit seiner Freundin nach Atlanta zu einem Konzert von Grateful Dead. Die ganzen Straßenkinder hatte er aus Austin mitgenommen, damit sie um Benzingeld für seinen Bus bettelten.

Sobriety war aufgewacht und sah ziemlich übel aus. Er sagte, sie müssten zu einer Filiale von Western Union fahren, dann würde er seinen Vater anrufen, und der würde ihm Geld schicken. Wirklich fuhren sie auch vom Highway ab und fanden eine Filiale. Aber nach einigen Minuten kam Sobriety enttäuscht und mutlos wieder heraus. Sein Vater wollte ihm kein Geld schicken. Der Bus fuhr weiter, ich gab eine Runde Zigaretten aus und zählte durch. Mit einer vollen Schachtel konnte man genau eine und eine halbe Runde schmeißen, dann war sie alle. Manche hatten Tabak, manche hatten aber auch gar nichts und schlauchten nur die ganze Zeit. Die Fahrt ging weiter, die Sonne schien, einige schliefen ein. Der Fahrtwind wehte durch die Vorhänge an den Fenstern, und die Körper der Schlafenden ruckelten alle gleichmäßig bei jeder Bewegung des Busses. Ich war froh, ich hatte es wirklich glücklich getroffen, ich gratulierte mir selbst. Ein Bus voller netter Verrückter bis nach Atlanta, Georgia, großartig, das hieß zwei Tage Fahrt. Doch nach kaum einer Stunde Fahrt fuhr der Bus schon wieder vom Highway herunter.

42 »Wohin fahren wir?« fragte ich.

»Wir brauchen Benzin und was zu essen.« sagte das Mädchen. Ich war etwas verwundert, warum sie dafür den Highway verließen, denn in den USA ist, im Gegensatz zu Deutschland, Benzin und Essen an den vielbefahrenen Strecken billiger als an den abgelegenen. Dann fuhren sie auf so eine typisch amerikanische Einkaufsmeile, ein riesiger Parkplatz mit Raum für hunderte Autos und an der Stirnseite die riesigen Lebensmittel- und Baumärkte.

»Hey, großartig, hier sieht uns keiner«, sagte der Hippie am Steuer und stellte sich neben drei andere Schulbusse. Und tatsächlich, aus hundert Meter Entfernung sah man wirklich keinen Unterschied. Es sah aus, als ständen da tatsächlich vier der üblichen gelb-schwarzen Schulbusse. Kam man allerdings näher, dann sah man die Graffiti, das grüne Geweih am Kühler, die kaputten Scheinwerfer und das ausgebeulte, verdreckte Blech.

Alle schwärmten aus, ich verstand nicht genau, was sie vorhatten. Der Hippie und seine Freundin, sie setzten sich vor den Eingang eines Baumarktes, er hatte eine Gitarre, spielte darauf und nickte den vorbeilaufenden Menschen freundlich zu. Sie sang, und manche warfen Münzen auf eine Jacke, die sie vor sich ausgelegt hatten. All die anderen zerlumpten Gestalten schwärmten aus und fragten nach Kleingeld: »Do you have some change?« oder nach Zigaretten und nach Essen. Nach einer Viertelstunde hatten die Betreiber der Supermärkte mitbekommen, dass irgendwas nicht stimmte und die Polizei traf ein. Schnell sammelten sich alle, und der Bus fuhr los. Sie hatten ausnahmslos Hausverbot erhalten, aber es hatte sich gelohnt.

Einige hatten riesige Plasteflaschen mit einer Flüssigkeit, die wohl fast reiner Alkohol war. Sie mischten das Zeug mit

Cola und tranken sie, die voluminösen Flaschen gingen reihum. Die Zungen wurden lockerer, die Augen begannen zu glänzen, während der Hippie wieder auf den Highway fuhr. Sie erzählten ihre Geschichten über die Eltern, die sie einmal im Jahr, manche auch seltener sahen, über die Polizei, die ihr Feind war. Ein Mädchen zeigte mir ihre Narben an den Handgelenken: Versuche, sich die Pulsadern aufzuschneiden. Manche machten Musik. Mit dem Bus fuhren sie einfach mit, weil es eine Gelegenheit war, voranzukommen. Sie wollten nicht nach Atlanta, da wollten nur der Hippie und seine Freundin hin für das Grateful-Dead-Konzert.

»Habt Ihr Geld für Benzin?« fragte der Hippie und schaute nach hinten. Doch sie hatten alles für »Booze«, Schnaps, ausgegeben. Der Hippie lachte: »Ich hätte es wissen müssen. Mit einem Haufen Säufern!«

43 Der Hippie hielt den Bus an einer Tankstelle, diesmal jedoch noch auf dem Highway: »Alle runter!« befahl er, und wir duckten uns unter die Sitze, so dass wir von draußen nicht zu sehen waren. Das Mädchen mit den Narben an den Handgelenken stieg aus, und ich hörte sie draußen mit jemandem sprechen. Nach einer Weile kam sie wieder herein, strahlend, der Bus fuhr an. Sie hatte es geschafft: Irgendeine Geschichte, und dass sie es nicht mehr weit hätten bis nach Hause, und jemand hatte ihr geglaubt und eine Tankfüllung bezahlt.

Der Bus fuhr wieder, aber er gehörte zu einer alten Generation, zu einer Zeit gebaut, als niemand, erst recht nicht in Amerika, ans Treibstoffsparen dachte. Es reichte immer nur 50 oder 70 Meilen, vermutlich bildeten sich Strudel im Tank, und wenn die Maschine noch etwas älter gewesen wäre, wäre die Benzinanzeige wohl schon beim Anfahren auf Null geschwenkt.

Es war eine Strategie, das wurde mir klar, und sie war nicht dumm. Keine Einkaufsmeile, keine Tankstelle, niemand würde wollen, dass ein Bus voll drogensüchtiger, kommunistischer, schwuler Säuferhippies vor seinem Geschäft länger bliebe als unbedingt nötig. Und so hatte jede Tankstelle Interesse daran, dass der Bus weiterkäme. Sie mussten hoffen, dass wir die Tankfüllung, um die es ging, den Whisky, die Zigaretten, was auch immer nötig war, damit sich unsere Horde davon machte, dass wir das eben bekamen und endlich aus ihrem Gebiet verschwanden.

Der Bus fuhr wieder ab, wieder auf eine »Shopping Mall«, und alle schwärmten abermals aus und bettelten nach Geld für Benzin und Essen. Die Polizei kam normalerweise nach 10, aber spätestens nach 20 Minuten. Es war also sehr vernünftig vom Fahrer, das Fahrzeug zu tarnen, sich, wenn es ging, neben richtige Schulbusse zu stellen. Wenn wir Glück hatten, waren wir schon wieder losgefahren, ehe die Polizei uns fand. Wenn nicht, wurden die Ausweise kontrolliert und Hausverbote ausgesprochen.

An einer Tankstelle in Mississippi kamen mindestens 10 Polizeiautos. Polizisten in Uniform und in Zivil, sie ließen uns alle, insgesamt waren wir 15, antreten, fotografierten uns und den Bus von außen und von innen. Sie durchstöberten die Sachen, aber für Dope oder sowas waren die Passagiere einfach zu mittellos. Die Polizei war wirklich scharf in Mississippi.

Als wir die Grenze nach Louisiana überquerten, klang es wie ein gemeinschaftlicher Seufzer der Erleichterung im Bus. Louisiana, das versprach Freiheit, Jazz, New Orleans und jene »southern hospitality«, die bedeutete, dass man Fremden half. Selbst die Luft schien wärmer und freundlicher, als würde sie ein süßes Geheimnis verkünden. Es war, als wären wir im Land der Freiheit angekommen.

44 Wir fuhren vom Highway auf eine Landstraße. Die Leute, die man im milden Abend an der Straße sitzen sah, schienen so freundlich, als wären sie alle restlos zufrieden. Sie sahen aus, als würden sie gleich auf der Veranda ihren abendlichen Whisky trinken und alte Schellackplatten mit seltenem Blues auf handgetriebenen Grammophonen abspielen.

Wir hielten an einer Tankstelle, doch mehr als eine Tankstelle schien es eine Art Dorftreff zu sein. Mehrere Polizeiautos standen herum, aber die Polizisten unterhielten sich nur und störten uns nicht. Ja, viel netter hier, woanders hätten sie uns längst weggeschickt. Einige von uns gingen ins Restaurant, um nach Essen zu betteln.

»Any leftovers?« würden sie drinnen fragen, irgendwelche Reste? Als sie zurückkamen, konnten sie es fast nicht tragen, soviele Tüten waren es. Sie waren zurückgefragt worden, wie viele sie denn seien. Dann hatten sie da drin tatsächlich für 15 Personen Pommes bekommen, und viele aßen sich das erste Mal seit Tagen satt. »Southern hospitality«, waren sich alle sicher. Zwei Dorfburschen hatten sich eingefunden, die sich für den Bus, einen Dodge, interessierten und mit dem langhaarigen Besitzer über der offenen Motorhaube fachsimpelten. Es wurde langsam dunkel, wir wollten weiter.

Es war großartig, in gehobener Stimmung fuhren wir weiter, wir winkten den Leuten, und sogar die Polizisten winkten freundlich zurück. Wir waren satt, es war wieder Benzin im Tank, es ging voran. Wir waren wieder auf dem Highway, »on the road«. Zwei Mädchen schütteten Reste von Benzin in den

Kanister, schüttelten ihn und schnüffelten daran. Plötzlich gab es einen unglaublichen Knall, der Bus trudelte, niemand wusste, was los war. Es musste etwas Schlimmes passiert sein, eine Achse gebrochen, der Bus hielt.

Wir stiegen aus, liefen um den Bus herum, da war nichts zu sehen, keine neue Delle im Blech, kein verlorenes Rad. Es war völlig unerklärlich, was das für ein schauerlicher Knall gewesen war. Schließlich stieg jemand aufs Dach des Busses und sah die Bescherung: Eine starke Delle, die vorher nicht dagewesen war. Jemand hatte von der letzten Brücke, die wir unterquerten, einen großen Stein auf den Bus geworfen. Wir konnten noch froh sein, dass der Stein nicht durch die Windschutzscheibe gekommen war und unseren fahrenden Busbesitzer-Hippie erschlagen hatte. Es ging weiter.

»Erinnerst Du Dich an ›Easy Rider‹, den Film?« fragte einer.

»Ja, genau wie in ›Easy Rider‹«, das war doch auch im Süden, oder?«

»Ja, verdammt, machen wir, dass wir hier heil rauskommen.« Wir fuhren weiter, es war dunkel, und wir hielten an einem Restaurant, ich legte mich in meinem Schlafsack in der Nähe des Busses. Ich hörte sie noch schreien, singen, von einem Tiger. Doch es konnte auch schon ein Traum sein.

45 Am nächsten Morgen sah ich den Tiger. Er lief an den Gitterstäben eines Käfigs hin und her, der mitten auf dem Parkplatz stand. Es war ein Werbegag des Restaurants oder eine sadistische Anwandlung von irgendjemandem. Wir fuhren wieder los.

»Hey«, sagte der Hippie zu mir, und sein blondes Haar glänzte, als hätte er einen Heiligenschein, »lass nicht uns die ganze Drecksarbeit machen. Hey, du mit diesem deutschen

Akzent, es würde großartig funktionieren. Du fragst einfach, du kannst auch sagen, wie es ist. Du brauchst nicht mal zu lügen.« Aber ich wollte einfach nicht betteln. Es war sonderbar, natürlich reiste ich sogut wie für umsonst, aber ich hatte eine Visacard, die ich jederzeit für fast beliebige Summen benutzen könnte. Aber ich wusste schließlich genau, dass alles von meinem Konto in Berlin abging.

»Ich kann das nicht machen«, sagte ich, »ich bin hier auf Urlaub, ich habe ein Konto zu Hause. Ich muss nach New York, um meinen Flug zurück nach Deutschland zu nehmen.« Sie waren nicht zufrieden mit dieser Antwort, aber ich wusste nicht, was ich ihnen anderes sagen sollte.

Sie fuhren zu Kirchen. Sie klingelten und erklärten die katastrophale Lage, sie wollten ja nur nach Hause, immer in eine Stadt, die mindestens eine Tagesreise entfernt war, niemals näher, aber auch nicht weiter. Und einmal hatten sie tatsächlich Erfolg. Wieviel sie seien, wurden sie zurückgefragt. Und dann bekamen sie wirklich für 15 Personen Gutscheine für McDonalds, ich blieb im Bus, während sie alle feiern gingen, mit Hamburgern und Pommes.

Ich war in einer Zwickmühle, einerseits hatte ich es auch nicht dicke und hätte gern an den Erträgen der Bettelei teilgehabt. Andererseits war ich mir offensichtlich zu fein, selber betteln zu gehen. Ich wartete, und als sie zurückkamen, hatten sie trotz meiner augenscheinlichen Arroganz an mich gedacht. Sie gaben mir eine Portion Pommes, die dort »French Fries« heißen, und wir fuhren weiter.

Ich musste mich von den Leuten trennen. Mal abgesehen von dem Problem, dass ich nicht betteln wollte, es ging mir auch viel zu langsam. Sie fuhren immer 50 Meilen, dann brauchten sie neues Benzin für den Tank und zum Schnüffeln und neuen Alkohol. Es bedeutete eine Pause von Stunden.

Manchmal war es umsonst, dann musste zur nächsten Einkaufsmeile an der nächsten Kleinstadt gefahren werden. So war es für meine Pläne einfach viel zu langsam. Ich bat noch, sie zusammen vor dem Bus fotografieren zu dürfen, und wirklich posierten sie für mich.

Der Hippie sah immer noch aus, als ob er frisch gewaschen wäre. Ich winkte ihnen zu und ging. Sie wollten eine neue Kleinstadt abgrasen, aber ich musste weiter, noch fünf Tage bis zum Abflug nach Berlin, und ich war noch nicht mal auf der Höhe von Georgia.

46 Ich stand irgendwo in Pennsylvania, und in zwei Tagen startete mein Flugzeug von New York. Ich hielt meine Hand raus, aber kein Auto hielt, bis auf das eine. Es war ein Polizeiauto, der klassische amerikanische Polizist stieg aus. Als erstes kontrollierte er meinen Pass.

»Irgendwelche Waffen oder Drogen?« fragte er, ich verneinte, meine Identifikation hatte er noch in den Händen.

»Wo wollen Sie hin?« fragte er weiter. Ich überlegte kurz: Nein! Dieser Dorfsheriff fragte mich, wo ich hin wollte. Das hatte ich nicht mal den DDR-Polizisten gesagt, nein, ihm würde ich es auch nicht sagen. Es ging ihn doch einfach nichts an:

»It's none of your business.« Er schaute mich überrascht an, soweit man das durch seine Sonnenbrille hindurch überhaupt beurteilen konnte.

»Wrong Answer!« sagte er: Falsche Antwort. Im Nu hatte er mich gegen sein Polizeiauto geworfen, verdrehte meinen Arm und schloss mir die Handgelenke mit Handschellen zusammen. Ich war nicht schockiert, ich hatte niemals daran gezweifelt, dass so etwas passieren könnte. Er warf mich in sein Polizeiauto und ich war immer noch nicht überrascht. Es war ganz normal, ich hatte es geahnt. Er würde mich sicher nicht umbringen, vielleicht würde ich eine Zelle von innen sehen. Das war Amerika, warum sollte es anders sein, als irgendein anderes Land? Er fuhr mich an irgendeinen gottverlassenen Ort, sagte, dass ich ins Gefängnis käme, und verschwand wieder.

47 Ein LKW-Fahrer, ein farbiger Lehrer, ein Pfarrer und ein Reisender in Kugellagern nahmen mich noch mit. So kam ich gerade noch rechtzeitig einen Tag vor meinem Rückflug nach New York in der großen Stadt an. Musste dort noch eine Nacht bleiben und schlief in Manhattan zwischen Hochhäusern in einem kleinen Park. In der Nacht weckten mich Uniformierte, leuchteten mir mit Taschenlampen ins Gesicht, und einer sagte:
»Das ist hier Privateigentum, Sie müssen gehen!«
»Wieso? Ich tu doch niemandem was.«
»Das ist Privateigentum!«
»Ja, das habe ich verstanden. Aber ich tu doch niemandem was, ich belästige doch keinen.«
»Sie müssen gehen, Sie müssen das Gelände verlassen.« Es war ärgerlich, ich rollte fröstelnd den Schlafsack zusammen und ging ein paar Blocks weiter, dort hatte ich Ruhe bis zum Morgen.

48 Der Rückflug war mit einer kuwaitischen Linie, es gab Essen ohne Schweinefleisch, und ich ließ mir einige Portionen Nachschlag geben. Von London trampte ich nach Berlin, dort war alles katastrophal verlaufen: Meine Wohnung war gekündigt, mein Konto aufgelöst, ich war von Amts wegen abgemeldet.

Die Studentinnen, denen ich meine Wohnung überlassen hatte, hatten kein einziges Mal die Miete eingezahlt. Ich hatte ihnen gesagt, sie sollten, wenn sich das Arbeitsamt meldet, einem Freund Bescheid geben. Der hatte zugesagt, sich im schlimmsten Fall unter meinem Namen vorzustellen, damit die lebenswichtigen Überweisungen dieser großartigen Institution nicht versiegten. Doch diese Studentinnen hatten stattdessen dem Arbeitsamt geschrieben, dass ich auf Weltreise wäre und erst in einem halben Jahr zurückkäme. Das Arbeitsamt hatte sofort meine Bezüge gestoppt. Statt mit Plusminus Null stand ich nun mit 8000 Mark Minus da.

Ich bekam mit Nelly das Kind, eine Tochter, die wir Lila nannten. Ich war wohl nicht der biologische Vater. Doch das ist auch Biologie: Babys schreien und sabbern, und schon hat man sie lieb, egal von wem sie sind.

Nach einigen Monaten bekam ich einen schönen Scheck mit über 2000 Mark von der israelischen Versicherungsgesellschaft für diesen Gepäckraub in Texas. Ich hatte ordentlich aufgetragen, Fotoapparate, Hosen, Schuhe, neuwertige Samthemden, bibliophile mittelalterliche Handschriften, seidene Unterhemden und Unterhosen aus Brüsseler Spitze angegeben und sie hatten es akzeptiert. Dieses Geld kam mir wegen meiner restlichen Schulden sehr gelegen, ich trank bei Bekannten viel zu viel Wodka, lief durch die Berliner Straßen, wedelte mit dem Scheck und rief:

»Das Judentum hat mir Geld geschickt.« Ich zog in Nellys Wohnung, die 3,90 Meter hoch war, und begann, dort eine Zwischendecke einzuziehen. Einen Ofen riss ich ab und warf die Einzelteile aus dem Fenster des ersten Stocks in die Mülltonne auf dem Hof. Nachts ging ich auf Tour: Bohlen, Bretter, Verschalungen, Holzteile aller Art, es war unglaublich, wieviel Material man für so eine Zwischendecke brauchte.

Es wurde ja überall gebaut, das Material lag herum, unbewacht, wie für mich hingelegt. Manchmal guckten Leute sonderbar, wenn ich nachts um drei mit vier Meter langen Verschalungsbrettern auf den Schultern durch die Straßen ging. Aber nie sagte jemand was.

Ich baute mir mein eigenes Reich dort oben. Die Wohnung war zwar groß, sie würde aber noch viel größer sein, wenn erst meine Zwischendecke fertig wäre und die zwei Zimmer in vier verwandelte. Und ein Mann braucht sein eigenes Zimmer, erst recht einer mit soviel Büchern wie ich. Ich baute und bohrte und sägte, und irgendwann war das Bauwerk tatsächlich fertig. Eine aberwitzige Konstruktion mit Quer- und Diagonalträgern, mit Abdeckplatten auf vier verschiedenen Ebenen.

49 Doch finanziell war ich noch längst nicht wieder saniert. Es war doch erstaunlich, wie leicht sich Geld mit vielem verdienen ließ, im Gegensatz zu ehrlicher Arbeit. Wie prompt der Scheck aus Israel gekommen war, trotz der ganzen Sachen, die ich niemals besessen hatte.

Ich rief einen Versicherungsvertreter an und sagte, ich wolle eine Hausratsversicherung abschließen. Er kam noch am selben Tag vorbei, und ich bat ihn hoch in meine Hochetage. Ich hatte mir einiges teure Zeug geborgt: Laptop, Diktiergeräte, noch ein anderer sündhaft teurer Kleincomputer.

»Ja, wissen Sie«, sagte ich, »ich habe hier Computer und alles. Und es könnte ja doch mal eingebrochen werden. Also, deshalb wollte ich eine Hausratsversicherung abschließen.« Der Vertreter war froh über so einen einfachen Kunden, den man nicht erst zu etwas überreden brauchte. Er gab mir die Verträge, ich unterschrieb.

»Und ab wann gilt die?« fragte ich.

»Ab sofort.« sagte er. Er wollte mir noch eine Blitzschlag- und eine Hochwasserversicherung andrehen. Doch ich lehnte ab und verabschiedete ihn. Zwei Wochen ließ ich vergehen, dann schritt ich zur Tat. Mit Nelly hatte ich alles besprochen, sie war zum Wochenende mit Lila bei ihren Eltern. Abends schloss ich die Wohnungstür ab und warf mich dann dagegen. Sie sprang auf, ich horchte ins Treppenhaus, doch niemand rührte sich. Ich verließ das Haus und machte die Nacht durch. Am Morgen kam ich nach Hause, ging rein und rief die Polizei an. Eine Dame meldete sich.

»Hallo«, sagte ich, »bei mir ist eingebrochen worden. Computer, Diktiergerät, ein Newton, das ist auch ein Computer, die Anlage, alles weg.« Sie sagte, sie würden gleich jemand vorbeischicken, und ich wartete. Sie kamen zu dritt. Ich führte sie hoch auf meine Zwischenetage und erklärte ihnen alles:

»Dort stand mein Laptop, da war der Newton angeschlossen zum Überspielen. Da drüben war die Anlage. Ein Telefon fehlt auch noch, das stand noch in der Originalverpackung da drauf.« Der eine der Beamten, wohl ein Techniker, winkte gleich ab, in dem Dreck und Chaos, das bei mir herrschte, nach Fingerabdrücken suchen zu wollen. Es sah wirklich schlimm aus: Alles lag voller Bücher und Zeitungen. Socken, Unterwäsche, Notizzettel, Kabeltrommeln und alte Dia-Projektoren verstärkten den chaotischen Eindruck.

»Sie hatten einen Computer?« fragte der andere Beamte misstrauisch.

»Ja, der stand hier. Und die Diktiergeräte lagen dort drüben.«

»Und wo stand die Anlage?«

»Hier, das waren CD-Player, Kassettenteil, Plattenspieler und Boxen.« Der Beamte sah mich immer noch an:

»Also mir kommt das komisch vor. Sie wollen hier alles voller teurer Sachen gehabt haben? Das Schloss an der Tür, das ist doch nichts!« Ich versuchte, möglichst unschuldig auszusehen:

»Das war hier schon. Muss man denn alles nachrüsten? Außerdem war doch der Versicherungsvertreter hier. Der muss doch das Schloss gesehen haben.«

»Sie haben eine Hausratsversicherung?« fragte er, ich musste es zugeben. Seine Kollegen waren schon wieder raus gegangen. Er sagte zum Abschied:

»Wissen Sie was? Ich glaube Ihnen kein Wort.«

Dann ging auch er.

Als nächstes rief ich die Versicherung an:

»Ja, Einbruch, können Sie mir bitte die Unterlagen schicken?« Am nächsten Tag hatte ich sie. Jetzt begann der schwierigste Teil meines Unternehmens: Quittungen besorgen, Belege, und die ganzen Formulare der Versicherung ausfüllen. Ich kam, wenn ich alles addierte, auf 7972 Mark. Ich machte von allem Kopien und schickte es hin. Nach einigen Wochen meldete sich eine Dame, sie sei von der Versicherung und wolle die Originale der Quittungen sehen, ob sie vorbeikommen könne. Ich machte einen Termin für den nächsten Tag aus.

Ich zeigte ihr den Stapel Quittungen, und sie wollte nochmals von jedem aufgeführten Gegenstand wissen, was es gewesen war und wozu ich es verwendete. Ich sagte:

»Der Newton, das ist so eine Art Computer, den Laptop brauche ich zum Schreiben, das Telefon hatte ich von einem Freund abgekauft.«

»Und die vielen Diktiergeräte?« fragte sie, »Wozu braucht man denn gleich drei Diktiergeräte?«

»Sie werden lachen,«, sagte ich, »aber ich habe noch einige.« Ich führte sie hoch in meine Hochetage, tatsächlich lagen zwischen den Hemden, alten Schreibmaschinen, Verpackungen von Computern aller Art, Kabeln und Büchern immer noch einige Diktiergeräte. Sie kam wieder mit herunter, und mir stockte der Atem, als ich sah, was sie jetzt tat: Sie füllte den Scheck aus, und ich sah die Summe: 7972 DM.

50 Schon wieder wurde es Winter, und wir wollten Urlaub machen. Irgendwohin, wo es warm war, und so flogen wir nach Marokko, Agadir. Mit dem Flugticket hatte ich eine Reisegepäckversicherung abgeschlossen, und ich hatte vor, sie auszunutzen.

Ich streifte durch Agadir, wir hatten uns in ein billiges Hotel eingemietet mit einer kleinen Kabine für uns und nichts als Bastmatten auf dem Boden. Ich lief durch die Stadt und überlegte, wo die Gegend der Stadt sein würde, in der mir meine Kameratasche geraubt werden wird. Unser Hotel war in einer armseligen Gegend. Mein Vorteil war, dass ich weder eine Kameratasche besaß, noch die Video- und normalen Kameras, die Objektive und was ich noch alles als geraubt angeben wollte. Und der Nachweis, dass ich nichts von alldem je besessen hätte, musste schwerfallen.

Nelly wusste, was ich vorhatte, als ich am vierten Abend losging, die Sache durchzuziehen. Ich hätte lieber darauf verzichtet, ich hatte deshalb schon die ganzen Tage über Magenschmerzen. Aber schließlich hatte ich diese Gepäckversicherung nur deshalb abgeschlossen. Der Markt war am Tag ein unübersichtliches Kreuz und Quer von Gassen und kleinen Gängen, er war dicht an dicht mit Marktbuden vollgestellt, an denen Touristen Potenzmittel aus Nashorn- oder Tigerpenis, Schrumpfköpfe und mumifizierte Affenhände angedreht wurden. Jetzt in der Dunkelheit war es dort wie ausgestorben.

Mir war klar, dass ich echt wirken müsste. Versicherungsbetrug mit einer Gepäckversicherung, das machte heutzutage jeder zweite Neckermann-Reisende. Ich musste echt wirken, ich lief durch die Gassen und begann Schatten zu sehen, unheimliche dunkle Männer, die sich in Nischen versteckten, ich begann schneller zu gehen. Ich schaute mich um, Zeugen waren mir unerwünscht. Erst wenn ich die Verfolgung meines fiktiven Räubers aufgenommen hatte, erst dann durften mich Leute sehen, die sich später an mich erinnern konnten.

Jetzt! Jetzt hatte mir einer die Kameratasche von der Schulter gerissen, ich rannte ihm hinterher, doch er war jünger und schneller. Schon war er um eine Ecke verschwunden, ich rannte so schnell ich konnte. Links weiter, rechts, wieder links, er war weg, kein Wunder in diesem unübersichtlichen Gewirr. Ich lief und lief und lief, bis ich dachte, genug außer Atem zu sein. Ich rannte zur Polizeistation:

»Somebody robbed my camera bag!« Ich war wirklich aufgeregt, kein Wunder. Zwei Polizisten mit Sprechfunk und Gewehren sprangen auf: »Where?« schrien sie mich an, ich lief mit ihnen zu der Stelle, wo es passiert war. Ich erklärte ihnen, wie der Räuber von hinten gekommen war und mir die Tasche von der Schulter gerissen hatte. Natürlich hatte ich ihn nicht genau erkennen können, irgendwie arabisch hatte er ausgesehen.

Ich zeigte den Polizisten, wo er lang gerannt war, wo ich ihn noch gesehen und wo ich ihn verloren hatte. Aus irgendeinem Grund zweifelten sie noch immer, ich musste sie zu unserem Hotel führen und sie weckten alle auf, selbst den Hotelmanager. Sie fuchtelten mit ihren Waffen rum und schrien sich gegenseitig an. Nelly mit der kleinen Lila im Arm machte genau den richtigen verschlafenen und ehrlichen Eindruck, die Polizisten beruhigten sich wieder. Ich ging noch mit ihnen zur

Wache und bekam den Bericht in arabisch und englisch, genau den Bericht, für den ich diesen ganzen Zirkus abgezogen hatte.

Der Urlaub war zu Ende, wir flogen wieder zurück, und ich begann rumzufragen, ich brauchte Quittungen von Videokameras, von Fotapparaten und Objektiven, aber niemand wollte mir mehr welche geben. Es war sehr ärgerlich, aber ich fand einfach niemanden. Ich bot sogar Geld dafür an, aber es war nichts aufzutreiben, ich hatte die ganze Aktion umsonst gemacht.

51 Dann machte ich Stadtrundfahrten im Kübeltrabbi in Berlin. Ich erinnerte mich an Kreta, damals mit dem abgesägten Trabbi. Und im Sommer war das Wetter auch in Berlin schön.

Ich schaltete Anzeigen »Alle Menschen wollen Stadtrundfahrten im Kübeltrabbi« und ähnliche Texte in einem Kiezblatt, aber es wirkte nicht. Ich machte kleine Handzettel, hunderte, tausende, und verteilte sie überall, wo es mir sinnvoll erschien. Manchmal fuhr ich auch einfach so durch die Stadt, einen Stapel von den Zetteln auf dem Beifahrersitz. Irgendwo in steilen Kurven stieß ich diesen Stapel einfach heraus, mein Auto hatte keine Tür. Die Zettel flatterten durch die Dunkelheit, und ich stellte mir vor, wie ein reicher amerikanischer oder süddeutscher Tourist einen dieser Zettel finden würde. Aber ich hätte bedenken müssen, dass Werbung für Berliner Stadtrundfahrten in jeder Stadt sinnvoller ist als in Berlin.

Ich machte trotzdem weiter, ich hatte die Zettel billig gedruckt und wollte sie loswerden.

Es war schon Nacht, ich fuhr an der Sternwarte Prenzlauer Berg vorbei und stieß wieder einen Stapel vom Sitz. Ein

Windstoß kam, und die Zettel flogen davon, über die ganze Wiese.

»Fahren Sie rechts ran!« ertönte eine Lautsprecherstimme, diesen Sound kannte ich, das war die Polizei. Ich fuhr ran und stieg aus, die Polizisten, die von der Hauptstraße gekommen waren, ebenfalls.

»Was waren denn das für Zettel?« fragte der eine Polizist.

»Werbezettel für Stadtrundfahrten«, sagte ich. Der Polizist schaute über die Wiese, wo eine Böe die Zettel schon wieder weitertrieb.

»O. K., die sammeln Sie wieder auf!« sagte er. Ich ging ein paar Schritte auf die Wiese, die letzten Zettel verschwanden durch eine neue Böe aufgewirbelt im Dunkel. Es war völlig sinnlos. Es ging den Polizisten nicht um die Zettel, sie wollten eine Unterwerfungsgeste. Ich sollte so tun, als ob ich die Zettel wieder einsammle, und dann wären sie zufrieden. Nicht weil es sauberer wäre, ich hätte von 400 Zetteln vielleicht noch fünf fangen können, bevor der Wind auch die davongeweht hätte. Nein, sie wären dann zufrieden gewesen, hätten vielleicht noch gesagt: »Gut, aber dass uns das nicht wieder vorkommt.« Aber nur, weil ich ihre Macht über mich durch das sinnlose nächtliche Umherlaufen auf der Wiese anerkannt hätte. Ein wenig wie im Kindergarten: Geh in die Ecke und schäm dich, dann darfst du auch wieder mitspielen. Ich blieb stehen, ging zurück zu den Polizisten: »Nein, das hat doch keinen Sinn. Ich sammel die Zettel nicht auf.«

»Dann bekommen Sie eine Anzeige«, sagte der Polizist. Ich überlegte einen Augenblick, natürlich, so eine Anzeige bedeutete immer Ärger. Und es war kein Bluff, sie waren Polizisten, sie brauchten nicht zu bluffen.

»Es hat doch keinen Sinn, das ist doch hier kein Kindergarten. Nur damit Sie hier Ihre Befriedigung haben.«

Das gefiel den Polizisten nicht, und ich hätte sie sehr gut verstanden, wenn sie jetzt ihre Polizeigriffe und Handschellen ausprobiert hätten. Aber sie beherrschen sich, schrieben meine Personalien auf. Ich bekam eine Anzeige wegen »Verschmutzung von öffentlichem Straßenland durch Verbreitung von Handzetteln ohne gewerbliche Genehmigung«, und das kostete 500 Mark Strafe.

52 Ich machte trotzdem weiter mit den Stadtrundfahrten, auch ohne Lizenz. Ich erkundigte mich, eine Lizenz dafür war unmöglich zu kriegen, das Auto müsste Gurte haben und vier Türen. Mit den Gurten, das wäre noch gegangen, aber Türen, ich hatte überhaupt keine. Ich fuhr meine Stadtrundfahrten und verdiente mir damit ein wenig dazu, Pärchen aus Schwaben, dicke Amerikaner, Japaner mit Fotoapparaten und Bayern in krachledernden Hosen. Ich erzählte irgendwelches Halbwissen nach:

»Ja, hier in diesem Schloss lebte die Frau vom alten Fritz, der war ja schwul und deshalb wollte er sie aus dem Weg haben. Hier die Siegessäule, die stand früher vor dem Reichstag. Hitler hat sie hierhergestellt.«

»Aha«, sagte die Oma aus Westdeutschland, »steht aber auch nicht schlecht hier.« Aber richtiges Geld war damit nicht zu verdienen. Die Gäste diskutierten um den Preis, bei Kälte oder Regen ging es gar nicht. Ich meldete mich für den Taxischein an, begann zu lernen, bis ich dachte, wahnsinnig zu werden. Doch bei der zweiten Prüfung kam ich durch. Von da an verdiente ich doppelt und mehr als mit den Stadtrundfahrten, und die Diskussionen um den Fahrpreis hörten auf.

53 Es gab nicht mehr so viele illegale Kneipen und Bars wie zur Wende, aber es gab noch jede Menge. Eine hatte einen geheimen Zugang zu einem gigantischem ehemaligen Bierspeicher, der jetzt leer stand und der ideale Ort war für Techno-Veranstaltungen, die schon seit mehreren Jahren sehr in Mode waren.

Ich wusste nicht allzuviel über diese Mode, so gut wie nichts über die Musik. Aber ich hoffte, damit Geld zu verdienen. Der Betreiber einer illegalen Bar veranstaltete diese Techno-Partys, und da würden hunderte Leute kommen. Sie würden aufgeputscht von Drogen tanzen und tanzen und tanzen, sie würden trinken, Joints rauchen, und irgendwann würden sie nach Hause gehen oder zur nächsten Party. Und sie würden Hunger haben. Sie würden herauskommen aus dem Tanzsaal, und da würde ich stehen und ein Freund: Mit einem großen Topf leckerer dampfender Kartoffelsuppe, mit Schmalzstullen und Gürkchen. Und wir würden Geld verdienen. So dachte ich mir das. Doch zuerst musste ich den Freund zum Mitmachen überreden: »Hey, das ist bombensicher! Die pfeifen sich Drogen rein und tanzen und irgendwann haben die Hunger. Dann stehen wir da!« Er glaubte mir und machte mit. Wir kauften Plastebecher, Gurken, Kartoffeln, Schmalz und begannen mit der Arbeit einen Tag vor der Super-Party-Nacht.

In einem gigantischen Topf brodelte die Suppe, und es kamen Tomaten ran und Kartoffeln und Speck und Kräuter und Lauch. Wir hatten Stunden lang Kartoffeln geschält, Tomaten, Lauch und Kräuter kleingeschnitten. Schmalz hatten wir erhitzt, bis es dünnflüssig war und dann mit Apfelstücken und Zwiebeln versehen. Es war darüber Abend geworden, aber der nächste Tag würde unser Triumph werden. Wir hatten für fast 100 Mark eingekauft und in gerade 24 Stunden würden wir das große Geschäft machen.

Am nächsten Morgen schaute ich in die Suppe. Merkwürdige kleine Bläschen hatten sich gebildet, und sie roch auch sonderbar. Ich kostete, die Suppe schmeckte etwas merkwürdig. Aber was sollte schon sein, das wusste doch jeder, dass so eine Suppe erst nach dem ersten Aufwärmen so richtig gut wurde.

Wir trafen uns am Nachmittag und schauten nochmal in den Topf. Es waren noch mehr Bläschen, und sie roch noch merkwürdiger. Aber was sollte es, beim Aufwärmen würde sie schon wieder werden. Wir packten den Topf mit der Kartoffelsuppe und das restliche Zeug in meinen Trabbi und fuhren zu der geheimen Stelle, wo der Eingang des gigantischen Techno-Bierspeichers versteckt war. Wir bauten einen Tapetentisch auf und lüfteten wieder den Deckel der Kartoffelsuppe. Es stank wie Jauche, und die Blasen konnten nichts anderes als Fäulnisblasen sein. Wir konnten es uns nicht erklären, tippten auf irendeine chemische Reaktion mit dem Lauch.

Wir schütteten sie in einen Gulli, machten eine neue. Das Geschäft war enttäuschend, trotz Schmalzstullen mit Gürkchen und der neuen Suppe, wir hatten gerade 20 Mark pro Person verdient, dafür aber Unmengen an Plastegeschirr und Lebensmitteln übrig.

54 Die ganze Zeit lebte ich von den Überweisungen des Arbeitsamtes und hatte keine Gewissensbisse. Es war ja auch einfach paradiesisch, Geld, ohne einen Finger dafür krumm zu machen. Das Amt zahlte Arbeitslosengeld, später Arbeitslosenhilfe, alle zwei Wochen, Monat für Monat, Jahr für Jahr. Der einzige Haken dabei war die Anwesenheitspflicht, »verfügbar« musste man sein. Meine ganzen Freunde, Nachbarn und Bekannten machten Reisen, nach Südamerika, nach Thailand, nach Australien. Und zu Hause wurde ihnen Woche für Woche das Geld überwiesen. Aber man musste vorsorgen, man wurde regelmäßig vorgeladen. Ein Freund von Nelly rief von Australien aus das Arbeitsamt an, um zu sagen, dass er Schnupfen hätte und deshalb erst nächsten Monat kommen könnte.

Freund Glied fuhr nach Griechenland, ich kümmerte mich während seiner Abwesenheit um seine Post. Nach einigen Monaten kamen beunruhigende Neuigkeiten. Sie hatten ihn bei einem Diebstahl auf einem Schrottplatz erwischt, er saß in Griechenland im Knast und ihm wurde wahrscheinlich gerade in dem Augenblick ein Kreuz auf den Arm tätowiert, als ein Brief des Arbeitsamtes ihn hier in Berlin aufforderte, sich bei einer Fernmelde-Firma für einen Job vorzustellen.

Er war dort im Gefängnis, hatte also Ärger genug am Hals. Blieben zusätzlich die Zahlungen des Arbeitsamtes aus, würde es für ihn noch katastrophaler werden. Es war eine verflixte Situation, Glied war Vermesser, und dem Arbeitsamt würde das Verständnis für seine juristischen Probleme in Griechenland mit Sicherheit fehlen. Und würde er sich nicht vorstellen für diesen Job, dann sperrten sie sein Geld für mindestens drei Monate.

Ich klierte einige absurde Bruchstücke von Glieds Lebenslauf auf ein Blatt, nur das, was ich auf die Schnelle in Erfahrung bringen konnte. Dann machte ich mit der Fernmelde-Firma einen Termin für ein Vorstellungsgespräch aus, und ich fühlte mich sehr unwohl. Ich wusste von Vermessern nichts weiter, als dass sie immer mit diesen großen gelben Linealen irgendwo rumstanden, während ein anderer durch einen Fotoapparat schaute, der auf einem Stativ saß. Dann war es soweit, mein Name war Olaf Glied, und ich saß vor dem Manager der Firma, ich war zwei Stunden zu spät gekommen und hoffte, es würde schnell vorbei sein.

»Was haben Sie so gemacht?« Oh verdammt, jetzt hatte er mich schon. Sollte ich sagen: Ich hab immer mit so einem großen Lineal herumgestanden, Sie wissen doch, Vermesser stehen doch immer mit so einem großen gelben Lineal herum, während der andere durch einen Fotoapparat schaut? Sollte ich das sagen?

»Kartographie«, sagte ich. »Bei der Armee. Aber vielleicht, ehe wir weiter sprechen, ich weiß gar nicht, ob ich überhaupt für Sie in Frage komme. Bei mir käme nur eine befristete Anstellung in Frage. Ich will nächsten Monat beginnen, mein Abitur nachzuholen. Also befristet, ginge das bei Ihnen? Bis dahin würde ich gerne arbeiten.« Er war ein Profi und ließ sich seine Verwunderung nicht anmerken. Ich roch nach Alkohol von der Nacht zuvor, ich war zwei Stunden zu spät gekommen, hatte die lächerlichsten Bewerbungsunterlagen aller Zeiten mit und erzählte etwas von einer befristeten, auf nicht mal einen Monat befristeten Anstellung. Aber er ließ sich seine Verwunderung nicht anmerken und sagte:

»Ja, dann kommen Sie tatsächlich nicht in Frage.« Ich ging raus, ich hatte es hinter mir. Ich hatte es geschafft. Noch nie war mir bei etwas so unwohl gewesen wie bei diesem Vorstellungsgespräch, aber das Ziel war erreicht. Freund Glied würde weiter sein Arbeitslosengeld überwiesen bekommen, während sie eine Träne in sein Gesicht tätowierten.

55 Mit Nelly ging es auseinander, schließlich zog ich aus und hinterließ eine monströse Zwischenetage voller Gerümpel in zwei Zimmern und auf vier Ebenen.

Ich stahl ganz normal in der Kaufhalle, ich machte es immer. Es war billiger, ich kaufte für 10 Mark und hatte irgendwo Sachen eingesteckt für 20 Mark. Es war wie eine Angewohnheit, aber eine Angewohnheit, die viel Geld sparte. Doch an diesem Morgen war ich wohl noch nicht wach genug. Ich steckte mir eine große Packung Räucherlachs unter die Jacke und ging zur Kasse. Ich bemerkte die Dame erst, als sie mich ansprach und fragte, ob ich mal mit nach hinten kommen würde.

Jetzt war klar, sie hatten mich erwischt. Aber es berührte mich nicht sehr. Ich ging mit nach hinten in ein kleines Büro. Vielleicht war es das der Detektivin. Ich gab ihr den Lachs, und sie nahm meine Personalien auf. Noch so ein Unglücklicher saß dort und wartete, wartete mit mir auf die Polizei. Wovon wir lebten, wollte sie wissen. Ich versuchte, schuldbewusst auszusehen:

»Arbeitslosenhilfe«, sagte ich. »Es ist meine Schuld, man muss ja schließlich auch nicht Lachs essen.« Dann kam die Polizei, nahm die Personalien auf, und wir konnten gehen. Die Detektivin sprach uns noch ein einjähriges Hausverbot für alle Filialen der Kaufhallenkette aus. Einige Wochen darauf bekam ich ein Schreiben, dass die Ermittlungen wegen Ladendiebstahls eingestellt wären. Ob es was damit zu tun hatte oder nicht, das war mein letzter Ladendiebstahl.

56 Ich bekam Arbeitslosenhilfe, zwischendurch hatte ich eine ABM-Stelle, als die ausgelaufen war, wieder Arbeitslosenhilfe, und dann fuhr ich Taxi. Das Taxifahren an sich fand ich eine angenehme Beschäftigung: Man saß in seinem Auto, die Uhr lief, und man verdiente Geld, während man durch die Gegend fuhr. Das Problem war, dass das Geschäft so schlecht lief.

Fahrer wie ich bekamen 50% des Umsatzes, das heißt, wenn ich jemanden für 20 Mark fuhr, dann waren 10 Mark davon mein Verdienst. Aber das Geschäft ging schleppend, ich fuhr viel nachts und versuchte, soviele Schwarzfahrten zu machen, wie es nur ging. Schwarzfahrten, das waren Fahrten, für die ich die Taxameter-Uhr nicht einschaltete. Wenn jemand fragte:

»Wieviel kostet es zum Zoo?« dann sagte ich:

»Für 20 Mark fahr ich dich hin.« Und dann schaltete ich das Licht im Taxischild auf dem Dach mit einem Extra-Schalter aus und fuhr zum Zoo. Wenn es der Fahrgast wollte, schrieb ich ihm auch noch eine Quittung. Damit hatte ich meinen Verdienst verdoppelt, und obwohl mein Chef, der Besitzer des Taxis, eine Abrechnung bekam, auf der genau zu sehen war, wieviele Kilometer besetzt und unbesetzt gefahren waren, konnte er nicht erkennen, ob jemand sich heimlich was dazu verdient hatte.

Aber selbst mit Schwarzfahrten, mit allen Tricks, die ich kannte, mit geheimen Stellen, mit bestimmten Clubs, mit dem Extra-Abkassieren bei Puffs, das Taxi-Geschäft in Berlin wurde immer flauer. Ich legte mir Ernst-Busch-Kassetten ein oder südamerikanische Kirchenorgelmusik, und ich fuhr durch die Berliner Nächte, aber das Geld reichte nicht.

Dann begann ich, während der Nachtschichten außerdem noch Zeitungen auszufahren. Das hatte mehrere Vorteile: Zum einen musste ich nicht, wenn gar nichts lief, an diesen sinnlosen Taxisäulen in langen Schlangen von Taxis warten. Ein beliebter Spruch war: »Ein Taxihalteplatz sollte sein wie der Fahrgast: nicht zu voll.« Aber der größere Vorzug beim gleichzeitigen Botendienst war, dass ich mit den Zeitungen besser verdiente als mit dem Taxi. Und trotzdem konnte ich das Taxi dazu benutzen, ohne dass mein Chef etwas merkte. Nebenbei bekam ich, dadurch dass ich immer unterwegs war, auch viel mehr Fahrgäste.

Bis zu dieser kalten Winternacht, als ich mit dem Taxi voller verschnürter Zeitungsstapel auf Glatteis vor einem Theater ins Rutschen geriet. Rumms! Ich schlitterte mit dem Daimler gegen zwei Autos, dann war es still. Ich stieg aus und lief zum nächsten Telefon und rief einen Freund an:

»Verdammt, ich bin in Schwierigkeiten. Ich hab grad mit dem Taxi einen Unfall gebaut und der Wagen ist voller Zeitungen. Wenn das die Polizei mitkriegt oder mein Chef, dann bin ich geliefert!« Er versprach zu kommen, und tatsächlich tauchte er nach einer halben Stunde auf, lud die Zeitungen in seinen Wagen, und ich konnte endlich die Polizei und meinen Chef verständigen. Die Polizisten verhielten sich gefasst und sachlich, doch mein Chef beruhigte sich erst nach einigen Jahren.

57 Mit dem Fahren und dem Trinken ist das so eine Sache, keine Frage, die Reaktionsgeschwindigkeit, die Selbsteinschätzung, all das leidet, und man gefährdet alle Leute, die in der Nähe sind. Aber ein Aspekt, der sehr wenig Erwähnung findet, ist der, dass es unglaublichen Spaß macht, betrunken Auto zu fahren.

Ich fuhr nach einem kleinen Sektumtrunk zu einer anderen Feier, und die Polizei hielt mich an. Es war wie ein Reflex der Polizei. Immer, wenn sie mein Auto sahen, hielten sie es an. Sie merkten, dass ich etwas getrunken hatte, und sie fuhren mich durch die halbe Stadt zur Blutprobe. Mein Auto beschlagnahmten sie, wegen »Verdacht auf versteckte Mängel.«

Bei der Blutprobe hatte ich Glück, meine Werte lagen nicht im verbotenen Bereich. Doch sie verlangten 1600 Mark Strafe wegen der Mängel an meinem Auto, die ein Gutachter gefunden hatte. Ich legte Beschwerde ein, mit der Begründung, dass ein Gutachter, der dafür bezahlt würde, Mängel zu finden, natürlich welche finden würde. Aber diese Gemeinheit der Polizei, wenn sie selber nichts an einem Auto zu bemängeln finden, einen ihrer Leute suchen zu lassen, diese Gemeinheit wollte ich mir nicht bieten lassen. Dass ich diesen Gutachter dann noch bezahlen sollte, für ein Gutachten, das mir nur Ärger brachte, nein. Es kam zu einer Verhandlung, die Richterin sagte:

»Also, wenn ich mir diese Fälle hier anschaue ...« Sie blätterte in verschiedenen dicken Aktenordnern und begann kurz aufzuzählen, es war alles mit dabei. Der abgesägte Trabbi, das waren damals wegen unerlaubten Umbaus drei Punkte in Flensburg gewesen, die vielen Schrottkarren mit ihren Mängeln, Trunkenheit am Steuer und vieles mehr. Sie hatte das alles in den Akten.

»Wenn ich mir diese ganzen Fälle anschaue, dann bleiben mir da viele Fragen offen.« Und die Richterin begann aufzuzählen, was ihr alles fraglich erschien. Sie sagte, wenn ich meinen Widerspruch nicht zurückzöge, dann würde sie die ganzen Fälle wieder aufrollen und ich käme nicht so glimpflich davon.

Das machte es mir natürlich leicht, schwer fielen mir immer nur Entscheidungen *zwischen* etwas. Ich zog meine Beschwerde zurück. In diesem Fall war ich zweifellos unschuldig gewesen und würde trotzdem tausende von Mark zahlen müssen.

58 Ich fuhr in Pankow um eine Kurve, leider hatte ich mich verkalkuliert und *Schramm!* hatte ich das andere Auto gestreift. Verdammt, der Alkohol, die Geschwindigkeit, ich versuchte zu entkommen und fuhr schnell weiter. Doch der andere hatte schnell gewendet, überholte mich, und ich versuchte ihn zu beschwichtigen. Ja, ich war ja schuld, keine Frage. Ich würde den Schaden bezahlen, es war ja eine Bagatelle, ein kleiner Blechschaden, nichts weiter. Der andere willigte ein, wir tauschten die Personalien aus, und ich hoffte, noch mal glimpflich aus der Geschichte herausgekommen zu sein.

Doch nach einigen Wochen kam ein Brief, es lief ein Verfahren gegen mich wegen Unfallflucht, es schien doch nicht so glimpflich zu werden.

Ich sah meine einzige Chance darin, zu behaupten, dass ich von der Berührung des anderen Autos nichts mitgekriegt hatte. Das war meine einzige klitzekleine Chance, alles andere hätte Fahrerflucht bedeutet, ein sehr schwerwiegendes Delikt, Führerschein weg, hohe Strafe.

Es kam zur Gerichtsverhandlung, aber es war verfahren. Wenn der Richter oder irgendjemand einen Blick in die Akten werfen würde und herausbekäme, was für ein Auto ich gefahren war, dann würde mein ganzes Lügengebäude zusammenbrechen. Ich hatte doch diesen Kübeltrabbi, nur eine Plane war zwischen mir und dem Unfallgegner gewesen. Und davon sollte ich nichts bemerkt haben, ausgeschlossen.

Andererseits konnte ich ja auch nicht zugeben: »Ja, ich habe es bemerkt, aber ich bin lieber weggefahren, weil ich erstens hoffte, dass ich entkäme und weil ich zweitens ziemlich einen im Tee hatte.«

Nein, ich musste dabei bleiben, es gab keine andere Chance. Im Gerichtsgebäude traf ich den andern Fahrer. Es tue ihm leid, sagte er, aber sein Chef habe auf der Anzeige bestanden. Ich winkte ab, wir waren alle nur kleine Rädchen in dem großen Getriebe und mussten sehen, wie wir möglichst heil raus kamen. Die Verhandlung begann, ich saß auf einem Stuhl vor Richter und Staatsanwalt, und ich blieb bei meiner Behauptung, dass ich nichts gemerkt hätte von der Berührung mit dem andern Wagen. Mir wurden die vielen Mängel an meinen unzähligen Autos vorgehalten, ich sagte:

»Ich fahre sonst Taxi. Und das ist wie mit dem Buchbinder, der zu Hause nur zerfledderte Schwarten rumliegen hat. Oder der Tischler, der zu Hause in Obstkisten lebt. Das Taxi, das ich fahre, ist immer pikobello.« Der Richter musste grinsen. Dann wieder ernst wies er mich darauf hin, dass es so nicht ginge. Auch ein Taxifahrer müsse seinen Privatwagen in Ordnung halten.

Ich kam mit 500 Mark Geldbuße davon, keine Punkte in Flensburg, nichts weiter.

59 Ich überlegte, was ich noch aus meinem Leben machen könnte, aber mir fiel nichts ein. Irgendwann würde mir schon die Erleuchtung kommen, bis dahin müsste man doch noch was Nützliches mit seiner Zeit anfangen können, vielleicht eine Sprache lernen. So schrieb ich mich an der Universität für Chinesisch ein.

Das war gar nicht so einfach, der alte Fritz, Bismarck, Wilhelm II., die Nazis, dann die Kommunisten und jetzt Westdeutschland hatten eine aberwitzige Bürokratie aufgebaut, die einen Tage und Tage von Amt zu Amt rennen ließ, um die absurden Wünsche dieser Sekretärinnen zu erfüllen. Aber ich schaffte es irgendwie und war dann Student und eingeschrieben.

Es war von Anfang an der reine Betrug. Den Lehrern fiel es auf, den Mitstudenten fiel es auf, ich saß einfach immer da und verstand kein Wort. Die chinesischen Wörter flossen an mir vorbei wie Wasser, und ich hoffte, irgendwann einmal nass zu werden. Denn das wäre der Moment, in dem ich verstehen würde. Alle Komilitonen fragten sich, weshalb ich überhaupt noch kam, die Lehrer, die Studenten. Aber ich konnte es ihnen nicht sagen, denn ich wusste es auch nicht. Es erschien mir irgendwie angenehm, dort zu sitzen, überrascht zu gucken und zu fragen:

»Was? Tatsächlich? Die glauben der Same wäre Qi?« Manchmal wurden lustige Videos gezeigt, einmal hatte ich das Gefühl, die Professorin würde sich gleich in einen Vogel verwandeln, aber sonst passierte nicht viel. Manchmal fragte ich Kommilitonen:

»Sagt mal, wie ist das mit den Scheinen, man muss doch Scheine machen, oder?« Sie nickten.

»Wofür braucht man die denn?« Sie wussten es nie genau, aber es war klar, man brauchte sie für irgendwas. Ich hatte noch einen alten Schein von früher, ein Kurs über Leichenöffnung, ich hatte ihn aber nie irgendwo benutzen können. Ich glaubte, die Sache mit den Scheinen wäre ein einziger großer Betrug, um die Studenten kirre zu machen.

Genau wie dieser Rückmeldungsterror. Wenn man nicht aufpasste, wurde man exmatrikuliert. Keiner wusste, was das war, aber es war klar, es war ziemlich schlimm. Es war noch irgendwas von den Nazis oder vom Soldatenkönig, und es war das Schlimmste, was einem Studenten passieren konnte. Es sammelten sich Trauben von Studenten vor den Büros der unfreundlichsten Sekretärinnen der Welt. Die schnauzten die Studenten an, verlangten wieder einen aberwitzigen Wust von Formularen und amtlichen Bestätigungen, den man ihnen vorlegen musste, nur um nicht exmatrikuliert zu werden.

Natürlich wurde ich exmatrikuliert, ging trotzdem noch einige Monate hin, bis ich auch dafür keine Zeit mehr hatte.

60 Ich hatte angefangen zu schreiben, und irgendwie war ich süchtig danach geworden. Ich schrieb aus Zeitungen ab, aus alten Büchern, ich setzte Sätze zusammen, die ich schon mal gehört hatte oder die irgendwo standen. Ich schrieb Witze auf, die ich aufschnappte. Ich schrieb nicht manchmal, nicht einmal die Woche, wenn ich irgendeinen Artikel fertig haben musste. Ich schrieb jeden Tag, und eigentlich wollte ich sonst nichts anderes tun. Doch dabei wurde es mit dem Geld immer knapper.

Nach einem erneuten Versuch mit der Versicherung schrieb mir die zuständige Sachbearbeiterin auf 7 Seiten, dass sie mir kein einziges Wort meines neuesten Schadensfalles glaubte. Dass ich bei ihrer Gesellschaft keine Versicherung mehr abschließen könnte, und auch bei keiner sonst. Zuviel hatte sich an verdächtigen Merkwürdigkeiten unter meinem Namen angesammelt, als dass ich in meinem Leben mit dieser Methode nochmal zum Zuge käme.

Neulich bin ich beim Schwarzfahren erwischt worden, das kostete 60 Mark. Es ist eine Geldfrage, so lange man selten erwischt wird, ist es immer noch billiger, schwarz zu fahren. Aber wenn sie zu viel kontrollieren, dann werde ich selbst das Schwarzfahren lassen müssen. Alles eine Geldfrage. Dann ist sie irgendwie zu Ende, meine kriminelle Karriere.